Rebecca York

Rebecca York, de son vrai nom Ruth Glick, sait qu'elle n'a pas de souci à se faire si jamais l'inspiration romanesque venait à lui manquer… même si avec quatre-vingts romans à son actif, sa muse littéraire ne semble pas prête à l'abandonner ! Car son autre passion est l'écriture de livres de cuisine — elle en a déjà publié douze — qui lui permet de s'évader dans un monde d'épices, de saveurs et de recettes. Depuis son mariage avec Norman il y a trente ans, Rebecca aime partir en voyage aux Etats-Unis, au Canada, mais aussi en Europe d'où elle rapporte des idées de plats… et d'intrigues !

D1510372

Passion préméditée

REBECCA YORK

Passion préméditée

INTRIGUE

*éditions*Harlequin

Cet ouvrage a été publié en langue anglaise
sous le titre :
INTIMATE STRANGERS

Traduction française de
CATHERINE BERTHET

HARLEQUIN®

est une marque déposée du Groupe Harlequin
et Intrigue® est une marque déposée d'Harlequin S.A.

Photos de couverture
Couple : © DEBORAH JAFFE / GETTY IMAGES
Paysage : © DAVID HISER / GETTY IMAGES

© 2003, Ruth Glick. © 2004, Traduction française . Harlequin S.A.
83-85, boulevard Vincent-Auriol, 75013 PARIS — Tél. : 01 42 16 63 63
Service Lectrices — Tél. : 01 45 82 47 47
ISBN 2-280-17050-7 — ISSN 1639-5085

Prologue

Le cauchemar se fit plus oppressant tandis que des images effroyables s'emparaient de son esprit. Le danger était palpable, comme une lame froide et acérée sur la chair à nu. Et soudain, quelque chose d'inconnu, une force mystérieuse lui serra la gorge ; il crut étouffer. Même s'il savait que ce n'était qu'un rêve, il ne parvenait pas à s'en dégager. Sa volonté était réduite à néant : la réalité se dérobait, impuissante. La terreur triompha.

Il était de retour en enfer. Dans le cloaque immonde qui avait été son univers pendant cinq ans.

La prison… Il avait fallu qu'on le place sous la surveillance de gardiens qui le méprisaient, le traitaient comme un animal. Evidemment : il avait été condamné pour *meurtre*. Cela leur donnait donc le droit de le soumettre à toutes les humiliations.

Gros Louis était le pire de tous. C'était un sadique, qui infligeait sans remords les pires traitements aux détenus.

Il voulut hurler, leur faire enfin entendre qu'il n'était pas coupable. Que sa seule faute, c'était d'avoir été trop naïf… Mais à quoi bon ? Tout le monde, ici, clamait son innocence. Alors il se tut et demeura là, immobile, respirant l'odeur âcre de sueur et d'urine que les désinfectants les plus puissants ne pouvaient couvrir.

Une grille métallique s'ouvrit devant lui et quelqu'un le poussa dans une cour bétonnée. Il trébucha, manqua s'effondrer et lutta pour recouvrer son équilibre. Il vacillait, mais s'il tombait là, maintenant, il était un homme mort.

Car Cunningham se tenait face à lui, forcément à l'affût du moindre faux pas. La brute le haïssait pour deux raisons. D'abord parce qu'il savait s'exprimer correctement, sans faire de fautes de syntaxe ; ensuite, parce qu'il était capable de se défendre. Il n'avait pas peur de lui. Mais cette fois, Cunningham lui avait tendu un guet-apens : il était armé. Il s'était fabriqué un couteau avec un morceau de tuyau en PVC. Ce n'était pas du métal, mais la lame était bien effilée.

Les surveillants se tenaient de l'autre côté de la grille. Ils savaient parfaitement ce qui allait se passer, mais ils ne disaient rien.

En un éclair, Cunningham courut vers lui, brandissant son arme. Comment lui échapper ? Il eut tout juste le temps de reculer et de se plaquer contre la clôture en fil de fer.

Gros Louis éclata de rire. Qui sait s'il n'avait pas provoqué lui-même ce duel ? Sans doute avait-il pris des paris sur Cunningham… Les jeux étaient faits.

Il fallait ruser, parer le coup, lever le bras au dernier moment. Soudain, il sentit quelqu'un, derrière lui, qui lui agrippait les poignets. Il se débattit, mais les ennemis invisibles le maintenaient fermement et ne relâchèrent pas leur prise. Il vit l'arme s'abattre juste au-dessus de son cœur.

De toutes ses forces, il lutta pour échapper à la poigne de Cunningham, et se dérober à une mort certaine…

Au moment précis où la lame allait s'enfoncer dans sa poitrine, il s'éveilla en sursaut… les membres entortillés dans les draps du lit.

Il retomba lourdement sur le matelas, puis dégagea ses bras et ses jambes. L'air frais de la nuit, qui s'engouffrait par la fenêtre, caressa son corps palpitant. L'enfermement l'avait rendu un peu claustrophobe, aussi avait-il arrêté la climatisation et ouvert la baie vitrée, la veille au soir.

D'un revers de main, il essuya son front trempé de sueur. Puis, il se leva péniblement et se dirigea vers la salle de bains. C'était certes une vaste pièce, mais elle lui paraissait immense : sa superficie équivalait à celle de la cellule qu'il avait partagée, pendant cinq longues années, avec d'autres prisonniers. Il se pencha au-dessus de la superbe vasque en marbre blanc et tourna le robinet pour s'asperger le visage d'eau froide.

La propreté étincelante de cette salle de bains contemporaine le frappait, chaque fois qu'il y entrait. Il ne s'était pas encore habitué à ce luxe. Ni au large lit équipé d'un matelas moelleux. Ni même au fait de pouvoir allumer la télévision quand il le désirait, ou de disposer d'un téléphone.

Chaque matin, à son réveil, il lui semblait qu'un miracle s'était produit. Il était libre. Et cela, il fallait reconnaître qu'il le devait davantage au travail de la fondation Light Street qu'à ses prières, ou à ses inlassables proclamations d'innocence.

Il agrippa le bord du lavabo et leva lentement les yeux vers le miroir. Une fois encore, il ressentit un choc. Ce n'était pas lui. Pas son ancien visage, mais un autre, tout neuf, qui avait coûté une petite fortune. Un visage qui allait lui permettre de retourner incognito à Perry's Cove, et de découvrir enfin l'identité du salaud qui lui avait volé cinq ans de sa vie.

1.

« Maintenant commence officiellement ta vie de mensonge et d'imposture. »

Mark Ramsey s'adressa à lui-même cette phrase un rien solennelle, alors qu'il se garait en bord de mer.

La parking était gratuit. Le conseil municipal tenait sans doute à ce que les visiteurs jouissent de toutes les facilités pour découvrir les charmes de la petite ville de Perry's Cove, en Caroline du Nord.

Il resta assis un instant, la respiration courte, les mains crispées sur le volant. Il pouvait encore changer d'avis, et tourner définitivement le dos à cette maudite ville qui l'avait presque détruit. Mais se dégonfler, ce n'était pas dans sa nature. La vie l'avait endurci ; désormais, il ne ferait plus machine arrière. Sa décision était prise.

Il descendit de sa Ford d'occasion et verrouilla les portières ; une précaution qu'il aurait probablement négligée autrefois. A présent, il savait qu'il valait mieux se montrer prudent, dans ce genre de bourgades. Les rues avaient beau sembler aussi sûres que les allées d'un couvent, il devait y avoir légion d'escrocs, voire de criminels.

A commencer par lui-même. La dernière fois qu'il était venu à Perry's Cove, il s'appelait Mike Randall. Aujourd'hui, il revenait sous un nouveau nom, avec un autre visage. C'était une forme d'arnaque.

— Tu es Mark Ramsey, chuchota-t-il, juste pour s'entendre prononcer son nom d'emprunt.

Il leva la tête vers le ciel d'un bleu d'azur, et la brise de mer souleva ses cheveux sombres. Cette sensation aussi, c'était un luxe auquel il ne parvenait pas à s'habituer.

Il s'éloigna bien vite du parking et se dirigea d'un pas vif vers le bord de mer, pour humer l'air iodé. Pendant longtemps, la pêche était restée la principale activité de la ville. Aujourd'hui, on n'y vivait plus que du tourisme. A une époque qui lui paraissait maintenant lointaine, il avait trouvé du charme à cette modeste station balnéaire. Mais c'était loin. Il était devenu cynique : les charmantes boutiques du port ne représentaient guère plus pour lui que des pièges à touristes.

Un centre commercial de trois étages, flambant neuf, avait vu le jour près de la plage. De l'autre côté de la rue se trouvaient les vieux magasins fondés par les pionniers de la ville. Les enseignes avaient changé. Ici, une boutique s'était ouverte au rez-de-chaussée d'une maison victorienne, là, un magasin de T-shirts avait remplacé un antiquaire.

Dire qu'il pouvait entrer dans n'importe lequel de ces commerces et acheter ce qu'il voulait… Cette idée l'enivra.

Quand les portes de la prison s'étaient refermées sur lui, cinq ans auparavant, il s'était juré de se battre pour recouvrer sa liberté au plus vite. Mais deux années derrière les barreaux avaient usé son énergie. Il s'était finalement résigné à l'idée qu'il mourrait dans sa cellule.

Et puis un jour, une lueur d'espoir avait fissuré le ciel obscur de son quotidien. Maintenant encore, il lui semblait que c'était un miracle qui lui avait rendu sa vraie vie. Pas son *ancienne* vie, bien entendu, mais au moins l'espoir de quelque chose de nouveau.

Malgré le soleil qui lui chauffait le dos, un frisson glacial le parcourut à la pensée de traverser cette ville qui l'avait condamné, privé de sa liberté et de sa dignité.

Enfin, toute la population n'était peut-être pas contre lui. Il y avait sûrement quelqu'un, quelque part, qui n'était pas persuadé qu'il avait tué sa femme et qu'il s'était débarrassé du cadavre. De fait, oui, quelqu'un savait forcément que ce n'était pas vrai. Et cette personne, c'était le *meurtrier*.

Mark Ramsey avait la ferme intention de retrouver l'assassin et de lui faire payer toutes ces années de souffrance. Cependant, il devait avant tout tâter prudemment le terrain : il n'était pas question d'agir à la légère, et trop de précipitation pouvait s'avérer fatal.

L'enseigne de Today's Catch, un restaurant de poissons qu'il fréquentait, *avant*, attira son attention. Il n'avait pas eu l'occasion de manger beaucoup de poisson en prison, à l'exception de thon en boîte !

L'établissement était fréquenté tant par les touristes que par les gens du coin. Sa petite terrasse toute en longueur surplombait la mer, permettant aux clients de dîner avec vue sur la rue principale… et surtout sur la crique, autour de laquelle la ville était construite.

L'hôtesse leva les yeux à son entrée et repoussa en arrière une longue mèche de cheveux bruns. Elle s'appelait Callie Fletcher et Mark la connaissait vaguement. Assez bien, en tout cas, pour qu'elle puisse le reconnaître. Le regard de la jeune femme s'attarda en effet sur son visage. Il sentit son estomac se contracter, et s'apprêtait à être démasqué. Mais non… elle battit des paupières et demanda simplement :

— Je peux vous aider ?

Il enfonça nonchalamment une main dans sa poche et soutint le regard de Callie.

— Je voudrais une table dans un coin tranquille.

Même sa voix était différente. Son timbre s'était légèrement modifié après qu'il ait reçu un coup dans le larynx, lors d'une bagarre entre détenus.

Callie observa la musculature de ses bras et de ses épaules. Ça aussi, c'était nouveau ; du temps où il vivait à Perry's Cove, sa forme physique n'était guère remarquable, il fallait bien l'avouer. Mais en prison, il avait pris conscience que son corps était son dernier rempart, et la seule part de sa vie sur laquelle il conservait un pouvoir. Il avait d'abord tenu à préserver ses connaissances, et à nourrir sa curiosité. Les livres empruntés à la bibliothèque lui avaient été précieux. Dans le même temps, il s'était concocté un programme d'exercices quotidiens qu'il avait respecté à la lettre pendant cinq ans. Ce n'était pas du narcissisme : loin de lui l'idée d'admirer ses pectoraux devant un miroir, sous toutes leurs coutures… c'était en revanche le seul moyen de se rendre moins vulnérable aux agressions. Et cela avait porté ses fruits…

— Vous préférez vous installer dedans ou dehors ? s'enquit Callie, interrompant le fil de ses réflexions.

— A l'extérieur, répondit-il en inspirant avec délices l'air chargé des embruns qui balayaient la crique.

Callie le conduisit vers une table surmontée d'un parasol vert et blanc. Il s'assit à l'ombre et étendit confortablement les jambes devant lui avant de consulter le menu. Il voulait donner l'impression d'être à l'aise, mais il se demanda s'il parviendrait à avaler son repas. De loin, ses projets lui avaient paru raisonnables. A présent, il n'était plus sûr de pouvoir les concrétiser.

Il choisit de commander un plat du jour, se renfonça dans son siège et se versa un verre d'eau. Le bras levé, il allait héler Callie quand il avala de travers et faillit s'étouffer. Un petit homme au crâne dégarni déambulait sur le trottoir d'en face avec autant d'assurance que si la ville lui appartenait.

De fait, c'était presque le cas. Bill Bauder était le rédacteur en chef de *La Gazette de Perry's Cove*, le journal local qui paraissait deux fois par semaine. Son influence sur l'opinion publique de la petite communauté était sans limites. Convaincu de la culpabilité de Mike Randall, il avait signé, pendant son procès, des éditoriaux dans lesquels il félicitait la police d'avoir neutralisé le serpent que l'innocente cité abritait en son sein, exhortant ses lecteurs à mépriser et à haïr l'infâme meurtrier qui n'avait pas hésité à supprimer son épouse. A croire que ce fait divers était devenu pour lui une affaire personnelle.

Bauder figurait en bonne place sur sa liste de suspects. Peut-être le fait qu'il ait été la première personne que Mark ait croisée en ville était-il un présage ?

Oppressé par cette idée, Mark regarda Bauder entrer dans le restaurant, puis suivre Callie jusqu'à sa table. Un instant, il songea à se rendre aux toilettes afin de croiser ce vieil ennemi et de jauger sa réaction. Si Bill Bauder ne le reconnaissait pas, personne ne le pourrait. Mais après tout, il n'était pas pressé. Il avait tout son temps.

Il pensa à la fondation Light Street et à ce qu'il devait à ses administrateurs. Sans eux, il aurait encore été dans sa cellule à se morfondre. Comme il était un des rares détenus à posséder des diplômes universitaires, il avait eu la chance de travailler à la bibliothèque de la prison, ce qui lui avait permis de lire le *Washington Post* chaque matin. C'est ainsi qu'il était tombé sur un article au sujet de la fondation. Celle-ci, grâce à l'aide d'un certain Lucas Somerville qui avait été lui-même accusé de meurtre à tort, avait contraint la justice à rouvrir plusieurs dossiers suspects. Somerville avait fait don d'une énorme somme d'argent afin d'aider les gens qui se trouvaient dans le même cas que lui.

Mark avait disposé du temps nécessaire pour leur écrire une longue lettre dans laquelle il avait décrit les circonstances de son arrestation et la façon lamentable dont sa défense avait été assurée. Le corps de Véronica n'avait jamais été retrouvé. Mais après la disparition de la jeune femme, ses parents s'étaient empressés d'aller voir les policiers et de leur raconter qu'elle avait eu des problèmes conjugaux.

De fait, Véronica et lui étaient alors depuis longtemps engagés sur la voie du divorce. Mais il ne l'avait pas tuée. Puisqu'il n'avait rien à cacher, il avait laissé la police fouiller sa maison et son bureau. Quelqu'un avait dissimulé une chemise et un pantalon tachés de sang dans son atelier de bricolage. Le sang appartenait au même groupe que celui de Véronica.

A partir de ce moment-là, les flics s'étaient acharnés sur lui. Son mariage battait de l'aile et il avait eu une violente dispute avec sa femme le soir même de sa disparition. Ils avaient rapidement découvert qu'il était le bénéficiaire d'une assurance vie sur la tête de sa femme, dont la prime se montait à un million de dollars. Mark avait eu beau affirmer qu'il ignorait tout de ce contrat jusqu'alors, la police n'en avait rien cru.

Bref, il y avait eu suffisamment de présomptions contre lui pour l'inculper de meurtre et le faire condamner à la prison à perpétuité. Mais aucune preuve avérée.

Dès qu'il avait eu connaissance de ces éléments, Dan Cassidy, l'avocat de la fondation Light Street, avait obligé le tribunal à rouvrir le dossier et à demander une analyse ADN. Les scientifiques avaient comparé le sang retrouvé sur les vêtements de Mark avec les cellules de cheveux de Véronica, récupérés dans leur maison et leur voiture. Ils en avaient conclu que le sang et les cheveux n'appartenaient pas à la même personne. Le corps de la victime n'ayant jamais été retrouvé, l'accusation de meurtre ne tenait plus.

Cassidy s'était montré efficace et persuasif, mettant en évidence les erreurs et les négligences commises par le ministère public et par le précédent avocat de la défense. Après quelques protestations d'usage, l'Etat avait fini par relaxer Mike Randall. Dès que ce dernier avait franchi les portes de la prison, il n'avait plus eu qu'une idée en tête : retourner à Perry's Cove et découvrir qui l'avait fait accuser à tort.

Il porta très brièvement la main à son visage et s'émerveilla encore une fois des prouesses de la médecine moderne. Son premier réflexe, à sa sortie de prison, avait été de rendre visite à un plasticien. Le Dr Hamilton était un véritable artiste. Sous son scalpel, Mike Randall avait cédé la place à Mark Ramsey. Un homme qui n'offrait guère de ressemblance avec l'ex-détenu.

De plus, contrairement à la plupart des gars qui sortaient de prison sans le sou et incapables de se réadapter, Mark disposait d'une importante somme d'argent. La fondation lui avait fait don de cent mille dollars. Et lorsque l'accusation de meurtre qui pesait sur lui avait été levée, il avait pu encaisser le million de dollars que lui devait l'assurance.

Callie vint déposer une assiette de rougets devant lui, et Mark s'y attaqua de bon appétit. Dans sa vie d'*avant*, il n'avait jamais pensé que la nourriture pouvait être un luxe. Désormais, il savourait chaque bouchée avec délices.

Tout en mangeant, il leva les yeux vers un bâtiment en cours de rénovation, situé de l'autre côté de la rue. Apparemment, une des boutiques se payait une nouvelle façade et un toit flambant neuf. Des ouvriers allaient et venaient sur la charpente, et une nouvelle enseigne attendait, appuyée contre la devanture : Le Canard moucheté. Joli nom, qui promettait d'attirer les touristes.

Mark avait autrefois possédé une entreprise de construction à Perry's Cove, aussi cette activité l'intéressait-il. S'il avait dirigé le chantier, il aurait choisi de finir le toit avant d'installer un échafaudage sur la façade. Mais le propriétaire était sans doute pressé de voir les travaux prendre fin. Il jeta un regard à son assiette vide et résista à l'envie de commander un dessert. Sa

16

nouvelle silhouette lui plaisait : il ne voulait pas voir ses muscles se transformer en graisse.

Sa prochaine démarche serait de se rendre dans une agence immobilière aux abords de la ville, afin de trouver un logement à louer assez grand pour y installer un équipement de gymnastique et ainsi, se maintenir en forme. Il comptait se faire passer pour un écrivain en quête de la paix et du silence requis par son activité. Ce n'était, d'ailleurs, pas tout à fait un mensonge. Il avait réellement l'intention d'écrire le récit de son aventure d'innocent condamné à tort. Il s'avérait cependant impossible de terminer ce livre tant qu'il n'aurait pas percé le mystère du meurtre de Véronica Randall.

Il paya l'addition avec sa nouvelle carte de crédit au nom de Mark Ramsey. Il s'était offert un jeu complet de nouveaux papiers d'identité (carte de sécurité sociale, acte de naissance, et de nombreuses cartes de crédit). Les empreintes demeuraient un problème, naturellement : il était toujours possible de l'identifier par cette voie. Mais il lui appartenait de ne pas en laisser derrière lui.

Captivé par l'avancement des travaux du Canard moucheté, il traversa la rue et pénétra dans la cour intérieure. Le claquement sec d'une portière le fit sursauter. Une voiture venait de se garer à l'arrière du bâtiment. Il se retourna et demeura interdit en reconnaissant la personne qui était au volant. Même s'il ne pouvait distinguer qu'une épaisse chevelure blonde à travers la vitre, il sut instantanément qu'il s'agissait de Molly Dumont.

Lui qui se croyait prêt à tout affronter, à ne plus craindre personne, lors de ce retour dans le passé ! Il eut l'impression de recevoir un coup de poing au creux de l'estomac. Imaginer Bill Bauder en train de rôtir en enfer l'avait aidé à supporter sa captivité. Mais l'imaginer elle, Molly Dumont… qui avait été à l'origine de tout autres fantasmes ! Dans l'environnement hostile de sa cellule, combien de soirs s'était-il endormi en pensant à ce qu'il aurait fait, dans un lit, avec la blonde Molly ! La jeune femme avait inlassablement hanté ses rêves érotiques…

Il aurait pourtant pu porter son choix sur n'importe quelle femme ; parfois, il s'était vu faisant l'amour avec des actrices, des mannequins. Mais le souvenir de Molly, plus fort, plus vivace, la lui avait toujours rappelée : son corps et son visage étaient ancrés dans la réalité. Il n'avait jamais pensé qu'il la reverrait. Son apparition soudaine lui rappela la force de ses anciennes évocations solitaires : oui, Molly Dumont l'avait troublé, souvent. Beaucoup. Mais en la voyant là, devant lui, il se rendit compte qu'elle allait représenter pour lui une complication inattendue.

Au moment de son arrestation, il la connaissait depuis deux ans. Chacun d'eux était alors marié. Déjà, à cette époque, il avait imaginé ce qu'aurait pu être sa vie avec Molly, s'il n'avait pas déjà eu une épouse qui se transformait chaque jour davantage en mégère acariâtre. Mais il n'avait rien tenté. Les relations clandestines, ce n'était pas son genre. En outre, il ne tenait pas à briser un couple — que celui-ci fût stable ou pas.

Molly partageait probablement toujours la vie de Phil… Mais cela n'empêcha pas son cœur de battre violemment quand il la regarda descendre de sa voiture, et se diriger vers l'entrée du magasin. Un nœud se forma dans sa gorge tandis qu'il suivait des yeux sa silhouette fine et ses cheveux couleur de miel soulevés par le vent. Il ne put l'apercevoir que de profil, car elle lui tourna ensuite le dos. Alors il ferma les yeux pour se représenter son visage : ses yeux bleus, son petit nez droit et ses lèvres sensuelles étaient gravés dans sa mémoire. Etait-elle toujours aussi belle aujourd'hui ? Il fallait qu'il en ait le cœur net. De toute façon, tôt ou tard, il se trouverait nez à nez avec elle. Autant découvrir sur-le-champ la réaction qui serait la sienne quand elle le verrait.

Il était conscient de se chercher une pitoyable excuse pour s'embarquer sur une voie dangereuse. En fait, il n'avait nul besoin d'entrer en contact avec Molly. Ce n'était pas nécessaire. A moins qu'elle ne soit impliquée dans… Dans quoi ? Un complot contre lui ?

Cette idée lui déplaisait profondément. Il préférait penser qu'une personne, une seule, avait eu un grief contre lui et Véronica. Un grief assez grave pour tuer la jeune femme et faire rejeter les soupçons sur lui. Toutefois, il ne pouvait écarter la possibilité d'avoir eu affaire à quelque chose de différent.

Mais quoi ?

Il allait le découvrir. Et sans s'embarrasser de Molly Dumont ! Cette sage décision ne l'empêcha pas de s'approcher du parking. Il se trouvait à quelques pas de la voiture quand un mouvement sur le toit attira son attention. Quelqu'un se penchait légèrement au-dessus du vide et guettait Molly.

Mark avait vu les ouvriers partir pour leur pause-déjeuner, mais l'un d'eux était déjà revenu. Un gars vêtu d'une salopette bleue, dont le visage était dissimulé sous la visière d'une casquette. Peut-être le type voulait-il appeler Molly, pour lui signaler sa présence ? Mais l'homme ne dit rien. Il y avait quelque chose d'étrange dans la façon dont il se déplaçait, avec lenteur, comme s'il n'était pas à l'aise là-haut.

Et tout à coup, l'inconnu trébucha. Son pied partit sur le côté, heurtant un large seau en métal placé au bord du toit. A la façon dont le seau se balança, Mark comprit qu'il contenait quelque chose de lourd. Au même moment, Molly posait le pied sur le trottoir, inconsciente de ce qui se tramait au-dessus de sa tête.

Horrifié, Mark eut la vision de ce qui allait suivre : le seau se balança encore plus bas… il allait tomber et s'écraser sur la jeune femme.

2.

— Molly ! Attention !

En même temps qu'il hurlait, il eut le réflexe de bondir et de franchir la distance qui les séparait. Saisissant la jeune femme à bras-le-corps, il la plaqua au sol et la fit rouler jusque dans le caniveau — à l'instant précis où le seau s'écrasait au milieu du trottoir, dans un fracas épouvantable.

Molly poussa un cri en s'effondrant avec lui sur le bitume. Pendant de longues secondes ils demeurèrent tous deux immobiles, étourdis par la chute. Puis, des sensations vaguement familières parcoururent Mark. Il y avait des années qu'il ne s'était pas trouvé tout contre une femme. Pressés l'un contre l'autre, leurs corps n'étaient séparés que par une fine couche de vêtements.

Il aurait aimé se plaquer plus étroitement encore contre les courbes féminines de Molly, mais c'eût été de la folie. Alors, il bascula sur le côté, sans desserrer l'étreinte de ses bras autour de sa taille.

« Le danger est passé. Libère-la », l'enjoignit une petite voix. Mais c'était comme si son corps ne répondait plus aux sollicitations nerveuses de ses neurones. Le choc était trop violent. Il tenait une femme vivante contre lui ! Et pas n'importe quelle femme : Molly… après toutes ces années à ne vivre que d'images ! Tout son corps se tendit et un désir puissant l'envahit.

A sa sortie de prison, il avait pensé pouvoir enfin assouvir ses désirs, frustrés depuis des années. Avant tout, il avait besoin d'un repas digne de ce nom : il allait se payer un vrai steak.

Et une femme. Ce qui n'était pas aussi simple que cela semblait. Il en avait eu envie, besoin, peut-être ; mais il ne l'avait pas fait. Sans doute aurait-il dû moins réfléchir et lever la première fille venue (dans une boîte de nuit, voire sur le trottoir). Mais il se sentait trop marqué par ce qu'il venait de vivre : il avait l'impression que l'odeur âcre de la prison perlait par tous les pores de sa peau. Aussi s'était-il résigné à se tenir à l'écart des femmes, le temps de recouvrer un peu d'estime de soi. Et de savourer des plaisirs à la fois minuscules et indispensables, tous ces détails de la vie quotidienne dont il avait perdu l'habitude : se lever et se coucher quand il en avait envie, s'acheter des vêtements, choisir chaque soir un plat différent dans le menu d'un restaurant.

Ensuite, il avait subi son intervention chirurgicale et pendant quelque temps, son visage avait ressemblé à celui d'un boxeur qui aurait perdu quinze rounds d'affilée, ce qui avait provisoirement résolu le problème de ses élans amoureux.

Mais là… Maintenant… Il tenait Molly Dumont entre ses bras.

« Libère-la », s'ordonna-t-il encore une fois. Ses bras ne lui obéirent pas et il se rendit compte que son désir était mille fois plus puissant qu'il ne l'aurait cru. La conscience de sa vulnérabilité le submergea ; il en éprouva un tel choc que son excitation retomba presque complètement.

En prison, il ne s'était guère soucié du rapport qui pouvait exister entre ses fantasmes et la vraie Molly Dumont : il s'était construit une Molly sur mesure, un personnage et un scénario idéal.

Mais dans la réalité, elle était mille fois plus désirable qu'en imagination !

Il sentit une myriade de sensations étourdissantes l'engourdir. Un parfum délicat l'enveloppait, mélange de fleurs, de savon et de féminité. Quand il se redressa, son visage effleura la joue de la jeune femme. Son regard plongea dans le bleu de ses yeux et il eut l'impression de s'y noyer. Un de ses seins était plaqué contre son torse : sa rondeur et sa douceur étaient comprimées sur sa chemise.

Elle dut l'entendre réprimer une exclamation, car elle s'écarta, posant sur lui un regard stupéfait. Ses jolies lèvres s'entrouvrirent, mais elle ne prononça pas un mot et se contenta de l'observer en silence.

Le premier réflexe de Mark fut de se lever pour fuir à toutes jambes. Mais il se ressaisit et demanda posément, de cette voix grave et un peu rocailleuse à laquelle il n'était toujours pas habitué :

— Tout va bien ?

La question sembla la faire sortir de son engourdissement. Elle battit des paupières, palpa ses bras et ses jambes.

— Oui, je crois… Que s'est-il passé ? Pourquoi vous êtes-vous jeté sur moi ?

— Désolé. J'ai vu quelque chose tomber du toit. Vous étiez juste au-dessous.

— J'ai entendu. Cela a fait un bruit énorme.

Elle tourna la tête et il éprouva un brusque sentiment de vide lorsque son regard lui échappa. Elle contempla longuement le seau qui s'était écrasé au sol et les morceaux de métal éparpillés tout autour.

— Mon Dieu ! Je n'ose pas imaginer ce qui serait arrivé si ça m'était tombé dessus !

Elle reporta son attention sur lui et l'observa, la tête penchée de côté.

— Votre visage m'est familier. On se connaît ?

— Non ! répliqua-t-il d'un ton un peu trop vif.

Elle se lécha lentement les lèvres du bout de la langue, comme si elle était convaincue du contraire. Mark se leva d'un mouvement brusque et, avant qu'il ait eu le temps de lui tendre la main, elle était également sur ses pieds et secouait sa jupe. Quand elle releva la tête, ce fut pour l'observer de plus belle, avec une intensité qui le mit à cran.

— Vous êtes sûr que nous ne nous sommes jamais rencontrés ?

Il s'obligea à décrisper la mâchoire et répliqua :

— Oui, je m'en souviendrais.

— Mmm, fit-elle en hochant la tête. Pourtant, vous m'avez appelée par mon nom.

— Quoi ?

— Quand ce truc est tombé du toit de la maison. Vous avez crié mon nom.

— Mais non, protesta-t-il en secouant la tête. Comment aurais-pu le connaître ?

Bigre. Il était moins doué pour le mensonge qu'il ne le croyait. D'abord, il l'avait instinctivement appelée par son nom. Et maintenant il aggravait son cas en niant l'évidence. Il se tourna vers le seau cabossé et s'empressa de détourner le cours de la conversation.

— Je me demande ce que ce truc faisait sur le toit.

— La société Tilden est en train de rénover cette boutique.

Mark hocha la tête. Tilden avait été son principal concurrent, autrefois. A l'époque où il était lui-même sur la voie du succès. Molly le regarda comme si elle avait vu les rouages de son cerveau se mettre en mouvement.

— Vous connaissez cette société ? s'enquit-elle.

— Non.

Encore un mensonge. Les mots ne lui venaient pas de manière naturelle. Mais il avait toujours su que s'il revenait ici pour démasquer le meurtrier, il serait obligé d'user de faux-fuyants.

Cependant, c'était à Molly Dumont qu'il mentait en ce moment…
et il n'était pas fier de lui. Une fois de plus, il fit dévier le tour
de la discussion.

— J'ai aperçu un ouvrier là-haut. Il a trébuché sur le seau. A
moins qu'il ne l'ait poussé exprès.

— Exprès ? Pourquoi aurait-il fait ça ?

Avec un haussement d'épaules, il se dirigea vers les décombres.
De lourds débris métalliques s'étaient répandus sur le sol. Ils
auraient produit un vrai carnage s'ils étaient tombés sur quelqu'un. Mark frémit malgré lui. Si ce seau s'était trouvé posé au
bord du toit par erreur, cela constituait une faute grave. Sinon…
pour quel motif avait-on pu faire cela ?

— Voulez-vous que je grimpe là-haut pour jeter un coup
d'œil ? demanda-t-il spontanément.

La jeune femme demeura un moment sans répondre, les yeux
dans le vague. Puis elle reporta son regard sur lui.

— Vous avez cru que cette boutique m'appartenait ?

— Ce n'est pas le cas ?

— Non. Je supervise le projet pour la société Shoreside Realty.
Un de nos clients a mis cette bâtisse en vente.

— Oh.

Il essaya de replacer ces informations dans le contexte qu'il
connaissait. Cinq ans auparavant, Molly Dumont et son mari
possédaient un magasin d'antiquités. Ils s'étaient associés avec
un groupe d'antiquaires, dont Véronica faisait partie, pour
racheter un vieil établissement de restauration situé sur le front
de mer. C'était Mark lui-même qui s'était chargé des travaux
de rénovation, transformant la vieille salle de restaurant en
galerie marchande. Une demi-douzaine de boutiques s'étaient
rassemblées sous le même toit. L'endroit s'appelait Le Pavillon
des trésors. Aussi, lorsqu'il avait vu Molly devant Le Canard
moucheté, avait-il naturellement songé que les affaires des

Dumont marchaient bien et qu'ils avaient décidé de s'établir dans une boutique indépendante.

Mais il n'était pas question de demander à Molly pourquoi elle avait changé de profession, alors qu'elle s'entendait si bien en antiquités.

— Shoreside Realty ? dit-il d'un ton plat. J'avais justement l'intention de passer chez eux.

Ce fut le tour de Molly de prendre l'air étonné.

— Oh ?

— J'envisage de louer une maison dans le coin pour quelques mois et j'aimerais voir ce qui est disponible.

Sans même s'arrêter pour reprendre son souffle, il enchaîna :

— Cela vous intéresserait de me montrer ce dont vous disposez ?

Molly n'hésita qu'une fraction de seconde avant de répondre. Dieu seul savait à quel point elle avait besoin d'argent ! Elle ne se trouvait dans le métier que depuis deux ans et elle avait eu le temps de s'apercevoir que les périodes d'abondance alternaient avec celles de vaches maigres ! Lorsqu'elle réalisait une vente, elle obtenait une jolie commission en contrepartie. Mais il lui arrivait aussi de travailler pendant des jours sans résultat. Et la plupart du temps, il fallait partager les commissions avec les autres agents.

Le métier était difficile. Malgré tout, elle aimait aider les gens à trouver la maison de leurs rêves, ou leur donner des conseils avisés pour une vente. De même qu'au temps où elle était antiquaire, et où elle avait pris tant de plaisir à présenter aux collectionneurs les objets qu'ils recherchaient depuis des années.

Un contrat de location lui rapporterait certes moins qu'une vente, mais cet argent l'aiderait à passer un cap difficile en attendant la prochaine transaction.

Alors pourquoi hésitait-elle ? A la vérité, elle était troublée, gênée, d'avoir éprouvé une si vive attirance pour un inconnu. En général, elle ne se trompait pas sur les gens qu'elle rencontrait. D'ailleurs, son jugement sûr était un atout dans sa profession. Or, au fond d'elle-même, elle avait la conviction que cet homme était fondamentalement honnête. Même s'il lui donnait l'impression de cacher quelque chose… Il n'avait pas été tout à fait sincère, à l'instant. Elle réfléchit et reprit :

— Une location ? La région vous intéresse donc ?

Elle ouvrait et fermait machinalement sa main droite, et elle prit soudain conscience qu'elle s'était éraflée en tombant. Ses doigts la brûlaient.

— Oui, et puis, il se trouve que j'écris un livre. J'aimerais louer une maison où je pourrais travailler au calme.

— Où logez-vous, pour l'instant ?

— A East Point Lodge.

Plutôt chic comme adresse, songea-t-elle.

— Quelle est votre fourchette de prix ?

— Je peux me payer quelque chose de joli. J'ai reçu… une avance de mon éditeur. Mais je ne recherche pas une de ces maisons à un million de dollars. J'aimerais qu'elle ne soit ni trop grande ni trop luxueuse.

— Je vois.

— Vous acceptez de m'aider à la trouver ?

— Oui.

Elle marqua une pause et s'enquit :

— Aimeriez-vous qu'elle soit située sur la plage ?

— Je ne sais pas. Je ne connais pas très bien Perry's Cove. Je suppose qu'au bord de la mer, les maisons sont plus chères ?

Il prononça ces mots sur un ton anodin, cependant Molly eut le sentiment qu'il connaissait mieux la région qu'il ne voulait bien le dire. Mais pourquoi s'en serait-il caché ? Il valait sans doute mieux qu'elle confie ce client à un de ses confrères, car elle ne se sentait pas totalement à l'aise avec un homme si séduisant. A sa propre surprise, elle s'entendit pourtant demander :

— Quand voulez-vous que nous commencions les visites ?

— Dès que possible.

— Très bien. Mais avant tout, je dois finir l'inspection de ce bâtiment.

Elle fit quelques pas vers la porte, s'arrêta brusquement et lui désigna le seau cabossé.

— Excusez-moi, je suis un peu perturbée par ce qui s'est passé. Permettez-moi de me présenter, je m'appelle Molly Dumont.

En lui parlant, elle scruta son visage et essaya encore une fois de se rappeler si elle l'avait vraiment entendu crier son nom. Peut-être était-ce son ange gardien, qu'elle avait entendu ?

— A quoi pensez-vous ?

— Je… je rêvais.

— Ah oui ? demanda-t-il d'un air beaucoup trop curieux au goût de Molly.

— Je me disais qu'il y avait peut-être une sorte de protecteur spirituel qui veillait sur moi, et qui m'avait appelée pour m'avertir du danger.

— C'est une explication qui en vaut une autre. Cela vous est déjà arrivé ?

— Non, jamais.

D'un ton placide, il déclara :

— Je m'appelle Mark Ramsey.

Molly éprouva une pointe de déception. Ce nom n'avait rien de familier. Toutefois, il y avait quelque chose chez cet homme qui évoquait un très vague souvenir… mais quoi ? Ce n'était pas sa voix. Autre chose… Son attitude ? Ses yeux ? Elle essaya de se concentrer sur des détails infimes, mais en vain. L'intuition lui échappa et la laissa en proie à une sensation de nervosité et de frustration.

— Vous ne devriez pas pénétrer seule dans cette maison, énonça-t-il de cette voix rauque qu'elle trouvait irrésistible.

Elle s'immobilisa sur le seuil en béton brut.

— Pourquoi ?

— Vous venez juste d'éviter un accident dehors. Il pourrait en survenir un autre à l'intérieur.

Non, il ne fallait pas qu'elle se laisse impressionner par cette mise en garde. Ce genre d'incident pouvait facilement se produire sur un chantier. Son patron, Larry Iverson, n'avait pas hésité à l'envoyer ici. Alors, que devait-elle faire ? Le rappeler et lui dire de venir procéder lui-même à l'inspection ? Pas question.

Elle entra dans la maison et se rendit compte que Mark Ramsey l'avait suivie. Il examinait le travail qui avait été fait sur les murs comme s'il était le maître d'œuvre.

— Vous vous y connaissez en maçonnerie ? dit-elle.

— Un peu.

Il passa devant elle et pénétra dans la première pièce. Le sol était jonché de morceaux de bois et d'autres débris.

— Demandez à Tilden de faire nettoyer ça. Ils n'auraient jamais dû laisser un tel désordre. Et faites attention de ne pas vous blesser, il y a peut-être des clous rouillés, dans ce fatras.

— Merci.

Tiens ? Il avait donc retenu le nom de Tilden… Combien de personnes en auraient fait autant ? C'était sans doute un réflexe masculin. Un peu comme le fait de mémoriser sans peine les noms des équipes sportives. Elle vit qu'il s'était campé devant la porte et contemplait les environs.

— Les affaires ont l'air de bien tourner en ville, dit-il.

— Oui, assez bien.

Il avait l'air bizarre, comme s'il se retenait de poser une autre question.

— Qu'aimeriez-vous savoir d'autre ?

Il ne répondit pas et elle poursuivit :

28

— Vous pensez à ouvrir une boutique ?

— Non. Je veux seulement m'assurer que je trouverai ici ce que je cherche.

Sans plus se préoccuper de Molly, il sortit dans le petit jardin de derrière, enjamba un amoncellement de débris et se démancha le cou pour observer le toit. Puis, sans rien dire, il se hissa sur l'échafaudage et le gravit jusqu'au sommet.

A le voir faire, cela paraissait excessivement simple. Pourtant, Molly avait vu bon nombre d'ouvriers peiner et souffler pour grimper jusqu'au premier niveau. Encore un élément d'information au sujet de Mark Ramsey. Il était fort. Et agile.

Elle retint son souffle en le voyant prendre pied sur le toit et disparaître. Ce qu'il faisait était dangereux. Elle l'imagina, basculant et dégringolant jusque sur le sol. Un frisson glacé la parcourut et elle ferma les yeux pour chasser cette vision effrayante.

Pourquoi réagissait-elle si vivement ? Elle connaissait à peine cet homme. Oui, mais il lui avait sauvé la vie. Il avait même risqué la sienne pour venir à son secours ; le seau aurait tout aussi bien pu s'écraser sur lui. Pourtant, il n'avait pas hésité à faire fi de sa propre sécurité pour elle.

Cela expliquait probablement sa réaction excessive, jugea-t-elle. Car il y avait bien longtemps qu'un homme ne lui avait pas fait un tel effet !

Inquiète, elle demeura un moment au même endroit, à surveiller le toit. Puis avec un petit mouvement de tête, elle rentra et se rendit dans la salle de bains. Les doigts de sa main droite étaient gonflés et sa paume la brûlait. Elle ouvrit le robinet et fit couler de l'eau sur les égratignures. Le bruit du robinet l'empêcha d'entendre Mark Ramsey redescendre dans la maison.

Il se tenait déjà très près d'elle quand elle se rendit compte qu'elle n'était plus seule. Un petit cri de frayeur lui échappa. Mark s'excusa promptement.

— Désolé, je ne voulais pas vous faire peur.

Elle se retourna et s'exclama, d'une voix altérée par la nervosité :

— Que faites-vous ? Vous m'espionnez ?

— Je voulais seulement vous dire ce que j'avais vu sur le toit. Vous allez bien ?

Son regard était fixé sur la main qu'elle tenait toujours sous l'eau. Il la prit et la posa sur sa propre main pour examiner la blessure. Molly sentit ses jambes fléchir à ce contact : sa main menue au creux de celle beaucoup plus large, de Mark.

— Vous vous êtes blessée en tombant.

— Ce n'est pas grave.

— Vous avez un antiseptique ?

— Non. Ça ira, je vous assure.

Il garda sa main dans la sienne. Le temps s'était arrêté : elle eut l'impression que ces quelques secondes ne finiraient jamais… elle sentit le rythme de son cœur s'accélérer. Embarrassée, elle garda les yeux baissés sur leurs doigts, de peur de rencontrer le regard de Mark. Puis elle dégagea sa main, se tourna vers le lavabo, et s'essuya avec une serviette en papier. Quand elle se fut ressaisie, elle se racla la gorge.

— Hum, alors, qu'avez-vous découvert ?

— Pas grand-chose. Ils sont en train de refaire la charpente. Les matériaux sont de bonne qualité, le toit devrait tenir encore une vingtaine d'années.

— Et le seau ?

— Je ne comprends pas pourquoi on l'avait posé à cet endroit. Je n'ai vu personne là-haut. Si vous questionnez Tilden, je parie que pas un seul de ses ouvriers ne saura vous répondre.

Son regard se fit dur et il demanda :

— Qui savait que vous veniez ici aujourd'hui ?

Désarçonnée, elle battit des paupières. Ce que sa question impliquait était effrayant.

— Mon patron m'a demandé de passer. J'ignore à qui il a pu en parler.

— Qu'étiez-vous censée faire, au juste ?

— Le tenir au courant de la progression des travaux. Il veut savoir quand la boutique sera prête.

— Etes-vous experte en construction ?

— Non.

— Dans ce cas, il aurait été plus logique de demander l'avis du maître d'œuvre.

— Larry voulait avoir mon opinion, répliqua-t-elle, prenant instinctivement la défense de son employeur.

Mark hocha la tête sans répondre, mais elle comprit qu'il poursuivait son idée.

— Votre patron a-t-il été compromis dans des… conflits, dernièrement ? Je veux dire, pensez-vous que quelqu'un ait des raisons de lui en vouloir ?

Elle réfléchit un moment, ne sachant que répondre. Ce qu'elle savait de Larry ne regardait pas cet homme. Jouait-il au détective privé ? Cependant, il insista :

— Y a-t-il des gens qui voudraient se venger de lui ?

— Je ne veux pas parler de ça.

— Et moi, je n'aimerais pas qu'un autre seau plein de débris métalliques vous tombe sur la tête.

Evidemment, cet argument avait du poids.

— Larry a un caractère un peu vif, et cela irrite souvent les gens. Admettons que quelqu'un lui en veuille ; pourquoi serais-je visée à sa place ?

— Vous avez peut-être une relation personnelle avec lui ?

Elle fronça les sourcils, visiblement choquée.

— Certainement pas !

Mark soupira et mit les mains dans ses poches.

— J'essaye seulement de vous aider, pas la peine de vous énerver.

— Et pourquoi vous préoccuper de mon sort ?

Il marqua une très légère pause avant de répondre :

— Parce que je vous aime bien.

— Vous ne me connaissez pas.

Il déglutit, décontenancé par la réplique.

— Mes premières impressions sur les gens sont toujours exactes.

— Naturellement. Vous en avez, de la chance.

— Ecoutez, si vous hésitez à me faire confiance, je peux vous procurer des références, dit-il très vite.

Il préférait ne pas être pris au mot. Molly savait qu'elle ferait mieux de refuser clairement de l'aider à trouver une maison. Mais elle ne parvint pas à trouver les mots qui convenaient.

— Il faut que je jette un coup d'œil dans le bâtiment, dit-elle simplement. C'est pour cela qu'on m'a envoyée ici.

— Dans ce cas, je vous laisse faire votre travail, dit-il en retournant dans la cour.

Son inspection ne fut pas une tâche facile. Avant même d'arriver sur place, elle s'était dit que Larry n'avait pas choisi la bonne personne pour ce travail : Molly ne connaissait pas grand-chose en matière de restauration. A présent, elle se sentait franchement mal à l'aise. Elle sortit néanmoins son agenda et prit des notes. Les cloisons intérieures étaient prêtes à être posées, les travaux d'isolation avaient été effectués.

Lorsqu'elle revint vers la porte d'entrée, elle trouva Mark Ramsey en pleine conversation avec l'un des ouvriers du chantier. De toute évidence, celui-ci subissait à son tour un interrogatoire !

— Et vous ne savez vraiment rien à propos de ce seau ?

— Puisque je vous le dis !

— Vous ne voyez pas comment il a pu tomber du toit ?

— Je ne travaille pas sur le toit, je suis menuisier.

— Bon, je vous remercie de votre aide. Mais vous devriez prévenir votre patron de ce qui s'est passé, ajouta Ramsey avec un geste en direction des débris éparpillés sur le sol.

— Ouais. D'accord.

Molly sortit, alors que l'ouvrier contournait la maison.

— Je vais passer chez moi pour me changer, dit-elle.

— Vous êtes très bien comme ça.

— Mes vêtements sont couverts de poussière. Je n'ai pas l'habitude de travailler dans cette tenue.

— Quelle importance ? Et puis, vous n'y êtes pour rien.

— Non, je vous assure, je me sentirai mieux quand je me serai changée.

Elle se devait d'insister : elle avait l'impression de perdre toute maîtrise de la situation, en présence de cet homme. Au moins, sur ce sujet, il ne pouvait pas avoir le dernier mot. En outre, elle voulait mettre un peu de distance entre eux.

— Voulez-vous que nous nous retrouvions à votre bureau ? proposa-t-il, comme s'il avait suivi le fil de ses pensées.

— Oui. Dans une heure, précisa-t-elle en regardant sa montre.

En fait, ils ne se reverraient peut-être pas avant plusieurs jours… Voire même jamais, songea-t-elle.

— L'agence est située au nord de la ville, juste avant l'entrée de l'autoroute, sur la droite. Vous ne pouvez pas la manquer.

Sur ces mots, elle tourna les talons et se dirigea vers sa voiture. Le regard de Mark Ramsey lui brûlait les épaules, elle le sentait. Mais elle résista à la tentation de se retourner.

3.

Mark regarda la voiture de Molly Dumont s'éloigner et se demanda si elle serait là dans une heure, à l'Agence Shoreside Realty. Il avait perçu sa réticence. Et pour être honnête, il n'était pas loin d'éprouver les mêmes hésitations qu'elle.

En prison, il avait si souvent pensé à elle qu'elle lui était devenue aussi familière que sa propre femme. Et même plus. Il avait pensé cent fois à tous les moments où leurs regards s'étaient croisés. Elle lui avait toujours plu, ne fût-ce que sur le plan humain. Il aimait sa gentillesse naturelle. Plus d'une fois, il l'avait surprise à vendre un objet bien moins cher qu'au prix indiqué sur l'étiquette, derrière le dos de Phil, uniquement pour faire plaisir à un client désargenté. Elle savait mettre les gens à l'aise, leur faire un compliment sincère. Plusieurs fois, il s'était rendu chez elle et avait admiré la façon dont elle avait su rendre sa maison à la fois accueillante et belle.

Mais surtout, il avait fait d'elle, dans ses rêves, une amante idéale. La générosité qui émanait d'elle était telle qu'il avait construit l'image d'une femme sublime, et soumise à ses désirs. Quand il était sorti de prison, il avait su qu'aucune femme ne serait jamais aussi attirante, sexy et ensorcelante que celle qu'il avait créée dans son esprit.

Et maintenant, comment savoir s'il voyait Molly Dumont telle qu'elle était, ou s'il était toujours dans le fantasme ? Une chose était sûre, cependant : elle venait de rencontrer Mark Ramsey dans des conditions plutôt éprouvantes, et elle avait gardé son sang-froid. Il ne pouvait pas en dire autant de lui. Le seul fait de lui prendre la main avait fait surgir son désir. Et c'était diablement gênant.

Eh bien, il disposait d'une heure pour décider de la retrouver ou non à l'agence. Une heure qu'il comptait bien mettre à profit pour son plan.

Le moment était bien choisi pour passer au Pavillon des trésors, où des personnes de sa connaissance seraient certainement rassemblées. A l'exception, toutefois, de Molly Dumont : apparemment, elle ne tenait plus une boutique avec son mari. Mais Phil était peut-être encore là-bas ? A moins qu'ils n'aient divorcé... Cette pensée lui donna un petit coup au cœur et il s'intima l'ordre de garder son calme. La galerie d'antiquaires n'était qu'à quelques rues de l'agence immobilière, ce qui faciliterait les choses s'il décidait de s'y rendre.

Il monta dans sa voiture et emprunta la voie rapide. En approchant de la galerie, il ralentit pour observer le bâtiment. Le travail de rénovation qu'il avait effectué quelques années auparavant était excellent, constata-t-il sans fausse modestie. La construction était saine, et il avait réussi à marier le style Art déco avec les éléments modernes indispensables, tels que la rampe d'accès pour handicapés qui reliait directement le parking à la porte d'entrée.

La saison touristique étant terminée depuis longtemps, il n'eut aucun mal à se garer. Il se demanda si les magasins faisaient un chiffre d'affaires suffisant en été pour survivre pendant les longs mois d'hiver, lorsque la ville était désertée.

En descendant de voiture, il contempla la large porte d'entrée et se sentit oppressé. S'il était fier de son travail de restauration, il n'avait jamais pu, en revanche, se lier avec les commerçants qui occupaient le bâtiment. Ces gens vivaient dans un petit monde fermé, étroit, dans lequel il n'avait jamais été admis. Il avait toujours secrètement pensé que c'était ce mode de vie malsain qui était précisément à l'origine de la détérioration de sa vie conjugale. Lorsque Véronica s'était installée dans la galerie il l'avait vue se rapprocher peu à peu des autres antiquaires et s'éloigner de lui.

Sa femme était restée de plus en plus tard à la boutique. Sous n'importe quel prétexte, elle se rendait à d'inutiles réunions qui se terminaient à une heure avancée de la nuit. C'est alors qu'il l'avait soupçonnée d'avoir une liaison avec l'un des autres antiquaires. Véronica avait toujours plu aux hommes. D'ailleurs, elle ne se privait pas de les aguicher, et elle avait du succès : quel homme aurait hésité à franchir le pas et à coucher avec elle ? Les candidats ne manquaient pas, mais Mark avait sa petite idée là-dessus. Oliver Garrison et Art Burger, par exemple. Il s'était presque résolu à tirer les choses au clair, quand Véronica était morte.

Les mains dans les poches, il songea à l'effet que produirait l'entrée de Mike Randall dans la galerie. En fait, il avait anticipé ce genre de situation. Avant de subir son intervention chirurgicale, il avait fait un petit voyage jusqu'à Los Angeles. Là, il avait rencontré un des plus grands maquilleurs du cinéma, Barry Turtletove. Un artiste. Turtletove avait pris une empreinte de son visage. A partir de cette empreinte, il avait confectionné un masque extraordinaire, tels ceux que l'on utilise dans les films d'espionnage, où les agents secrets se fabriquent le visage d'un autre. En l'occurrence, il s'agissait du visage de Mike Randall. Celui-ci était en sûreté dans une de ses valises à East Point Lodge. Qui pouvait dire s'il serait appelé à s'en servir. Mais lorsqu'il aurait découvert la piste du vrai meurtrier, la présence de Mike Randall à Perry's Cove pourrait s'avérer utile à la progression de l'enquête.

Il se rendit compte qu'il cherchait à gagner du temps, et traversa d'un bon pas la rampe d'accès. Sur le seuil, il s'arrêta pour s'acclimater à l'atmosphère de la galerie. Il flottait dans l'air un parfum de vieille maison. Quelques meubles provenant de lieux humides avaient gardé une vague odeur de moisissure, mais celle de la cire dominait. De l'endroit où il se tenait, il apercevait un bel ensemble de tables, de fauteuils, de plats en argent. Et aussi toutes sortes de bibelots entassés dans des vitrines et sur des étagères.

Une vague de nostalgie déferla dans son cœur. Ses parents avaient été brocanteurs dans le New Jersey, et ils lui avaient communiqué leur amour des antiquités. C'était même ainsi qu'il avait fait la connaissance de Véronica, car celle-ci donnait souvent un coup de main à ses cousins, qui étaient dans le métier. Ils se retrouvaient sur tous les marchés aux puces de la région. Adolescents, ils avaient pris l'habitude de s'isoler pour discuter. Peu à peu, leur amitié avait évolué, leurs sentiments étaient devenus plus forts. Il avait cru que c'était de l'amour. Rétrospectivement, il se rendait compte qu'à dix-huit ans, ils étaient beaucoup trop jeunes pour s'engager définitivement. Mais la grossesse de Véronica avait précipité les événements, et ils s'étaient mariés. Peu après, Véronica avait fait une fausse couche et il s'était senti soulagé de ne pas avoir à endosser la responsabilité d'un enfant. Véronica avait dû éprouver le même sentiment que lui, puisqu'ils avaient ensuite repoussé aux calendes grecques le moment de fonder une famille.

Et puis, ils étaient tous deux très occupés. Mark passait un diplôme commercial à l'université, et avait repris la société de construction de son oncle, qu'il devait faire tourner en même temps. Quant à Véronica, elle passait tout son temps dans les ventes aux enchères, dans l'espoir d'y dénicher quelques objets dignes d'intérêt qu'elle revendait ensuite sur les marchés, puis dans la boutique qu'elle avait ouverte avec ses cousins. C'était elle qui avait eu l'idée de venir en Caroline du Nord. Après huit ans de mariage, l'idée de repartir de zéro dans une nouvelle région avait plu à Mike. Et quand Véronica lui avait suggéré de rénover ce vieux bâtiment pour en faire un pavillon d'antiquaires, le projet l'avait enthousiasmé. C'était elle aussi qui avait eu l'idée de créer une association de commerçants pour financer le projet. A l'époque, il avait trouvé que c'était un trait de génie.

Une voix familière qui s'éleva sur sa droite le tira de ses rêveries. C'était celle d'Oliver Garrison. Il détenait le plus grand nombre de parts dans l'association et était également président du conseil d'administration.

Mark, caché derrière une boutique remplie de meubles imposants, ne parvenait pas à le voir ; mais il pouvait se le représenter aisément. Garrison était d'une taille imposante, un peu au-dessus de la moyenne. Il avait les épaules larges, des cheveux grisonnants sur les tempes. Ses yeux, profondément enfoncés dans leurs orbites, pouvaient passer en une seconde du salut chaleureux à une expression glaciale.

A en juger par le ton de sa voix, il était bouleversé ou furieux en ce moment. La discussion était vive. Il était au téléphone, ou face à quelqu'un, dans la boutique avec lui. Mais Mark ne parvenait pas à discerner ses paroles.

Qu'aurait fait un touriste, entré par hasard dans la galerie ? Se serait-il discrètement tenu à l'écart ? Un touriste bien élevé, oui, peut-être. Mais bien des gens auraient aussi été assez curieux pour approcher, l'air intéressé.

Avec un léger haussement d'épaules, Mark contourna la haute armoire de noyer qui lui masquait Garrison et se faufila entre une série de fauteuils joliment disposés autour d'un guéridon. Il remarqua au passage un immense ange de marbre qui avait tout l'air d'avoir été volé dans un cimetière.

Garrison n'était pas au téléphone. Un homme se tenait près de lui. Mark ne pouvait pas voir son visage, car il lui tournait le dos, mais il se figea : il l'avait reconnu. Ce cou épais, ces cheveux coupés court au-dessus du col d'une chemise bleue d'uniforme... Bon sang ! S'il y avait quelqu'un que Mark n'avait *vraiment* pas envie de voir, c'était bien le shérif Dean Hammer !

Car c'était lui qui l'avait arrêté et emmené à la prison d'Etat, dans une voiture de patrouille noire et blanche. Dommage que cette même voiture n'ait pas été garée sur le parking aujourd'hui : s'il l'avait vue, Mark aurait reporté sa visite à un autre jour.

Le regard de Garrison passa en un éclair du shérif au nouveau venu. Hammer se retourna.

— Je peux vous aider ? s'enquit l'antiquaire.

La gorge de Mark était tellement desséchée qu'il crut ne pas pouvoir émettre le moindre son. Il parvint cependant à articuler, avec assez de naturel :

— Je voudrais connaître le prix d'une de ces tables, là-bas. Mais je ne trouve personne pour me renseigner.

Il accompagna ses paroles d'un geste vague, derrière lui.

— Nous sommes lundi et beaucoup de vendeurs restent chez eux ce jour-là. Mais je peux peut-être vous aider.

— Je ne veux pas vous déranger.

— Nous avions terminé, déclara Hammer. Prévenez-moi si vous avez d'autres problèmes, Garrison.

— C'est d'accord.

Avant de partir, le shérif jeta un long coup d'œil à Mark. Celui-ci eut du mal à garder l'air indifférent. Quand Hammer se fut éloigné, il poussa un soupir de soulagement. Certes, il s'était attendu à tomber sur lui un jour ou l'autre. Il avait même envisagé de trouver un prétexte et de passer au poste de police, de manière à conserver le contrôle de la situation, lors de cette rencontre. Décidément, rien ne se passait comme il l'avait prévu. Bill Bauder d'abord. Et maintenant Dean Hammer...

C'était peut-être un avertissement du destin : « Quitte Perry's Cove avant qu'il ne soit trop tard. Va poursuivre ta vie ailleurs. »

Impossible de suivre ce conseil. D'abord parce qu'il entendait prouver son innocence. Et ensuite, parce qu'il fallait que quelqu'un paie pour le mal qu'on lui avait fait.

— Il y a des problèmes dans le coin ? demanda-t-il quand il se retrouva seul avec Garrison.

— Pourquoi ? Ça vous intéresse ? répliqua l'autre, un brin nerveux.

— J'envisage de louer une maison en ville. Je ne voudrais pas prendre le risque de le regretter.

— Pas de danger. Perry's Cove est une petite ville comme une autre, plutôt paisible. Mais vous savez ce que c'est, la vie moderne : il y a toujours quelque chose qui va de travers. Hier des jeunes se sont retrouvés sur le parking pour faire des bêtises. Les préservatifs usagés qui jonchent le sol, ça ne fait pas très bon effet sur la clientèle.

Mark hocha la tête, l'air approbateur.

— Vous vouliez un renseignement ?

— Euh, oui, balbutia Mark en se rappelant l'excuse qu'il avait invoquée.

Il revint sur ses pas, choisit un stand au hasard et désigna une jolie table de style Queen Anne.

— Le prix est marqué dessus, fit observer Garrison en lui montrant une étiquette collée sur le pied.

— Désolé, je n'avais pas vu.

Le prix du meuble était si élevé qu'il put prétendre vouloir réfléchir à son achat sans que cette requête semble invraisemblable. Après avoir remercié l'antiquaire, il continua de déambuler dans la galerie.

Garrison n'avait pas menti : la plupart des vendeurs étaient absents. Mais Mark aperçut Ann Layton et Sally Ferguson. Art

Burger lui lança un coup d'œil, mais ne bougea pas. Ann en revanche se précipita vers lui dès qu'il passa devant son stand. Elle devait avoir plus de cinquante ans à présent, mais continuait de se teindre les cheveux en rouge.

— Je peux vous aider ? s'enquit-elle d'une voix haut perchée.

— Merci, je regarde.

— Je vous en prie, et n'hésitez pas à m'appeler si vous désirez un renseignement.

Il hésita et décida de se jeter à l'eau. Après tout, pourquoi pas ?

— Je suis passé ici il y a quelques années. J'avais discuté avec un des marchands. Il s'appelait Phil Dumont. Est-il toujours là ?

Il crut voir le visage d'Ann se défaire et comprit qu'il venait de poser une question embarrassante.

— Désolée, mais… M. Dumont est décédé.

— Oh, murmura-t-il, dissimulant son émotion du mieux qu'il pouvait. Il semblait en bonne santé, pourtant. Quand est-ce arrivé ?

Ann réfléchit un bref instant.

— Il y a environ trois ans.

Il espérait qu'elle en dise davantage, mais elle avait apparemment décidé d'en rester là. A en juger par son silence et par l'expression de son visage, il y avait fort à parier que Phil Dumont n'était pas décédé de mort naturelle. Avait-il été assassiné ? Par la même personne qui avait tué Véronica ?

C'eût été une drôle de coïncidence, non ?

A une époque, elle avait eu l'impression de grimper dans l'échelle sociale. A présent, elle parvenait tout juste à joindre les deux bouts. Molly choisit une jupe de rechange dans son armoire. Le vêtement provenait d'une boutique de dépôt-vente de Newport News. Elle ne pouvait guère s'offrir mieux.

Ses parents lui avaient appris à être économe. Ils étaient pauvres, mais avaient leur fierté. Son père avait toujours travaillé comme livreur, et sa mère avait exercé toutes sortes de petits boulots. Ils avaient su lui offrir une vie de famille chaleureuse, même s'il était souvent difficile de voir au-delà du lendemain. Pourtant, Molly était allée à l'université et avait obtenu une bourse d'études. Elle avait alors rencontré Phil Dumont. Ses parents avaient été terriblement déçus, lorsqu'elle avait abandonné ses études pour se marier.

Pendant quelque temps, elle avait mené avec Phil une existence agréable. Elle aimait dénicher de vieux meubles, les restaurer pour les revendre. Elle aimait aussi aider ses clients à trouver le meuble idéal. Phil, lui, préférait se consacrer à la gestion de leur affaire.

Et puis elle s'était retrouvée seule et s'était aperçue qu'elle aurait eu de meilleures opportunités de carrière, si elle avait terminé ses études. Aussi avait-elle l'intention de les reprendre. Mais avant tout, elle entendait mettre un peu d'argent de côté.

Satisfaite de sa tenue, elle repartit pour se rendre à l'agence. Sur le parking, elle demeura un moment dans sa voiture. Ses pensées la ramenaient à Mark Ramsey. Elle avait délibérément évité de penser à lui pendant qu'elle se changeait. Et très franchement, jusqu'à son arrivée devant l'agence, elle n'était pas sûre d'honorer le rendez-vous qu'elle lui avait fixé.

Avec un léger haussement d'épaules elle pénétra dans les bureaux et s'arrêta tout net devant Doris Masters qui la dévisageait. Molly n'avait jamais éprouvé de sympathie pour cette blonde un peu enrobée, mais elle s'efforçait de ne pas lui manifester ses sentiments. Il n'y avait pas de raison de créer un climat d'animosité sur leur lieu de travail.

— Justement, Larry te cherchait, dit Doris.

— Ah, très bien.

— Tu es allée inspecter un chantier, c'est cela ?

Molly songea que cela ne la regardait en rien. Néanmoins, elle hocha poliment la tête et se dirigea vers le domaine réservé de leur patron, situé à l'arrière de l'agence.

Assis à son bureau, Larry Iverson était au téléphone. Il leva les yeux et fit signe à Molly de s'asseoir. La jeune femme attendit patiemment, tandis qu'il négociait le prix de vente d'une maison dont il cherchait à se débarrasser depuis longtemps.

Larry avait un physique de play-boy vieillissant qui avait tendance à s'empâter. Ses cheveux blonds commençaient à s'éclaircir, et l'abus de soleil avait creusé des rides profondes autour de ses yeux. La plupart du temps il préférait traiter ses affaires au bord de sa piscine, devant sa magnifique villa sur la côte. Mais aujourd'hui, il avait décidé de rester au bureau pour attendre le retour de son employée.

Dès qu'il eut raccroché, il lui lança un regard inquisiteur.

— Alors ?

— Je pense que les travaux seront terminés à la date prévue. Etant entendu que je ne suis pas la personne la mieux placée pour en juger, précisa-t-elle.

Elle avait décidé de s'en tenir à ses questions, sans faire allusion à l'accident survenu sur le chantier. Mais apparemment, Larry était déjà au courant.

— On m'a dit que tu avais eu un problème sur place ?

— Tu veux parler du conteneur métallique qui a failli m'ouvrir la tête en deux ? fit-elle, sans manifester de surprise.

Perry's Cove était une petite ville et les nouvelles allaient vite. Larry changea de position sur son siège et dit :

— Oui. Je suis désolé.

— Tu n'y es pour rien.

— Quand même. Je n'aime pas que mes employés aient des accidents. J'aurais dû y aller moi-même, mais j'avais trop de travail. Mon client voulait que je lui envoie ce rapport de toute urgence. C'est un touriste qui t'a sauvée en te poussant, à ce qu'il paraît ?

Molly hocha la tête. Elle ne désirait pas discuter davantage de l'accident, aussi dévia-t-elle sur un sujet susceptible d'intéresser son patron.

— Oui. Nous avons discuté. Il m'a dit qu'il cherchait à louer une maison.

— Tu pourras peut-être le persuader d'acheter.

Elle eut un haussement d'épaules. Larry n'avait jamais attaché trop d'importance aux désirs de ses clients. Il ne voyait que son propre intérêt.

Quand Molly regagna son bureau, Doris était partie. Elle avait plusieurs messages en attente, mais elle était trop énervée pour s'en occuper sur-le-champ. Elle décida donc d'éditer à l'intention de Mark Ramsey une liste en double exemplaire des maisons disponibles pour la location. Elle glissa une des listes dans une chemise qu'elle laissa sur son bureau.

Tout en travaillant, elle pensait à lui. Cet homme lui avait évité l'accident en se jetant sur elle. Pendant un moment, elle avait senti son corps pressé contre le sien. Elle en avait eu le souffle coupé… et pas seulement à cause de la chute.

Il n'y avait aucune raison de réagir de la sorte. Ils avaient tous deux basculé sur le sol, voilà tout. Malgré le choc et la frayeur, elle s'était sentie troublée par ce contact intime. Lui aussi, d'ailleurs. Elle avait perçu la force de son désir et, dans son désarroi, elle avait bien failli y répondre. Mais elle avait repris ses esprits.

Bon sang, elle ne connaissait même pas cet homme ! Ils étaient des étrangers l'un pour l'autre. Deux personnes qui venaient de se rencontrer dans des circonstances pour le moins curieuses. Pourquoi, alors, avait-elle eu le sentiment qu'il n'était pas un inconnu ? Il y avait chez lui quelque chose de terriblement familier. Avant même d'avoir vu son visage, elle était sûre de le connaître. Comme si c'était quelqu'un qui revenait après une longue absence... Le souvenir d'un roman qu'elle avait lu, lui revint à l'esprit. L'histoire de deux personnes qui s'étaient connues dans une vie antérieure et avaient eu une liaison. Ce genre de choses pouvait-il se produire dans la vie réelle ? Elle poussa un soupir exaspéré. Mais non, voyons. L'histoire était séduisante, mais c'était de la fiction.

Tout cela était ridicule. Et pourtant, cette impression de déjà-vu persistait. L'attirance qu'elle éprouvait également. Il y avait bien longtemps qu'elle n'avait pas réagi de cette façon en présence d'un homme. Depuis Philip, en fait. Après sa mort, elle s'était sentie inerte, exsangue. Au bout de quelques mois elle avait fini par retrouver sa vitalité. Mais aucun homme à Perry's Cove ne l'intéressait. Quelques-uns d'entre eux auraient pu lui plaire, mais ils étaient tous mariés. Or, elle n'était pas du genre à piquer les maris des autres femmes...

Cette réflexion fit surgir une pensée fugitive, un souvenir enfoui qui ne voulait pas remonter à la surface. Elle était toujours plongée dans ses méditations, quand une toux sèche lui fit lever les yeux.

Mark Ramsey se tenait devant son bureau et la regardait comme s'il savait parfaitement sur quelles voies son esprit venait de s'égarer. Molly sentit son visage s'enflammer. Elle tenta de se ressaisir : cet homme ne lisait pas dans les pensées. Il ne pouvait pas deviner l'objet de ses rêveries. Pourtant, quelque chose dans sa manière de la regarder lui faisait craindre le contraire. Et s'il avait eu, lui aussi, le même genre de pensées ? Il valait mieux oublier cette éventualité, décida-t-elle en rassemblant les papiers éparpillés sur son bureau.

Mark remarqua la nervosité qui émanait de ses gestes. Avait-elle quelque chose à cacher ? Ou bien cette réaction était-elle suscitée par l'intérêt évident qu'il lui portait ? Il avait essayé d'étouffer l'attirance qu'il éprouvait pour elle, mais en vain. Elle resurgissait sans cesse.

— Nous devions visiter des maisons à louer, lui rappela-t-il. A moins que vous n'ayez quelque chose de plus urgent à faire ? ajouta-t-il en retenant son souffle.

— Non, non. J'ai préparé une liste, donnez-moi juste le temps d'aller chercher les clés, je reviens.

Elle prit son sac, se leva et disparut dans un corridor pendant quelques minutes. Lorsqu'elle apparut à nouveau dans l'encadrement de la porte, elle semblait changée ; de toute évidence, elle venait de se remaquiller et l'effet était ravissant. Mark était heureux en songeant qu'elle n'était plus mariée.

A peine cette idée lui eut-elle traversé l'esprit, qu'il éprouva un léger remords. Phil était mort dans des circonstances apparemment suspectes, ou tragiques. Il fallait qu'il découvre ce qui s'était passé.

Molly venait certainement de traverser une période difficile, et il n'avait pas le droit de tirer parti de la situation. Mais il ne pouvait non plus ignorer la soudaine exultation qu'il sentait sourdre : elle était libre... et il pouvait l'inviter à sortir avec lui. S'il le souhaitait. A la vérité, ce qu'il désirait plus que tout, c'était lui faire l'amour passionnément, sauvagement, même. Qu'en aurait-elle dit, si elle l'avait deviné ?

— Vous êtes prête ? s'enquit-il poliment.

— Oui.

— Nous prenons votre voiture ou la mienne ?

— Il vaut mieux que je conduise. Je connais la ville et vous pas.

— D'accord.

Elle lui facilitait décidément la tâche, et lui évitait de prendre un risque. Il connaissait parfaitement la région, et se serait probablement trahi s'il avait pris le volant. Il ouvrit la portière du passager et s'installa dans sa petite Honda vieille de cinq ans.

Tandis que la jeune femme manœuvrait pour sortir du parking, il ne put s'empêcher de baisser les yeux sur ses seins.

Quelle déchéance, songea-t-il, il ne savait donc plus se comporter honorablement… C'était le prix à payer pour des années d'enfermement, loin de toute présence féminine.

Il se força à détourner les yeux, s'enfonça dans son siège et ferma les paupières. Ce qui ne l'empêcha pas de respirer le parfum délicat de sa compagne. Un mélange d'essences légères et fleuries, dont la délicatesse l'étourdissait légèrement. Conscient qu'il deviendrait fou s'il se laissait aller, il rouvrit les yeux et se concentra sur le paysage.

— Où allons-nous ?

— J'ai plusieurs idées. Nous allons commencer par une maison sur la plage.

— Une de ces monstruosités qui défigurent les dunes ?

— Celle que j'ai en tête est petite et convient pour une personne seule. Si ça ne vous plaît pas, je vous montrerai un immeuble à une dizaine de kilomètres d'ici. Les jardins sont superbes et les appartements bien équipés. Il y a une piscine et des Jacuzzi.

Cela ne correspondait pas vraiment à ce qu'il cherchait, mais il n'opposa pas d'objection. Plus il mettrait de temps à trouver la maison idéale, plus longtemps il resterait en compagnie de Molly Dumont.

— Pourquoi avez-vous décidé de devenir agent immobilier ? s'enquit-il.

Elle hésita un bref instant avant de répondre :

— Après la mort de mon mari, j'ai cherché du travail. Nous avions une boutique d'antiquités et j'étais une bonne vendeuse. Une de mes amies m'a conseillé de me lancer dans l'immobilier. Larry Iverson a accepté de m'engager comme assistante en attendant que j'aie obtenu le diplôme requis pour exercer.

Mark hocha la tête, en regrettant qu'elle n'en ait pas dit davantage au sujet de son mari. De toute évidence, elle n'avait pas envie de poursuivre ce genre de conversation avec un client.

Ils s'arrêtèrent devant une petite maison située au bord de la route, face à la plage. Elle était en bon état et la vue sur le vieux phare paraissait superbe, mais Mark sut au premier coup d'œil qu'il ne pourrait pas vivre là. Il était déjà venu dans cette maison, à l'occasion d'une fête donnée par un des antiquaires de la galerie. Ce jour-là, Véronica et lui venaient de se disputer, et ils ne s'étaient pas adressé la parole de toute la soirée.

Comme il ne pouvait pas expliquer tout cela à Molly, il fit le tour de la maison avec elle, puis prétexta que l'intérieur ne lui plaisait pas. La jeune femme n'insista pas et suggéra d'aller visiter autre chose.

Ils firent quelques kilomètres sur l'autoroute, puis elle emprunta une bretelle de sortie à droite. Une petite route menait à un ensemble d'immeubles de trois étages entourés de terrasses. Un panneau de bois vieilli artificiellement indiquait que la propriété s'appelait *Ocean Vista*. Le jardin était luxuriant, agrémenté de buissons et de plates-bandes abondamment fleuries. Ce genre de complexe résidentiel n'existait pas encore lorsque Mark vivait à Perry's Cove, mais les terrains devenaient chers et les promoteurs favorisaient les immeubles, plus abordables que des maisons individuelles, et qu'ils vendaient donc plus facilement.

— Ces immeubles sont-ils déjà habités ? demanda-t-il en observant le parking presque vide.

— Quelques personnes viennent d'emménager, mais la plupart des appartements sont encore à vendre. Celui que je vais vous montrer a été acheté par quelqu'un qui désire louer en attendant de venir passer sa retraite ici.

Ils empruntèrent un escalier extérieur et atteignirent un profond palier. Les portes peintes en jaune pâle paraissaient délavées par le soleil. Mark suivit la jeune femme à l'intérieur, et découvrit avec surprise que les pièces étaient déjà meublées. Des tapis de sisal recouvraient le carrelage de terre cuite. La cuisine était petite, mais bien aménagée. De toute façon, il n'avait jamais été très bon cuisinier, et ce n'était pas en travaillant à la bibliothèque de la prison qu'il avait amélioré ses talents culinaires. Il remarqua tout de même que les appareils ménagers n'étaient pas de première qualité.

Molly lui vanta les agréments de l'appartement en le précédant dans la chambre, puis dans la salle de bains. Cette dernière, large et bien éclairée, était pourvue d'une baignoire à remous ainsi que d'une cabine de douche.

Mark s'était efforcé de se concentrer sur la visite. Mais en examinant la pièce, il ne put repousser l'image qui se présentait à son esprit : Molly et lui sous la douche, l'eau ruisselant sur leurs corps nus et enlacés. Cela lui parut si réel qu'il retint une exclamation et dut agripper le chambranle pour recouvrer son équilibre.

— Vous vous sentez bien ? demanda Molly.

— Oui. Ce doit être l'altitude qui me donne des vertiges.

— L'altitude ? Vous plaisantez, nous sommes au niveau de la mer.

Mark éclata de rire.

— Eh bien, quelque chose me fait tourner la tête. Je suis peut-être allergique à cet appartement.

— Dans ce cas, il vaut mieux partir, conclut-elle en le précédant dans le corridor.

Mark attendit pendant qu'elle refermait la porte à clé.

— Voulez-vous jeter un coup d'œil au jardin ?

Il acquiesça. Non qu'il soit réellement intéressé, mais il se dit qu'il était plus prudent de retarder le moment où il se retrouverait seul à seule avec elle dans la voiture. Encore un peu étourdi, il suivit Molly dans l'allée de gravier qui longeait le bâtiment, le regard fixé sur le mur de l'immeuble. Son attention fut attirée par une tache de rouille qui semblait provenir de la rambarde du balcon et qui s'écoulait sur le plâtre blanc. Le constructeur n'avait pas utilisé des matériaux d'excellente qualité, mais cela ne le concernait pas puisqu'il n'avait pas l'intention de louer cet appartement. Molly était déjà à dix pas devant lui, ses talons hauts claquant sur le gravier. Elle était parvenue devant une sorte de large plaque en bois posée au milieu de l'allée, probablement en raison du chantier : le gravier avait été posé de manière provisoire, et le chemin serait bientôt goudronné. Attentif à tous les détails concernant la construction, Mark remarqua que la plaque semblait instable, comme si elle avait été négligemment jetée sur le sol.

Il observa la jeune femme, qui avait encore pris de l'avance ; il valait mieux qu'elle contourne cette plaque. Mais ce n'était pas facile, car celle-ci occupait toute la largeur de l'allée, jusqu'à une plate-bande toute fraîche que personne n'aurait eu l'idée de piétiner...

— Attendez ! cria-t-il en courant vers Molly.

Trop tard. Elle avait marché dessus, et il entendit le bruit du bois qui se brisait.

4.

Alors même que Mark s'élançait, il vit la planche craquer et Molly vaciller sur ses jambes. Cette fois, il était trop loin pour lui venir en aide. La jeune femme basculait, elle allait tomber… Comme dans un cauchemar, il vit sa jambe traverser l'épaisseur du bois, et le sang couler sur les longues écorchures… Mais elle évita le pire en ayant le réflexe d'agripper un petit arbre qui venait juste d'être planté au bord de l'allée.

Le pauvre arbrisseau ploya sous son poids, se balança un instant, mais demeura enraciné dans le sol. La plaque de bois glissa dans la direction opposée, emportant la chaussure de Molly. Mark avait remarqué que la plaque servait à couvrir une fosse sanitaire, et que celle-ci était maintenant découverte. Mais il consacrait toute son attention à Molly, qui se débattait pour ne pas tomber dans le trou.

En moins d'une seconde, il parvint devant la jeune femme, se jeta à genoux sur le sol et la serra dans ses bras, lui permettant ainsi de lâcher l'arbre frêle auquel elle s'accrochait désespérément. Sous le choc, elle lui agrippa la taille et les épaules de toutes ses forces, comme si sa vie en dépendait.

Mark était bien conscient que cet accident n'avait pas la gravité de celui qui s'était produit plus tôt dans la journée. Mais sans doute réagissaient-ils tous deux à la répétition des événements. Pour la deuxième fois ce jour-là, Molly s'était trouvée en danger… et il s'était encore lancé à son secours. Au moment où il referma ses bras sur elle, il fut submergé par un nouveau flux de sensations. Le contact de son corps souple. La caresse de ses cheveux soyeux contre sa joue. Le doux parfum féminin qui lui avait fait tourner la tête dans la voiture. C'était peut-être ce parfum, qui le troublait le plus… Ou peut-être la façon dont elle se cramponnait à lui, comme s'il venait de lui sauver la vie. Il n'avait pourtant pas fait grand-chose. Il s'était trouvé trop loin pour lui venir vraiment en aide. C'était elle-même qui avait évité le pire, grâce à ses réflexes.

Bien qu'elle fût en état de tenir debout seule, elle continua de s'appuyer sur lui. Elle garda un long moment le regard fixé au sol, comme si elle ne parvenait pas à décider ce qu'elle devait faire.

Mark attendit en retenant son souffle. Très lentement, elle leva son visage vers le sien et croisa son regard. Cela ne dura qu'un instant. Un très court instant au court duquel, cependant, ils échangèrent quelque chose d'unique. Sans un mot. Elle sut qu'il lui demandait si elle désirait qu'il la libère. Il comprit qu'elle ne le voulait pas : elle préférait rester où elle était. Alors, Mark fit ce qui lui parut la chose la plus naturelle du monde : il posa ses lèvres sur les siennes.

Quand il était en captivité, coupé du monde, le fait d'imaginer qu'il l'embrassait, qu'il la touchait, l'avait aidé à ne pas devenir fou. A présent elle était là, dans ses bras, et elle désirait la même chose que lui.

Le contact de leurs lèvres était si excitant que Mark crut sentir sur sa peau une gerbe d'étincelles. Un embrasement. A l'instant même où leurs bouches se rencontrèrent, le baiser les enflamma. Les lèvres de Molly avaient un goût exquis, plus enivrant encore que la liberté, plus étourdissant que tout ce à quoi il avait cru devoir renoncer pour toujours. Il but à cette source comme un homme assoiffé, qui découvre brutalement que la vie lui offre le plus délicieux des nectars.

Elle ouvrit les lèvres, s'offrit à son étreinte, répondant sans réserve à son baiser ardent. Le désir de Mark resurgit sur-le-champ. Il était prêt à lui faire l'amour, là, tout de suite. Pendant quelques secondes, seul demeura son désir désespéré d'un contact plus intime avec elle. Une de ses mains glissa sur les hanches rondes de la jeune femme qu'il attira contre son sexe tendu. De son autre main, il la serra contre lui, pour enfin sentir la douceur de ses seins sur son torse. Alors, il crut perdre tout contrôle de lui-même. Il voulait Molly, il voulait s'enfoncer en elle, la pénétrer et jouir d'elle. Sa main s'aventura plus loin, sur ses fesses, tandis qu'il cherchait du coin de l'œil un lieu protégé où ils pourraient faire l'amour.

Brusquement, elle se raidit. Lorsqu'il reporta son regard sur le sien, il fut frappé par son expression à la fois médusée et paniquée, qui lui fit l'effet d'une douche froide. Il cligna des paupières, comme au sortir d'un rêve. Mais qu'était-il en train de faire ? Il n'allait tout de même pas la renverser dans les buissons pour lui faire l'amour ! Certes, des années de privation avaient exacerbé son désir... mais de là à se comporter en dément parce qu'il tenait Molly Dumont dans ses bras !

Sa respiration était saccadée, son cœur battait à grands coups désordonnés. Il se força à relâcher son étreinte et à faire un pas en arrière. Toutefois, il garda une main posée sur le bras de Molly. Il ne pouvait se résoudre à se détacher tout à fait d'elle.

— Je suis désolé, marmonna-t-il d'une voix sourde. Je suis allé trop loin.

Seigneur, qu'elle était belle avec ses pommettes roses et ses lèvres rougies par les baisers ! Il aurait voulu la reprendre dans ses bras, la presser contre lui. Mais au prix d'un violent effort, il s'en abstint. Elle lui répondit par un bref signe de tête. Il se dit qu'il lui faudrait s'excuser un peu mieux que cela s'il voulait un jour la tenir de nouveau entre ses bras.

Une accablante sensation de vide l'envahit. Il passa ses doigts tremblants dans ses cheveux, cherchant ses mots.

— Je… je n'ai plus approché une femme depuis la mort de mon épouse, s'entendit-il murmurer.

— Je suis désolée. Pour votre femme, je veux dire.

Plusieurs secondes s'écoulèrent avant qu'elle ne se décide à demander :

— Il y a combien de temps ?

— Trop longtemps.

Il n'avait pas envie de mentir. Pas à Molly. Mais impossible de donner trop de détails. Il ramena donc la conversation sur elle.

— Tout va bien ?

— Oui.

Il eut l'impression qu'elle avait répondu automatiquement, sans réfléchir.

— Votre jambe ne vous fait pas souffrir ?

Elle baissa les yeux vers son pied posé à même le sol. Mark fut alors certain qu'elle avait complètement oublié l'incident qui venait de se produire. Reprenant ses esprits, Molly se retourna pour examiner l'allée de gravier, puis la profonde cavité qui aurait dû être recouverte d'une trappe en fonte. Elle en eut le vertige et laissa échapper une exclamation de surprise.

— Vous auriez pu vous faire très mal, marmonna Mark. Heureusement que vous avez des réflexes.

— Eh bien… J'ai senti la plaque céder et je… j'ai suivi mon instinct.

Il allait poursuivre, mais il songea à autre chose. Le plus urgent était de découvrir si Molly avait été la cible des deux accidents de la journée. Le lieu ne se prêtait guère à ce genre d'investigation : ils se trouvaient au beau milieu des immeubles, à la merci d'éventuels regards indiscrets. Et si on les épiait ?

Naturellement, il n'avait guère songé à cela quand il avait failli l'allonger dans l'herbe pour lui faire l'amour...

— Qu'y a-t-il ? s'enquit-elle en le dévisageant.

— Nous pourrions aller nous promener sur la plage, ça nous détendrait.

Mark crut qu'elle allait refuser, mais après un instant de réflexion, elle déclara :

— D'accord.

Il avait involontairement retenu sa respiration, comme si sa réponse allait déterminer le cours de leur vie. Il reprit son souffle et contourna prudemment le large trou dans le sol pour aller s'accroupir devant la plaque de bois. Le talon de l'escarpin y était resté coincé, et Mark l'en extirpa délicatement. Il y avait une longue éraflure dans le cuir.

— C'est réparable ? demanda-t-il en tendant la chaussure à Molly.

— Peut-être.

Pendant qu'elle remettait son escarpin, il souleva la plaque de bois.

— Celui qui a posé cette planche ici était un idiot. Elle est beaucoup trop fine et légère pour couvrir ce trou.

Il précéda la jeune femme pour veiller désormais à sa sécurité, et longea les immeubles en gardant les yeux fixés au sol. Mais il n'y avait pas d'autre piège. Ils tournèrent le coin du bâtiment et se retrouvèrent sur un vaste terrain qui faisait face à la mer. Mark s'assit sur un des bancs disposés le long de la pelouse et ôta ses chaussures et ses chaussettes. Molly lui tournait le dos ; du coin de l'œil il la vit remonter légèrement sa jupe. Il comprit qu'elle enlevait son collant déchiré, et il détourna le regard. Ce n'était pas vraiment de la galanterie. Mais s'il posait les yeux sur elle, son désir allait surgir, plus fort encore.

Bon sang ! Dire qu'elle faisait maintenant rouler le nylon transparent sur sa jambe, sur sa peau satinée… il perdait les pédales. Oui, il était dans de sales draps.

En se mordant les lèvres, il avança sur la plage et tourna son visage vers l'océan. Le vent le rafraîchirait. A peine avait-il fait quelques pas que son pied heurta un objet à moitié enterré dans le sable.

— Zut !

Il se pencha et ramassa un morceau de bois.

— Bon sang, un autre piège ! Ceux qui ont construit cet immeuble feraient bien de nettoyer derrière eux.

— Je vais signaler tout cela à la direction, dit-elle, offusquée.

Ils poursuivirent leur promenade avec plus de vigilance et se dirigèrent vers le rivage où les vagues se brisaient sur les goémons.

— Qui savait que vous alliez venir ici ? demanda-t-il quand il fut certain que le bruit de l'océan couvrait leurs paroles.

— Personne.

— Vous en êtes sûre ?

— A moins que quelqu'un ait consulté mon agenda. J'y inscris toutes les adresses où je conduis mes clients. On ne sait jamais.

— Comment cela, on ne sait jamais ?

— C'est au cas où j'aurais des ennuis. Agent immobilier, c'est un métier plus dangereux que ce que l'on peut croire : il s'agit, finalement, de se rendre dans des maisons vides, avec des inconnus…

— Moi, je ne vous ferai jamais de mal, dit-il vivement.

— Je n'en suis pas si sûre.

La réplique lui fit l'effet d'une gifle.

— Attendez, je…

56

— Je n'insinue pas que vous pourriez m'agresser, précisa-t-elle. Mais… avez-vous l'intention de rester à Perry's Cove ?

— Je n'en sais rien.

— Eh bien, si vous partez… cela me fera peut-être du mal.

Elle était vraiment très franche avec lui. Il déglutit péniblement, en songeant qu'il ne pouvait pas lui rendre la pareille. Pour elle, il était un inconnu, ou presque. Et pourtant, il l'avait embrassée avec la fougue d'un soldat parti pour la guerre, et retrouvant sa compagne après de longues années de séparation.

Mal à l'aise, il songea que cette comparaison était trop proche de la réalité. Et trop dangereuse aussi. Il désirait Molly sexuellement. Mais s'engager sur le plan sentimental était impensable, beaucoup trop risqué.

— Revenons à cet accident. Cela fait le deuxième en une journée.

— Où voulez-vous en venir ? Vous croyez que quelqu'un en veut à ma vie ?

Mark fit la moue.

— Ce n'est qu'une coïncidence, une horrible coïncidence, fit-elle, détournant les yeux.

Elle contempla les vagues qui déferlaient pour venir mourir sur le sable. La marée était montante, et l'écume glissait doucement sous leurs pieds. Ils ne bougèrent pas. L'eau glacée s'enroula bientôt autour de leurs chevilles.

Sans tenir compte de la réponse de Molly, Mark continua de la questionner :

— Vous êtes-vous querellée avec quelqu'un, récemment ? Est-il possible que quelqu'un soit en colère après vous ?

— Pas que je sache.

Il perçut une nuance d'incertitude dans sa voix.

— Bien, dit-il d'un ton neutre.

— Vous ne me croyez pas ?

— Il s'est passé quelque chose, c'est tout, répliqua-t-il.

— Si quelqu'un avait voulu que j'aie un accident, il aurait fallu qu'il se rende dans mon bureau après mon départ, consulte mon emploi du temps, avant de se précipiter ici pour arriver avant nous et préparer le piège.

— Cet immeuble figurait en deuxième position de vos visites programmées ?

— Oui, avoua-t-elle à regret. Et alors ? Personne ne pouvait se douter que nous emprunterions cette allée. Cela n'a rien à voir avec ce qui s'est passé ce matin.

Il hocha la tête en silence, espérant qu'elle avait raison.

— Comment votre mari est-il mort ? demanda-t-il de but en blanc.

Elle devint livide.

— Cela ne vous regarde pas.

— Il a peut-être été assassiné. Et maintenant on veut vous tuer à votre tour.

— Il s'est suicidé. Personne ne l'a assassiné.

La nouvelle le cloua sur place. Il en éprouva aussitôt du remords.

— Pardonnez-moi, je suis vraiment désolé, dit-il. Pourquoi… a-t-il fait cela ? s'enquit-il après une légère hésitation.

— Comme je vous l'ai dit, nous avions un magasin d'antiquités. Je pensais que nos affaires marchaient bien, mais c'était lui qui s'occupait des aspects financiers. Moi, je me contentais de la restauration et de l'accueil des clients.

Mark acquiesça d'un signe. Il se rappelait en effet que le couple s'était partagé le travail de cette façon.

— Je ne savais pas que nous avions des problèmes d'argent. Mon mari me l'avait caché. En réalité, nous étions ruinés.

Elle soupira et se remit à marcher sur le sable.

— Je me demande si Phil n'avait pas une double vie dont j'ignorais tout. Il jouait peut-être dans les casinos… sans que je m'en aperçoive. Je ne saurai jamais la vérité, de toute façon.

— Ce doit être… frustrant pour vous.

— Oui.

Elle laissa passer quelques secondes avant de demander :

— Et votre femme ?

— Je préfère ne pas en parler.

— Oh.

Il donna un coup de pied dans le sable, furieux contre lui-même. Il s'était piégé tout seul. Il voulait en savoir plus sur Phil, sans rien dire de Véronica. Du moins, pas encore. Et il n'avait pas envie de mentir.

— Peut-être quand je vous connaîtrai mieux, suggéra-t-il.

— Continuons nos visites, dit-elle d'un air plus distant.

De toute évidence, elle était blessée par sa réticence à parler, alors qu'elle s'était elle-même confiée spontanément. Il acquiesça et reprit le chemin de la résidence.

De grands cèdres masquaient une partie de la résidence. Soudain, quelque chose attira l'attention de Mark : une ombre, un mouvement entre les troncs. Quelqu'un les surveillait ! Quelqu'un qui venait de disparaître au coin de l'immeuble dès qu'il s'était senti repéré !

Une autre coïncidence ? Cela pouvait aussi tout simplement être une personne qui aimait épier les couples, un voyeur. Pourquoi pas ? Mais Mark n'y croyait pas. Et il était bien décidé à découvrir qui s'intéressait autant à Molly et à lui. Il se mit à courir aussi vite qu'il put le long de la plage, mais le sable freinait sa course. Il avait presque atteint la pelouse qui bordait les immeubles, quand il trébucha sur un autre objet dur enfoui dans le sable. Une douleur fulgurante lui traversa le pied et lui fit perdre l'équilibre. Il laissa échapper un juron sans interrompre sa course, mais il dut ralentir son allure.

Lorsqu'il arriva sur le parking, une voiture manœuvrait pour sortir. Il se précipita à sa suite pour déchiffrer la plaque minéralogique, mais celle-ci était maculée de boue. Une seconde après, la Honda gris métallisé filait à vive allure sur la route.

Essoufflé, irrité, il épousseta son pantalon couvert de poussière et de sable et se dirigea en claudiquant vers un escalier, avant de s'écrouler sur la première marche. Un bruit de pas le fit sursauter : ce n'était que Molly, qui approchait, leurs deux paires de chaussures et son collant déchiré à la main.

— Qui était-ce ? demanda-t-elle en scrutant le parking vide.

— Un espion.

Elle pâlit visiblement.

— Comment ça, un espion ?

— Un homme qui voulait savoir ce que nous faisions et qui s'est enfui quand il a compris que je l'avais repéré. Connaissez-vous quelqu'un qui possède une Honda gris métallisé ?

— Non, fit-elle en haussant les épaules. Mais je ne fais jamais attention aux voitures.

— Dommage.

— Désolée.

— Ce n'est pas votre faute.

Il fit un mouvement pour se lever et grimaça quand son pied entra en contact avec le béton.

— Vous êtes blessé !

— Ce n'est rien.

— Les hommes disent toujours ça. Ils sont sans doute trop fiers de leur virilité pour admettre qu'ils peuvent aussi avoir mal, ajouta-t-elle, taquine. Faites-moi voir.

Elle s'agenouilla près de lui et lui prit le pied pour l'examiner. Malgré les circonstances peu équivoques, ce contact le troubla. Il s'allongea autant qu'il le put sur la marche et ferma les yeux. Les doigts de Molly glissant sur sa peau nue provoquèrent une sensation délicieuse.

— Je vous fais mal ?

— Non, répondit-il d'une voix étranglée.

La réalité se rappela douloureusement à lui quand il sentit le doigt de la jeune femme se poser sur son gros orteil.

— Là, j'ai mal.

— Heureusement, il n'y a pas d'entaille, mais vous allez avoir un bel hématome. Voulez-vous que j'aille chercher de la glace dans l'appartement ?

— Non, ça ira. Partons d'ici.

Il enfila ses chaussettes, puis ses chaussures, en se félicitant d'avoir eu la bonne idée de mettre des mocassins souples ce jour-là. Ils remontèrent dans la voiture et Molly demeura un moment immobile, les yeux dans le vague.

— Pour quelle raison s'intéresserait-on à ce que nous faisons ? dit-elle enfin.

— Je l'ignore.

Se pouvait-il que quelqu'un ait déjà levé le voile sur son secret ? Non, c'était absolument impossible. Pourtant, un doute demeurait.

— Voulez-vous que nous en restions là pour aujourd'hui ? s'enquit Molly.

— Non, j'aimerais visiter encore une ou deux maisons.

Cela lui donnerait une chance supplémentaire de découvrir qui les suivait — à supposer qu'ils soient réellement suivis.

Ils gardèrent le silence tandis qu'elle s'engageait sur la route qui menait au quartier où il avait autrefois vécu. Mark sentit un poids peser sur sa poitrine quand ils passèrent devant les boîtes aux lettres qu'il connaissait si bien. Celles des voisins… et la sienne. Il était arrivé en ville par la route opposée et n'avait pas encore mis les pieds de ce côté-ci. La pancarte jaune et rouge annonçant que la maison était à vendre le sortit de sa torpeur.

— Cet endroit me plaît, s'entendit-il déclarer alors même qu'il s'était promis de se taire.

— Cette maison n'est pas à louer.

— J'aimerais la visiter.

— Une femme y a été assassinée.

Ces paroles lui firent l'effet d'un coup de poing en pleine poitrine. Il inspira longuement pour recouvrer un rythme cardiaque normal. Véronica avait-elle vraiment été tuée dans cette maison ? Lui-même n'en savait rien. Comment Molly pouvait-elle en savoir plus long que lui à ce sujet ? Il lui coula un regard de côté. Elle semblait nerveuse, mais c'était fort naturel si elle pensait se trouver sur le lieu d'un meurtre. Il se tordit le cou pour regarder la maison, mais son siège était trop bas pour qu'il puisse apercevoir davantage le sommet du toit.

— Dans cette maison ? Vous en êtes sûre ?

Elle secoua la tête.

— Je me suis mal exprimée. La femme qui habitait là a été assassinée et son mari condamné pour meurtre. Par la suite, de nouveaux éléments sont apparus et il a été libéré.

— J'imagine que cela rend la maison difficile à vendre ?

— En effet.

— Je vais peut-être pouvoir faire une bonne affaire. Allons jeter un coup d'œil.

Elle eut une moue désapprobatrice, mais s'avança tout de même dans l'allée mal entretenue où mieux valait rouler prudemment entre les nids-de-poule.

— Comment s'appelait cette femme ? demanda Mark.

— Véronica Randall.

Les mots semblèrent flotter un moment dans l'atmosphère confinée de la voiture.

— Je crois avoir entendu parler de cette affaire, dit-il enfin. Ça m'a fait de la peine pour ce pauvre type. Je suppose que c'était un coup monté contre lui ?

— C'est ce que j'ai toujours pensé.

Mark se sentit délesté du poids qui pesait sur ses épaules en l'entendant prononcer ces mots. Puis il songea qu'elle se contentait de lui faire la conversation. Ou alors, maintenant que Mike Randall avait été libéré, elle préférait réserver son jugement…

— Qui a bien pu vouloir faire croire que ce gars avait tué sa femme ? dit-il.

Elle haussa les épaules, sans répondre. Ses mains se crispaient sur le volant et toute son attention était fixée sur la route défoncée. Avait-elle réellement tant de mal à passer entre les rigoles qui creusaient le chemin… ou bien essayait-elle simplement d'éluder sa question ?

Les pensées de Mark vagabondaient vers le passé. Lorsque la voiture parvint au sommet d'une côte, la maison lui apparut enfin, tout entière. Il baissa les yeux sur *Le Cap,* qui avait été toute sa vie pendant cinq ans. Bon sang ! Sa respiration allait s'arrêter. Cinq ans, c'était exactement le laps de temps qu'il avait passé en prison. Les souvenirs l'assaillirent. Certains étaient bons, d'autres terribles. Quand Véronica et lui avaient acheté cette maison, ils avaient dû s'atteler à de nombreux travaux de rénovation. Mark avait passé des heures à la rendre fonctionnelle et accueillante. Véronica lui avait demandé d'enlever l'horrible peinture noire qui recouvrait la cheminée afin de faire apparaître les briques rouges. Il s'était attaqué avec ferveur à cette tâche longue et pénible. Ensuite, sa femme s'était chargée de la décoration, ramenant à la maison les trouvailles merveilleuses qu'elle faisait généralement au marché aux puces.

Il s'était senti fier de leur maison et au début, ils avaient été heureux. Puis, petit à petit, leur vie ensemble s'était détériorée. Il n'aurait pas su dire comment cela avait commencé… Sans doute consacrait-il beaucoup de temps à sa société de construction. Il ne s'était pas assez occupé de sa femme. Quand il s'en était aperçu, il était déjà trop tard : ils étaient malheureux ensemble.

Plongé dans ses pensées, il descendit de voiture en silence et se dirigea vers la porte d'entrée. La maison avait besoin d'un bon coup de peinture, et un volet aux gonds cassés pendait tristement.

La voix de Molly le ramena à l'instant présent.

— Nous ne pouvons pas entrer.

— Pourquoi ?

— Mais parce que… je n'ai pas la clé.

Il ne prit même pas le temps de réfléchir et rétorqua :

— La plupart des gens laissent une clé cachée à l'extérieur.

— Cette maison n'est plus habitée depuis six ans.

— Laissez-moi quand même jeter un coup d'œil, dit-il en faisant quelques pas entre les buissons.

Il se rappelait l'endroit exact où sa clé était dissimulée. Il y avait des chances pour qu'elle soit encore là. Il repéra presque tout de suite le rocher sous lequel il la glissait autrefois, mais il n'y alla pas directement. Il fit semblant de chercher encore un peu, conscient du regard de Molly fixé sur lui.

« Ce n'est pas une très bonne idée », lui souffla une voix. Il valait mieux rebrousser chemin tant qu'il était encore temps. Mais il en était incapable. Une force invisible le poussait. Son cœur battait la chamade, ses mains étaient moites. Il ne put retarder plus longtemps le moment. Soulevant le rocher, il s'écria :

— Je l'ai !

Molly regarda autour d'elle, profondément mal à l'aise.

— Mark, *ce n'est pas une très bonne idée*, dit-elle, sans se douter du pouvoir de ses mots.

Mais il ne tint pas compte de le seconde mise en garde. Il se précipita vers la porte et introduisit la clé dans la serrure.

A l'instant où le battant s'ouvrit, il comprit qu'il venait de commettre une erreur.

5.

Mark ne jeta qu'un rapide coup d'œil dans le salon. La pièce était vide. Une substance sèche, d'un brun rouge, maculait les murs et le sol. A en juger par l'odeur, ce n'était pas du ketchup. Il fit un pas en arrière et claqua la porte derrière lui. Quelle idée idiote il avait eue ! se reprocha-t-il, en pestant en son for intérieur. Si Molly n'avait pas été avec lui, il serait remonté en voiture illico, et serait reparti en trombe. Mais ce n'était plus possible, à présent.

— Que se passe-t-il ? demanda-t-elle d'une voix inquiète.

— Du sang. Il y a du sang, murmura-t-il.

Le visage de la jeune femme se décomposa.

— Oh, mon Dieu, non ! Partons.

Sa réaction le choqua et l'intrigua. Elle avait le même réflexe que lui : fuir. Mais pourquoi ? Il fallait qu'il le sache. Avant qu'il ait pu formuler la moindre question, un nuage de poussière apparut sur la route. Une voiture monta la rue à toute allure, comme si elle avait le diable à ses trousses.

Elle pila devant eux. Quand il en vit descendre un petit homme chauve, Mark sut qu'il était bel et bien pris au piège. Pas moyen de sortir du guêpier dans lequel il venait de se fourrer ! Il ne lui restait plus qu'à dire la vérité sur sa découverte. Il recula d'un pas, attrapa la poignée de la porte et frotta ses doigts sur le cuivre, en espérant que ce serait suffisant pour masquer ses empreintes.

Il n'était pas impossible, d'ailleurs, que celles de Mike Randall s'y trouvent encore. Les empreintes s'effaçaient-elles avec le temps ? Il aurait dû vérifier ce détail.

La voix de Molly le tira de ses réflexions.

— C'est Bill Bauder, chuchota-t-elle. Le directeur du journal. Il fourre son nez partout.

Bauder approcha, et en même temps, une image vint à l'esprit de Mark. Il se vit, s'enfuyant à toutes jambes sur la plage. Seule la certitude que l'homme ne pouvait se douter de sa véritable identité l'aida à demeurer sur place.

— Qu'est-ce qui se passe, ici ? demanda Bauder.

— Mme Dumont me faisait visiter cette maison, expliqua Mark d'une voix sobre.

— C'est pas vous, qui étiez intéressé par une location ?

— Oui. Comment le savez-vous ?

— C'est mon métier, de savoir ce qui se passe à Perry's Cove. Cette maison n'est pas à louer, ajouta-t-il inutilement.

Mark fourra les mains dans ses poches.

— Mme Dumont me racontait l'histoire de la ville. Quand elle m'a dit qu'il y avait eu un meurtre dans cette maison, je n'ai pas pu résister, j'ai voulu y jeter un coup d'œil. Ça s'est passé il y a longtemps ? demanda-t-il en se tournant vers Molly.

— Environ six ans, murmura-t-elle.

— Quand je suis entré, j'ai vu quelque chose qui ressemblait à du sang. Voilà pourquoi vous nous trouvez devant la porte.

L'homme écarquilla les yeux.

— Du sang ?

— Oui. Mais je suppose que depuis six ans, quelqu'un est passé nettoyer.

Bauder l'enveloppa d'un regard circonspect.

— Comment êtes-vous entré ?

Mark jeta un rapide regard en coin à Molly et déclara :

— La porte était ouverte.

Il vit la jeune femme se balancer d'un pied sur l'autre, gênée. Elle l'avait vu insister pour entrer, chercher la clé, et il était clair qu'il ne voulait pas le dire à Bauder. Qu'allait-elle penser ? Il attendit, le souffle court, qu'elle intervienne pour donner sa version des événements… Mais elle n'en fit rien ; au contraire, elle hocha la tête pour confirmer sa déclaration. Mark souffla, soulagé.

Bauder alla à la porte d'un pas vif, agrippa la poignée et la tourna. D'autres empreintes, qui allaient effacer les siennes, se dit Mark.

— Merci, chuchota-t-il si bas que seule Molly put l'entendre.

Elle n'eut pas le temps de lui répondre. Bauder avait à peine franchi le seuil de la maison qu'il s'immobilisa.

— Bon sang ! marmonna-t-il avant de les rejoindre dans le jardin. Que s'est-il passé, ici ?

Mark répondit par une moue.

— Nous n'en savons pas plus que vous. Il faudrait sans doute appeler le shérif, enchaîna-t-il d'un ton plat.

Molly et lui avaient été sur le point de quitter cet endroit hâtivement. Mais puisqu'ils s'étaient fait surprendre sur le lieu d'un crime, mieux valait donner l'impression qu'ils étaient prêts à aider la police. Bauder sortit son téléphone cellulaire.

— Je vais l'appeler tout de suite.

Mark comprit qu'il n'avait pas composé le 911. Apparemment, il avait le numéro personnel du shérif dans son répertoire.

— Dean, il y a un problème chez les Randall, annonça-t-il sans préambule.

Dean. Il appelait le shérif par son prénom. Les deux hommes étaient donc amis ? Le shérif dut poser une question, car Bauder reprit :

— Molly Dumont était en train de faire visiter la maison à un client. Mais on dirait qu'il y a eu un massacre à l'intérieur.

— Je n'appellerais pas ça un massacre, marmonna Mark entre ses dents.

Il y avait du sang, mais il n'avait pas vu de cadavre. Il n'avait aucune idée de ce qui avait bien pu se passer là-dedans. Bauder non plus. Sauf s'il avait été personnellement impliqué dans ces événements, et s'il avait attendu, caché dans les environs, que quelqu'un découvre le carnage… Mais au moment où il envisageait cette possibilité, Mark dut admettre pour lui-même que c'était de la paranoïa. Bauder était journaliste ; il avait tendance à dramatiser les situations, voilà tout. Déformation professionnelle.

L'homme coupa la communication et se tourna vers Mark.

— Le shérif sera là dans quelques minutes. Il aimerait discuter avec vous.

— Nous n'avons rien fait de mal, dit Mark.

Ce genre de déclaration était pourtant parfaitement inutile, il le savait. Six ans auparavant, il n'avait rien fait de mal non plus. Pourtant, il s'était retrouvé en prison. L'angoisse monta. Il sentit les paumes de ses mains devenir moites, et son cœur s'emballer. Dans un effort intense pour repousser la peur loin de lui, il regarda Molly. La jeune femme se tenait à côté de lui, aussi pâle et rigide que si elle s'attendait à affronter un peloton d'exécution. Il n'eut plus alors qu'une envie : passer un bras protecteur autour de ses épaules. Mais Bauder ne les quittait pas des yeux. Pas question d'avoir un geste qui puisse paraître déplacé. Pour tout le monde (et même pour Molly), ils se connaissaient à peine depuis quelques heures. Il n'avait pas envie de lire le lendemain dans la presse locale que Molly Dumont paraissait très intime avec un client fraîchement débarqué en ville.

C'était une excellente raison de ne pas la toucher. Mais ce n'était pas la seule. Il avait eu tout loisir d'apprendre en prison à garder un visage impassible quand les circonstances l'exigeaient. Cependant, il savait que son masque d'indifférence s'effriterait au moindre contact avec la jeune femme. Aussi ne bougea-t-il pas.

— Vous venez d'arriver ?

Bauder posa la question sur un ton négligent, mais Mark ne fut pas dupe. Il avait déjà entendu cette voix neutre changer d'intonation en un clin d'œil et se faire brusquement accusatrice.

Il n'avait jamais aimé Bill Bauder. Même avant que *La Gazette de Perry's Cove* n'ait pris parti contre lui et ne réclame vengeance pour Véronica. Montrer la moindre faiblesse devant cet homme fourbe eût été une erreur monumentale. Aussi, au lieu de baisser les yeux, darda-t-il sur l'homme un regard perçant.

— Vous savez parfaitement que nous venons d'arriver, puisque vous étiez sur nos talons. Vous nous suiviez, ou quoi ? Est-ce que dans cette ville chaque transaction immobilière fait l'objet d'un article dans le journal ?

Pour une fois, Bauder ne put cacher son embarras.

— Je ne vous suivais pas. Mais j'ai mes sources, et la maison des Randall est un point névralgique en ville : tout ce qui s'y passe intéresse nos lecteurs. Quelqu'un a vu la voiture s'engager sur la route... Or, il se trouve que j'étais dans les parages.

— Je n'envie pas le pauvre type qui achètera cette maison, rétorqua Mark.

Mais il savait qu'il valait mieux ne pas se montrer trop offensif. Aussi reprit-il d'un ton moins vif :

— Et que savez-vous sur cette vieille affaire ?

— Le mari, Mike Randall, a été condamné pour le meurtre de sa femme. Mais il s'est fait aider par un avocat véreux, un type du nord, qui a réussi à le faire libérer.

— Vous pensez qu'il était vraiment coupable et que son avocat a magouillé pour le faire sortir de taule ?

— Je suis très réservé sur cette affaire, répondit l'autre, le visage fermé.

Bien sûr… L'analyse ADN, c'était de la poudre aux yeux ! Les articles s'étaient succédé dans le journal, six ans auparavant, pour condamner Mike Randall avec véhémence. Bauder avait-il écrit une seule ligne pour informer ses lecteurs que le jugement avait été révisé, et Randall relaxé ? Ce n'était sans doute pas assez important pour être imprimé dans *La Gazette de Perry's Cove* !

Il s'apprêtait à reprendre son interrogatoire, quand un nouveau nuage de poussière annonça l'arrivée d'une autre voiture.

L'affaire se corsait.

Le cœur serré, Molly regarda la voiture de patrouille gravir la colline. Elle avait d'excellentes raisons de craindre Dean Hammer. Mais elle ne laisserait pas le shérif deviner ses sentiments. Cet homme était comme Bill Bauder : très habile pour repérer les faiblesses des gens et s'en servir afin de retourner la situation à son avantage.

Elle lança un regard en coin à son compagnon. Il semblait se tenir sur ses gardes. Manifestement, il n'était pas plus heureux qu'elle à l'idée d'affronter la justice.

Il avait menti, tout à l'heure, en disant qu'ils avaient trouvé la maison ouverte. Pourquoi ? Elle voulait le savoir. Lui, de son côté, devait s'interroger sur son attitude au moment où ils avaient découvert le carnage à l'intérieur de la maison. Il y avait de quoi se demander pourquoi elle avait voulu s'enfuir sur-le-champ…

Mais impossible d'échanger le moindre propos là-dessus tant qu'ils ne se retrouveraient pas en tête à tête.

La voiture de police s'arrêta et Hammer en descendit. L'air martial, il rajusta son holster. Il avait tout d'un véritable arsenal ambulant. Son adjoint l'accompagnait. Il s'appelait Cory Daniels et Molly ne l'appréciait pas plus que Hammer.

Le shérif fit un signe de tête à son ami Bauder et attendit d'être arrivé à la hauteur de Mark et de Molly pour déclarer d'une voix lente, chargée de sous-entendus :

— Il paraît qu'il se passe de drôles de choses, ici ?

— Ça en a tout l'air, en effet, répondit Mark. Mais je ne peux pas dire exactement ce qui est arrivé.

— Et vous êtes… ?

Le shérif sortit un carnet et un crayon de sa poche.

— Mark Ramsey, énonça Mark d'une voix calme.

— Je vous ai vu un peu plus tôt. A la galerie des antiquaires.

— C'est exact.

Molly regarda Mark. Etait-ce avant ou après leur rencontre au Canard moucheté ? Bizarre ; la galerie était bien le dernier endroit où elle se serait attendue à le rencontrer !

— Qu'est-ce qui vous amène en ville ? demanda le shérif.

Son adjoint se tenait à côté de lui, parfaitement silencieux. Molly ne put s'empêcher de relever qu'ils étaient trois contre deux.

— Je suis écrivain, dit Mark.

— Et comment avez-vous échoué ici ? Je veux dire, dans cette maison ? s'enquit le shérif en désignant la bâtisse derrière eux.

— Quand Mme Dumont m'a raconté qu'un meurtre avait été commis dans cette maison, j'ai tout de suite voulu la visiter. Je crains de ne pas avoir eu une très bonne idée.

Hammer n'exprima aucune opinion.

— Quand êtes-vous arrivé à Perry's Cove ?

Molly fut frappée par le ton monocorde de Mark quand il répondit :

— Hier soir. Je suis descendu à East Point Lodge. Aujourd'hui, je suis allé déjeuner en ville et c'est ainsi que j'ai fait la connaissance de Mme Dumont.

Il relata de la façon la plus sobre possible les circonstances de leur rencontre. Tous les regards se tournèrent alors vers Molly. L'adjoint prit la parole pour la première fois.

— Vous ne nous avez pas fait part de cet accident ?

— Je suis rentrée chez moi pour me changer. Ensuite, je suis retournée au bureau, car j'avais donné rendez-vous à M. Ramsey là-bas. J'ai rapporté l'incident à mon patron. Larry ne vous a pas appelés pour le signaler ?

— Non, répliqua Hammer d'un ton sec.

Mark et Molly se sentirent soulagés quand le shérif leur demanda de l'attendre à l'extérieur, pendant que son adjoint et lui allaient inspecter la maison. Leur visite des lieux fut presque aussi brève que celle de Mark et de Bauder. Hammer ressortit et prit son téléphone cellulaire. Molly l'entendit demander qu'on envoie une équipe d'investigation sur place, ainsi que le personnel du laboratoire de la section criminelle.

Elle avait les yeux rivés sur le shérif quand un violent éclair lumineux l'aveugla. Elle leva la tête, et vit que Bauder tenait un appareil photo braqué sur eux.

— Hé, que faites-vous ?

— Mon métier.

— Vous n'avez pas la permission de publier ma photo.

— Je n'écris pas un article sur vous. Ce sont des informations générales et je n'ai pas besoin de votre permission pour faire paraître cette photo dans le journal.

Molly soupira. Bauder disait probablement la vérité. On voyait régulièrement en première page de *La Gazette de Perry's Cove* la photo de gens connus en ville qui regardaient l'objectif d'un air éberlué, voire embarrassé. Elle-même s'était retrouvée sur la sellette, trois ans auparavant, après la mort de Phil. Son mari aussi, d'ailleurs. Car à côté des photos de la jeune veuve accablée figuraient des clichés les représentant tous les deux, au temps où ils étaient heureux.

Elle fut rapidement tirée de ses souvenirs quand elle entendit le journaliste s'enquérir, d'un ton sarcastique :

— Mais qu'est-ce qui vous a pris de venir ici ?

Avant qu'elle ait pu formuler une réponse, Mark intervint :

— Cela ne vous paraît pas évident ? Elle est agent immobilier, et elle a voulu donner satisfaction à son client.

Elle se tourna vers lui, reconnaissante de l'aide qu'il venait de lui apporter spontanément. Il semblait avoir envie de réduire la distance qui les séparait, de l'attirer contre lui. Mais peut-être était-elle en train de projeter ses propres désirs sur lui ? Il n'esquissa cependant pas un geste, ce qu'elle comprit très bien. Si Bill Bauder percevait la moindre complicité entre eux, il voudrait en savoir davantage. Or, elle n'avait pas l'intention d'avouer qu'elle s'était abandonnée à une étreinte passionnée avec un homme qu'elle connaissait à peine.

— Ne la rendez pas responsable de quoi que ce soit, poursuivit Mark. Quand vous écrirez votre article au sujet de cet incident, je tiens à ce que ce soit bien clair : c'est *moi* qui ai insisté pour visiter cette maison.

— C'est d'accord, répliqua Bauder. N'empêche que vous auriez pu refréner votre curiosité.

— Rétrospectivement, c'est facile à dire, grommela Mark. Le meurtre dont m'a parlé Molly a eu lieu il y a des années. Si j'avais su qu'il y avait un problème récent, je n'aurais jamais suggéré de venir voir cette maison.

Molly observa la façon dont les deux hommes se tenaient face à face, comme s'ils étaient prêts à s'affronter physiquement. Apparemment, ils éprouvaient une antipathie impulsive l'un pour l'autre.

Dean Hammer revint vers eux, de sa démarche flegmatique. Molly n'aurait jamais cru être un jour soulagée de voir le shérif. C'était pourtant le cas, car son arrivée dissipa la tension qui était montée entre Mark et Bauder.

— Vous résidez à East Point Lodge, c'est bien cela ?

— Oui. J'avais l'intention d'y demeurer en attendant de trouver une maison qui me convienne. Mais maintenant, je me demande si l'atmosphère de cette ville correspond bien à ce que je recherche.

Molly éprouva une vive déception en entendant cette dernière remarque. Mark allait-il réellement repartir alors qu'il venait à peine d'arriver, ou bien était-ce juste une façon d'exprimer son point de vue au shérif ? Encore une question qui devrait attendre.

— Je préférerais que vous restiez en ville tant que cette affaire n'est pas éclaircie, dit Hammer d'un ton autoritaire.

Et, comme pour faire bonne mesure, il ajouta :

— Je vous suggère de reprendre vos visites, à présent. Le public n'a rien à faire sur la scène d'un crime. Quant à vous, vous feriez mieux de vous en tenir à votre itinéraire initial, lança-t-il à Molly.

Elle voulut acquiescer, mais Mark intervint encore une fois.

— Je veux que les choses soient claires : Mme Dumont n'a dévié de l'itinéraire prévu que parce que c'est moi qui en ai fait la demande.

Il se sentait probablement coupable à l'idée de l'avoir impliquée dans cette histoire invraisemblable, songea-t-elle.

— C'est noté, répondit le shérif.

Molly eut l'impression que Mark ne voulait pas en rester là. Mais il valait mieux éviter de contrarier Dean Hammer. Aussi prit-elle les initiatives : elle posa doucement la main sur son bras, et assura d'un ton calme :

— Il vaut mieux partir.

Mark lui lança un regard de côté et opina du chef.

— Si vous avez quelque chose à me dire, voilà mon numéro de téléphone, ajouta le shérif en tendant à Mark une carte professionnelle.

Mark suivit Molly jusqu'à la voiture et lui ouvrit la portière. Elle s'assit au volant. Ils ne prononcèrent pas un mot, tandis qu'elle faisait demi-tour pour s'éloigner de la maison. Tous deux avaient la désagréable impression que Bauder et Hammer les épiaient encore, et qu'ils auraient pu surprendre leur conversation. Il aurait suffi de quelques micros bien placés…

Au bout de l'allée, Molly s'arrêta.

— Merci pour votre intervention, dit-elle.

— C'est moi qui nous ai fourrés dans ce guêpier.

— Vous ne pouviez pas savoir.

— Quand même…

Il baissa la tête, hésita et reprit :

— Je vous remercie de ne pas m'avoir contredit quand j'ai prétendu que la porte était ouverte. Ça n'aurait pas fait très bon effet, si j'avais avoué avoir cherché la clé dans le jardin.

— Je comprends. Et au fait, je trouve que vous avez de bons réflexes.

— Vous ne parlez pas du fait que j'aie su ouvrir la porte ?

— Non. Du fait que vous ayez voulu quitter les lieux avant que nous soyons repérés.

Elle inspira longuement, puis poussa un léger soupir.

— Vous vous demandez sans doute pourquoi j'ai voulu partir si vite, moi aussi ?

— Oui, cette question m'a effleuré.

Elle inspira de nouveau avant d'expliquer :

— Quand Hammer croit tenir quelque chose, il ne lâche pas. Après la mort de Phil, il a eu l'impression que mon mari avait été victime d'une sorte de conspiration. Il m'a posé plein de questions qui ne semblaient avoir aucun rapport avec l'affaire. Et quand je ne lui fournissais pas les réponses qu'il espérait, il revenait à la charge et répétait ses questions encore et encore. J'ignore ce qu'il attendait de moi, et ce qu'il espérait prouver. Mais à la fin, j'ai eu le sentiment qu'il me soupçonnait d'avoir une responsabilité dans la mort de mon mari.

— Je suis désolé.

— Depuis, je l'ai toujours évité. C'est pourquoi j'étais si contrariée de le voir apparaître dans l'allée.

— Je comprends très bien.

Molly était certaine que Mark n'avait pas prononcé ces mots par politesse. Il comprenait réellement ce qu'elle éprouvait. Elle pensa qu'elle n'avait rien à perdre, et se jeta à l'eau :

— Vous avez eu des ennuis avec la justice ?

Il parut désarçonné.

— Qu'est-ce qui vous laisse penser cela ?

— Eh bien… votre réaction, quand Hammer est descendu de voiture. Vous étiez à cran.

— Il m'est arrivé quelque chose il y a longtemps, avoua-t-il.

Mais il n'en dit pas plus. Le silence s'éternisa.

— Vous n'avez pas l'intention de me donner de précisions ?

— Non.

— Je ne cesse de vous révéler des choses sur moi, mais vous, vous éludez toutes mes questions.

— Je suis désolé, je suis assez secret de nature.

— Quelquefois ça aide, de parler.

Mark Ramsey lui plaisait et elle voulait donner une chance de s'épanouir à leur relation. Depuis la disparition de Phil, il était le seul homme à avoir suscité le désir chez elle. En fait, non, il y avait eu quelqu'un d'autre. Mike Randall. Celui-ci l'avait toujours attirée, mais elle était alors mariée et n'avait pas voulu s'abandonner à la tentation qu'il représentait.

Il y avait quelque chose chez Mark qui lui rappelait vaguement Mike. L'espace de quelques secondes, quand il l'avait poussée à terre et s'était retrouvé allongé sur elle, elle avait cru que Mike était revenu. Malgré les circonstances, elle avait éprouvé une vague de joie. Et puis elle avait vu son visage, et elle avait compris qu'elle s'était trompée.

A présent elle attendait qu'il se confie, la gorge serrée. Elle ne l'avait pas trahi quand il avait prétendu avoir trouvé la porte de la maison ouverte. Et elle avait senti qu'une alliance se formait entre eux quand ils s'étaient trouvés confrontés à Bauder et à Hammer.

Mais le silence de Mark se prolongeait indéfiniment.

— On dirait que ça ne marche pas, finit-elle par déclarer.

— Que voulez-vous dire ?

— Nous n'avons pas réussi à tisser un lien de confiance. Je crois qu'il vaudrait mieux que vous cherchiez un autre agent immobilier.

Elle le vit déglutir avant de rétorquer :

— Il faut établir une telle confiance entre deux personnes pour effectuer une transaction immobilière ?

— Non. Mais je pense que vous comprenez ce que je veux dire. Vous n'êtes pas idiot. Juste un peu renfermé. Et…

— Et quoi ?

— Vous avez quelque chose à cacher.

Il acquiesça d'un petit signe et Molly sentit ses espoirs resurgir. Mais le silence se faisait plus lourd. Finalement, il coupa court :

— Je vais vous laisser mon numéro de téléphone mobile, au cas où vous changeriez d'avis.

La déception de Molly fut telle qu'elle ne répondit rien. Elle avait cru pouvoir le faire fléchir, mais elle s'était trompée. La mort dans l'âme, elle nota son numéro et le ramena à l'agence. Ils ne s'adressèrent plus la parole. Quand elle s'arrêta devant les locaux de l'agence, il descendit et se dirigea vers sa voiture. En le regardant s'éloigner, elle sentit un abîme s'ouvrir sous elle, et faillit crier son nom. Mais elle se contint : l'appeler ne servirait à rien. Cet homme charriait trop de secrets. Voilà, il quittait maintenant le parking et prenait la direction du centre-ville.

Elle essaya de se persuader qu'elle avait pris la bonne décision.

6.

Mark sentit le regard de Molly lui traverser la nuque. Il dut rassembler toute sa volonté pour ne pas revenir sur ses pas, lui ouvrir la portière et la serrer dans ses bras. Il imagina ses propres mains caressant le dos de la jeune femme, et sa tête contre son épaule lorsqu'il lui avouerait qui il était. Il lui promettrait que ni Bauder ni Hammer ne lui feraient de mal.

Mais alors même qu'il rêvait de la rassurer, il savait qu'il ne pouvait lui faire de promesses. Ni engager son avenir. La tentation de lui confier son secret était grande, cependant il n'y céderait pas. Ce serait trop dangereux. En outre, un doute le hantait : s'il lui disait qui il était, ne risquait-elle pas de l'accuser d'avoir menti ? Il ne pourrait que plaider coupable...

Il quitta donc le parking sans un regard derrière lui. De toute façon, elle avait raison d'avoir mis un terme à leur association. A l'évidence, elle était honnête, alors que lui ne pouvait pas l'être. Pas maintenant. Peut-être même jamais. Molly était la femme de ses rêves... sans doute pas celle de la réalité. Trop compliqué.

L'estomac noué, il regagna East Point Lodge, où il se servit un whisky et des glaçons. Son verre à la main, il se rendit sur la terrasse qui dominait l'océan, s'installa sur une chaise longue et contempla, morose, les vagues qui venaient s'écraser sur le sable. L'hôtel était situé face à l'océan. De l'autre côté de la ville se trouvait le détroit. La péninsule sur laquelle était construite Perry's Cove était assez étroite. En certains endroits, elle comptait seulement quelques centaines de mètres de large. L'environnement de la ville était fragile.

Au temps où il vivait ici, Mark était comme tous les autres habitants. Il jouait à la roulette russe avec les forces de la nature. Maintenant, il voyait les choses différemment. Assis là aujourd'hui, à regarder les vagues déferler sur la plage, il se dit que tout serait sans doute pour le mieux si Perry's Cove disparaissait sous les flots.

Cette demi-journée éprouvante avait suffi à le convaincre qu'il ne pourrait plus jamais s'établir ici. Tout ce qu'il voulait à présent, c'était découvrir qui avait tué Véronica et pouvoir le prouver. Ensuite, il s'installerait dans une ville plus agréable où il monterait une nouvelle société. Il avait déjà placé une partie de l'argent de l'assurance et cela lui fournissait un bon petit revenu. Il n'aurait pas besoin de travailler comme un damné pour gagner sa vie. Il commencerait tout doucement, avec quelques maisons de bonne qualité, pour se faire connaître.

Tout en sirotant son whisky il imagina sa vie future, quelque part dans le Sud, puisqu'il s'était habitué à la douceur du climat. Au fur et à mesure que l'image se précisait, une femme se matérialisa à ses côtés. Molly Dumont, naturellement. La femme qui habitait ses fantasmes depuis des années. Cela commença par une image paisible, anodine, de leur vie de couple. Ils faisaient leurs courses ensemble, discutaient du dîner du soir… Mais la scène sortit bientôt des ornières de la vie domestique. Il lui ouvrit les bras et elle se jeta contre lui avec joie. Alors, il replongea dans le genre de fantasmes qui l'avaient aidé à rester vivant pendant ses longues années d'emprisonnement.

Il remonta le corsage de la jeune femme, défit son soutien-gorge et prit sa poitrine à pleines mains, la caressant, lui donnant du plaisir. Puis il pencha la tête et enfouit son visage entre ses seins ronds et fermes. Pendant des années, il les avait seulement imaginés. Aujourd'hui, il les avait sentis, pressés contre lui. Il connaissait leur volume, leur forme.

Son désir surgit, sa respiration devint haletante. Il aurait pu faire l'amour sur-le-champ. Il eut envie de s'enfoncer plus profondément dans sa rêverie, mais un chien aboya sur la plage et le ramena à la réalité.

Il se redressa sur la chaise longue et se passa les mains sur le visage. Bon sang ! Que faisait-il ? Molly Dumont n'était qu'à quelques kilomètres de lui, presque à portée de main. Mais il avait vécu si longtemps dans les images qu'il retombait malgré lui dans cette habitude. Si quelqu'un lui avait décrit ce genre de situation, il aurait trouvé cela pathétique. Allons, il n'avait qu'à monter dans sa voiture et se rendre chez Molly, puisqu'il était libre de le faire ! Une fois de plus, il songea à ce qui s'était passé dans la journée. Elle l'avait embrassé avec passion, sans retenue. Cela, il ne l'inventait pas. Mais les choses n'étaient pas si simples. Avant d'aller plus loin, il faudrait qu'il soit aussi sincère avec elle qu'elle l'avait été avec lui. Et il n'était pas encore prêt à franchir ce pas.

Le souvenir de Hammer et Bauder essayant de lui extorquer des explications, cet après-midi, le fit redescendre sur terre. S'il n'avait pas déjà connu les deux hommes, il aurait pu croire qu'ils travaillaient main dans la main, pour une raison qu'il ignorait encore. S'étaient-ils forgé une vision idéalisée de Perry's Cove ? Une sorte de communauté exemplaire au sein de laquelle seuls pouvaient vivre les gens qu'ils contrôlaient parfaitement ? Etaient-ils convenus que Mark Ramsey n'était pas un candidat acceptable ?

A moins que… leurs intentions fussent plus noires encore ? Il finirait par le savoir. Mais il devait être prudent. Ces deux hommes étaient puissants et dangereux au sein de la petite communauté.

Il dîna ce soir-là dans l'excellent restaurant de l'hôtel et s'efforça, tout au long du repas, de tenir Molly Dumont à l'écart de ses pensées. Le gigot d'agneau, servi avec de la salade et des pommes de terre frites, était exquis. Il ne put résister à la crème brûlée en dessert.

La journée avait été riche en événements. Dès la fin du journal télévisé, il éteignit la lumière et s'endormit. Mais s'il était capable de maîtriser son imagination, il n'avait en revanche aucun contrôle sur ses rêves. Cette fois, sa relation avec Molly n'était plus au centre de ses préoccupations. Il était revenu en prison. Finalement, au milieu de la nuit, il émergea péniblement de son cauchemar et demeura allongé dans l'obscurité, attendant que les images se dissipent. Il transpirait abondamment. Sa captivité se nourrissait des événements récents. Gros Louis et ses acolytes avaient cédé la place à de nouveaux acteurs. C'était Dean Hammer qui avait repris le rôle du surveillant sadique. Bill Bauder et Cory Daniels étaient ses adjoints. Pas besoin d'un psychiatre pour décrypter la signification du rêve.

Et puis, il y avait encore autre chose. Molly faisait partie de son rêve. Elle essayait de parvenir jusqu'à lui, suppliant les surveillants de le laisser tranquille. Ils l'avaient repoussée, formant une infranchissable barrière humaine entre elle et lui. Cela aussi, il comprenait ce que ça signifiait.

Etait-ce vrai ? Molly le défendrait-elle, en cas de besoin ?

Il serra les dents et agrippa les draps. Il n'avait qu'une envie : prendre le téléphone et l'appeler. Mais que lui dirait-il ? Qu'il l'avait vue en rêve ? C'était idiot.

Il se leva, alla prendre une longue douche chaude, puis tâta son gros orteil, blessé la veille sur la plage. Il n'avait plus mal. Il enfila un short, un T-shirt et décida d'aller courir au bord de la mer. Sentir le vent soulever ses cheveux, écouter le bruit régulier du ressac sur la plage… C'était aussi un fantasme qui l'avait hanté en prison. La liberté. Le soleil réchauffant sa peau, la brise soufflant sur son visage, l'odeur iodée de l'océan emplissant ses narines. Pendant cinq ans, il s'était retrouvé au réveil dans une minuscule cellule sombre, pleine de l'odeur âcre des hommes emprisonnés dans un espace trop étroit. Serrant les poings, il rejeta cette image et sortit.

Six kilomètres de course sur la plage. Quand il revint à l'hôtel, il était hors d'haleine et de nouveau couvert de sueur. Mais c'était une transpiration saine, cette fois, sans rien de commun avec celle de ses cauchemars.

Une fois douché, rasé, vêtu d'un confortable pantalon de coton et d'un polo ample, il alla questionner le concierge au sujet des nouveaux immeubles qu'il avait aperçus sur la route. Ceux que Molly lui avait fait visiter la veille, en fait. Le concierge lui raconta que son frère travaillait sur ce chantier et que l'entrepreneur était Tilden.

Tilden. Encore lui. Bigrement intéressant.

L'hôtel disposait d'une agréable galerie marchande qui longeait la piscine. Mark acheta une glace dans une des boutiques, et s'assit à l'ombre d'un parasol pour contempler les jardins, tout en songeant à ces nouvelles informations.

Six ans auparavant, Tilden avait voulu développer un important complexe de constructions modernes au nord de la ville. Véronica avait pris la tête du comité qui s'était formé pour empêcher le projet de se réaliser. Le comité avait eu gain de cause et Tilden en avait été pour ses frais. Cela l'avait d'ailleurs rendu furieux. Assez furieux pour tuer ?

A l'époque, Mark n'avait pas fait le rapprochement. Mais maintenant, il avait des doutes. Et si le promoteur en avait terriblement voulu à Véronica… et avait désormais Molly dans le collimateur ?

Cette pensée le glaça. Il ne voulait pas y croire. Pourtant, la jeune femme avait été visée par deux fois hier. Et chaque fois sur des chantiers Tilden.

Il se retrouva dans sa voiture, en route pour les bureaux du promoteur, avant même d'avoir élaboré un plan. Quand il arriva dans le hall de réception, il improvisa et s'entendit déclarer à la secrétaire qu'il faisait des recherches pour écrire un livre sur la ville. Il désirait connaître le point de vue d'un des plus grands constructeurs de la région.

Son discours parvint à l'effet désiré sur la petite rouquine qui occupait le poste de réceptionniste. Elle invita Mark à s'asseoir et disparut vivement dans un corridor. Cinq minutes plus tard, le promoteur en personne pénétrait dans le hall.

Il était tel que dans le souvenir de Mark. Grand, les épaules amples, il avait pris cependant un peu de ventre. Un catogan retenait ses cheveux bruns sur la nuque, probablement une façon de compenser leur disparition sur ses tempes. Mark avait toujours détesté cette manière hypocrite (et peu esthétique) de se coiffer. Les deux hommes se serrèrent la main.

— Alors comme ça, vous écrivez un livre, dit le promoteur, sans poser de questions sur le contenu du livre, et sans même s'enquérir du nom de Mark.

Il lui fit signe de le suivre et l'introduisit dans son bureau personnel. Un peu dérouté par cette désinvolture, Mark échaffauda à la hâte une vague histoire.

— Oui, je veux effectuer une étude sur une petite ville du Sud dont la principale activité est le tourisme.

— Eh bien, il me semble que Perry's Cove entre tout à fait dans ce cadre, répliqua le promoteur tandis qu'ils s'asseyaient dans de confortables fauteuils en teck.

— Pouvez-vous me donner une idée de la vitesse à laquelle la ville s'est étendue ces dernières années ? Si toutefois elle s'est étendue…

— Oh, c'est bien le cas.

Tilden énonça quelques chiffres, que Mark s'empressa de noter. C'était effrayant. Si les constructions continuaient de se développer à ce rythme, il n'y aurait bientôt plus le moindre espace libre entre le détroit et l'océan.

— Avez-vous du mal à trouver du personnel qualifié ?

Le regard de Tilden s'aiguisa.

— Pourquoi posez-vous cette question ?

— Je me trouvais en ville, hier. Quelqu'un a fait basculer un conteneur métallique rempli de débris qui se trouvait sur le toit d'une boutique en cours de rénovation. Un grave accident a été évité de justesse. J'ai appris par hasard qu'il s'agissait d'un de vos chantiers.

Une expression d'inquiétude passa dans les yeux de Tilden, mais il masqua aussitôt ses sentiments.

— C'est vous, qui avez poussé Molly Dumont sur le côté ?

— Oui.

— C'est bizarre, pourquoi ne m'avez-vous pas dit ça en arrivant ? Si vous écrivez ce livre, je pense que vous donnerez une mauvaise image de moi. Vous et…

Tilden se tut brusquement.

— Moi et qui ?

— Rien, rien. Allez-vous rapporter cet incident dans votre bouquin ?

— Seulement si cela présente un intérêt pour le lecteur.

Tilden se leva et Mark l'imita.

— Vous pouvez écrire que je suis connu pour l'excellente qualité de mes constructions. Et si je trouve quelque chose d'insidieux dans le livre, soyez sûr que je vous attaquerai en justice. Puisque vous aimez le sensationnel, occupez-vous plutôt de l'histoire Randall. Vous savez, le type qui a tué sa femme.

— J'ai fait quelques recherches sur lui, dit Mark d'un ton conciliant. C'est la raison pour laquelle je voulais voir sa maison.

— Eh bien, savez-vous que c'est lui qui s'est chargé de la transformation de la vieille halle aux poissons en galerie d'antiquaires ? Un travail assez moche, si vous voulez mon opinion.

— Je l'ignorais.

— Faites des recherches à ce sujet.

— Je n'y manquerai pas, répondit sèchement Mark.

Il savait que son travail sur ce satané projet avait été irréprochable. La rénovation était superbe. Alors pourquoi Tilden s'en prenait-il lâchement à un homme qui n'était pas là pour se défendre ? S'était-il passé quelque chose, au Pavillon ? Ou bien Tilden essayait-il simplement d'orienter la curiosité de Mark sur autre chose ? Il en aurait le cœur net, se promit-il.

— Merci de m'avoir consacré un peu de votre temps, dit-il en se dirigeant vers la porte du bureau.

— A votre place, je choisirais une autre ville pour faire mes recherches.

Mark s'arrêta et se retourna.

— Dois-je le prendre comme une menace ? interrogea-t-il en voyant que Tilden serrait involontairement les poings.

— Bien sûr que non. C'est juste un conseil d'ami.

Les traits crispés, Mark traversa le hall de réception. Il entendit les pas de Tilden derrière lui et fit un effort pour ne pas se retourner avant de parvenir à sa voiture. Il s'assit au volant, perplexe. Que faire, maintenant ? Alors même qu'il se posait cette question, une voiture de patrouille noire et blanche s'arrêta à sa hauteur. Mark se figea.

Cory Daniels, l'adjoint qui accompagnait le shérif la veille, descendit de la voiture et s'approcha de lui. Mark descendit sa vitre.

— Sortez du véhicule, s'il vous plaît, ordonna l'autre.

Mark obéit, mais son cœur se mit à cogner violemment dans sa poitrine. Des images fulgurantes de son rêve surgirent dans sa tête, comme des éclairs. Le cauchemar devenait réalité.

— Ecartez les jambes et posez les mains à plat sur le capot.

— Mais… attendez une minute !

— Vous avez deux secondes pour exécuter l'ordre, répliqua l'adjoint.

Mark ne chercha pas à discuter. Il avait la chair de poule, comme si un insecte lui marchait dans le cou, lorsque Daniels le palpa pour vérifier qu'il ne portait pas d'arme. Il lui sembla qu'un siècle s'était écoulé quand l'adjoint murmura, enfin :

— C'est votre jour de chance. Il n'y a rien à dire.

Mark se retint de répondre. Il savait que tout ce qu'il dirait serait utilisé contre lui.

— Je ne vous conseille pas de retourner harceler M. Tilden, ajouta Daniels. Vous feriez mieux de quitter la ville.

Cette fois, Mark crut bon de rétorquer :

— Le shérif Hammer m'a demandé de ne pas m'éloigner.

— Oh, pour l'histoire de la maison Randall ? On a trouvé un chevreuil mort dans la chambre. Il s'était blessé en passant à travers une vitre et s'est vidé de son sang sans parvenir à ressortir.

Mark laissa échapper un léger soupir de soulagement. Sur ce point au moins, il était tiré d'affaire. Il fut encore plus soulagé quand Daniels repartit dans la voiture de police. Mark remonta dans son propre véhicule en résistant à l'envie d'essuyer les gouttes de sueur qui perlaient à son front.

Sur la façade du bâtiment, un des stores était relevé. Quelqu'un l'observait par la fenêtre. Probablement Tilden. C'était lui, sans nul doute, qui avait alerté Daniels, dans le but de provoquer cette scène.

Manœuvrant avec des gestes brusques et nerveux, Mark quitta le parking. Sa respiration n'avait toujours pas retrouvé un rythme normal. Il s'était senti un criminel, face à Daniels. De nouveau entre les mains de la justice. C'était une détestable impression.

Il conduisit au hasard, sans prêter attention à la route qu'il empruntait. Tout à coup, il se rendit compte qu'il était sur le chemin de l'agence immobilière. Instinctivement, pris par l'angoisse, sa réaction avait été de chercher Molly… Pourquoi ne pas aller lui révéler toute la vérité, après tout ? Il ralentit devant l'agence, et cligna des paupières en la voyant apparaître sur le pas de la porte, vêtue d'un tailleur-pantalon qui lui allait à ravir. Il avait eu envie de la voir… mais pas dans ces circonstances-là. Un type assez séduisant, habillé dans un style chic et sportif, l'accompagnait.

Le couple, plongé dans une conversation animée, ne fit pas attention à lui.

Cet homme était probablement un client comme un autre. Pas son amant… Ni un tueur engagé pour finir le travail qui n'avait pas été accompli hier. Cette dernière idée avait quelque chose de monstrueux… Cependant, une fois qu'elle eut fait son chemin dans la tête de Mark, il ne put l'en déloger.

Il n'avait pas roulé assez longtemps pour que la climatisation se mette efficacement en marche. A l'intérieur de la voiture, l'atmosphère était étouffante. Malgré cela, il se sentit parcouru d'un frisson glacé. Il ralentit et surveilla Molly dans le rétroviseur. La jeune femme prit le volant et s'engagea sur la route, dans la même direction que lui.

Mark se rangea dans un chemin qui obliquait à droite. Quand la voiture de Molly le dépassa, il attendit quelques secondes avant d'opérer un demi-tour et de la suivre, à distance respectueuse. Ses yeux ne quittaient pas le rétroviseur, de crainte de voir l'adjoint du shérif apparaître comme un diable derrière lui.

Au bout de plusieurs kilomètres, Molly pénétra dans le parking d'un célèbre restaurant, le Madeleine. Des hommes et des femmes élégamment vêtus descendaient de voitures et se dirigeaient en petits groupes vers l'entrée principale. Mark comprit qu'il s'agissait d'un repas d'affaires, réunissant les professionnels de la région. Ce qui signifiait que le compagnon de Molly n'avait sans doute pas l'intention de l'attirer vers un coin de plage isolé pour lui faire l'amour… ou pour la tuer.

Son premier réflexe fut de passer devant le restaurant sans s'arrêter. Quoiqu'il aurait bien aimé savoir ce que la société de Perry's Cove pensait de Mark Ramsey. Allait-on parler de sa rencontre avec le shérif ? De sa brève visite au Pavillon des trésors ?

Une arrière-pensée l'effleura. Ne cherchait-il pas tout bêtement une excuse, pour rester à proximité de Molly ? Avec un haussement d'épaules, il s'engagea résolument sur le parking. La plupart des hommes portaient des vestons de sport ou d'élégantes chemises à manches courtes, sans cravate. Avec son polo en coton et son pantalon de simple coton blanc, on ne pouvait pas dire qu'il soit vêtu pour la circonstance. Mais cela n'avait pas grande importance. Il se remémora l'intérieur de l'établissement et se rappela l'existence d'une vaste salle à manger à l'arrière, près des vestiaires.

Il prit une casquette de base-ball qu'il avait laissée sur la banquette arrière et la vissa sur son crâne. L'hôtesse était trop occupée pour lui prêter attention, ce qui lui permit de suivre un groupe jusqu'à la salle à manger où se trouvaient rassemblés des hommes et des femmes d'affaires de la région. Il en connaissait certains, du moins de vue. La table était prête, mais personne ne s'était encore assis.

Le dos tourné à la porte, Molly bavardait avec un groupe de gens. Mark entendit Ted Collins, le propriétaire d'une boutique d'artisanat, l'interroger sur l'incident du seau métallique tombé du toit. Elle s'efforça de minimiser l'importance de l'accident.

— Mais vous avez eu des problèmes dans la même journée en vous rendant chez Randall, n'est-ce pas ? insista Collins.

Mark s'immobilisa juste derrière la porte et tendit l'oreille.

— Rien de grave, répliqua Molly avant de changer rapidement de sujet.

Les cabines téléphoniques n'étaient pas loin. Mark souleva un récepteur et fit semblant de composer un numéro. La visière de la casquette dissimulait un peu son visage et il se courba pour passer inaperçu.

De l'endroit où il se trouvait, il pouvait glaner des bribes de conversation. A deux reprises, il entendit prononcer le nom de Mike Randall. Mais il ne se tenait pas assez près des invités pour comprendre de quoi il était question. Lorsque Bill Bauder entra dans la salle de restaurant, Mark comprit qu'il pouvait plus avantageusement utiliser son temps. Si Bauder était là, il avait toute liberté de se rendre dans les locaux du journal, et de faire des recherches dans les archives. Pas de risque de rencontrer le rédacteur en chef.

Tournant les talons, il prit le chemin de la sortie. Mais au moment où il franchissait les larges portes de la salle à manger, il éprouva de curieux picotements dans la nuque. Quand il se retourna, il constata que Molly avait les yeux braqués sur lui. Il se figea. Bien que la salle fût pleine de monde, il avait soudain l'impression qu'ils étaient seuls au monde. Molly détourna les yeux la première, et alla rejoindre les autres convives.

Mark vit l'homme qui l'avait accompagnée prendre place à côté d'elle et poser familièrement une main sur son épaule. Sa gorge se contracta en un spasme douloureux. Mais il n'avait rien à dire. Molly Dumont ne lui devait rien.

— Tu te sens bien ? lui demanda son compagnon en se penchant vers elle.

— Oui, très bien.

Mark demeura debout, les bras ballants, résistant à la tentation de traverser la pièce pour demander à Molly de partir avec lui. Mais ce n'était vraiment pas la chose à faire. Cela n'aurait servi qu'à attirer inutilement l'attention sur eux.

D'un pas rigide, il fit demi-tour et quitta le restaurant. Il était venu ici sur un coup de tête, et il fallait reconnaître que ce n'était pas une très bonne idée. Cela lui avait au moins servi à localiser Bill Bauder. La prochaine étape serait donc le siège de *La Gazette de Perry's Cove,* feuille de chou qui régnait sans partage sur la ville. Il n'y avait pas de station de radio ni de télévision à Perry's Cove ; le journal était donc seul à distiller les informations locales. C'était pour cette raison que Bill Bauder était devenu un des personnages les plus puissants de la communauté. L'opinion des habitants découlait directement de celle de Bauder. Et si l'on n'était pas dans ses petits papiers, il fallait s'attendre à souffrir publiquement.

Mark ignorait ce qu'il avait pu faire six ans auparavant pour mériter une telle débauche de haine dans *La Gazette.* Cela n'avait de sens que si Bauder avait été partie prenante d'un coup monté contre lui. Mais quelles pouvaient bien être les motivations du journaliste ?

Les locaux du journal étaient installés dans les bâtiments d'une ancienne usine, un peu à l'écart du centre-ville. La présence de la vieille bâtisse en brique avait quelque chose de déplacé au sein de ce quartier qui, au fil des ans, était devenu résidentiel. Mais cela devait convenir à Bauder : les places de parking pour son personnel ne manquaient pas et il y avait suffisamment d'espace pour recevoir les camions chargés de journaux qui revenaient de l'imprimerie deux fois par semaine.

Pour un petit journal de province, *La Gazette* employait un personnel important, car les rubriques étaient nombreuses. Mais Bauder contrôlait tout ce qui paraissait et rédigeait personnellement les articles qui lui semblaient les plus importants.

Un bureau de contrôle était placé au centre du hall d'entrée. Une très jeune femme, qui paraissait à peine sortie du lycée, faisait office de réceptionniste. Mark se demanda si elle était employée à plein temps ou si elle effectuait un stage.

— Est-il possible de consulter vos archives ? s'enquit-il.

— Oui, naturellement. Vous êtes… le gars que M. Bauder a rencontré chez Randall ! s'exclama-t-elle en le dévisageant.

— Comment le savez-vous ?

— M. Bauder a déjà développé les clichés. Il veut faire paraître un article dans l'édition de mercredi.

— Oh, flûte, marmonna Mark.

— Vous n'aimez pas la célébrité ?

— Je suis venu ici dans l'espoir de trouver le calme, fit-il en soupirant. Je veux pouvoir me concentrer sur mon travail. Laissez-moi juste jeter un coup d'œil à quelques vieux articles.

— Très bien. Mais il faut signer le registre. Et vous devez porter un badge de visiteur.

« Formidable », songea Mark. De cette manière, Bauder n'ignorerait rien de sa visite ! Néanmoins, il signa et prit la carte qu'on lui donnait. Il n'avait pas le choix.

— Quelles sont les années qui vous intéressent ? demanda la jeune femme en le conduisant dans une salle, à l'arrière du bâtiment, où étaient entreposés d'épais volumes.

— Je ne sais pas. J'écris un livre sur Perry's Cove et je voudrais m'imprégner de l'atmosphère de la ville.

— Je vois. Nous sommes informatisés. Vous pouvez retrouver toutes les informations sur l'ordinateur, si vous tombez sur un sujet qui vous intéresse. Les articles sont regroupés sous un titre ou une rubrique.

— Tout le confort moderne…

Elle le laissa seul. Il sortit certains volumes, correspondant à l'année où avait eu lieu l'affaire Randall et se prépara à lire les vieux articles. L'épreuve ne fut pas aussi redoutable qu'il le craignait. Il parvint à parcourir les lignes avec détachement, comme s'il lisait l'histoire d'un pauvre type dont il n'avait encore jamais entendu parler, qui avait été brisé et rejeté par ses semblables.

La curiosité le poussa à consulter l'ordinateur pour savoir de quand datait le dernier article concernant Mike Randall. Il eut la surprise de voir que Bauder avait écrit un paragraphe sur sa libération. C'étaient à peine quelques lignes reléguées à la page dix-sept, mais il n'avait pas complètement occulté l'information.

Il tapa ensuite sur le clavier le nom de Phil Dumont. Il éprouva un certain choc en s'apercevant qu'il réagissait plus violemment que lorsqu'il avait lu les articles le concernant. Tout comme Mike et Véronica Randall, Molly et Phil Dumont avaient eu droit à du sensationnel. Il y avait des photos du couple, lors d'une soirée organisée par l'association des commerçants de Perry's Cove. Puis, des clichés d'une Molly hagarde accompagnaient l'histoire du suicide de son mari.

Selon les apparences, Phil Dumont avait mis fin à ses jours dans la galerie des antiquaires. Pas très bon pour les affaires, songea Mark. Il comprenait maintenant pourquoi Molly avait dû trouver une autre source de revenus. Les commerçants du Pavillon devaient être furieux du sale tour que Phil leur avait joué.

Mark se renfonça dans son fauteuil et réfléchit. Quand il était en prison, la femme d'un de ses compagnons de cellule s'était suicidée. L'homme avait été si désespéré, qu'il avait tenté de se tuer à son tour. Mark avait beaucoup lu sur ce sujet, pour essayer de comprendre ce qui s'était passé. Un homme qui se supprimait considérait sa situation sans espoir. Il mettait fin à ses souffrances en même temps qu'à ses jours. Mais ce n'était pas tout. Le suicide était aussi une façon de punir ceux qui restaient. « Regardez ce que j'ai été obligé de faire. Maintenant, essayez de vivre avec ça. »

C'était sans doute le message que Phil Dumont avait voulu communiquer aux autres antiquaires. Sinon, il aurait choisi un autre endroit pour en finir... Phil considérait-il que les autres étaient responsables de l'échec de son affaire ? Mark n'en avait pas la moindre idée. Mais cela ramena son attention à la galerie.

Il consulta les listings se rapportant au Pavillon et constata qu'il y avait eu plusieurs accidents à cet endroit. Une marche d'escalier s'était brisée, blessant un touriste. Une fenêtre avait été arrachée pendant un orage. Et une canalisation avait explosé, inondant la marchandise dans une partie de la galerie. Des problèmes mineurs, qui ne pouvaient être imputés à la rénovation du Pavillon. Ils étaient dus, selon toute vraisemblance, à un mauvais entretien du bâtiment. Mais il ne put se défaire d'un sentiment de malaise.

Il passa encore une demi-heure à consulter des éditions récentes, pour juger du climat qui régnait en ville. Puis il songea qu'il était temps de quitter les lieux, s'il ne voulait pas risquer de tomber sur Bauder.

Il rendit son passe, signa le registre et retourna à East Point Lodge pour se changer.

Le ménage avait été fait dans la chambre en son absence. Mais quand il voulut ouvrir le tiroir dans lequel il avait rangé ses vêtements de sport, il resta la main bloquée sur la poignée.

Quelqu'un avait fouillé dans ses affaires.

7.

Les sourcils froncés, Mark observa le tiroir.

En prison, les autres gars lui avaient expliqué comment s'y prendre pour savoir si sa cellule avait été fouillée. Il avait donc mélangé un peu de colle avec de l'eau et s'en était servi pour fixer un cheveu au bord de chaque tiroir de la commode. Sur celui qui contenait ses vêtements de sport, le cheveu avait disparu. Il vérifia rapidement les autres. Ils avaient *tous* disparu.

La femme de ménage avait pu en faire tomber un ou deux en passant près du meuble. Mais pas tous. Abandonnant la commode, il se précipita vers le placard pour inspecter la mallette de cuir qui contenait le masque de Mike Randall.

La serrure était intacte, ce qui ne prouvait rien. Si quelqu'un avait trouvé comment l'ouvrir, il avait très bien pu inspecter le contenu puis la reposer à sa place, sans qu'il n'y paraisse rien.

Il transporta la petite valise sur le lit, tout en se demandant si on avait découvert son déguisement. Si c'était le cas, la personne en question devait se demander ce que le masque de Mike Randall faisait dans la valise de Mark Ramsey !

Il aurait pu mettre la mallette en sûreté dans un garde-meuble en ville. Mais il aurait fallu qu'il présente ses papiers d'identité pour louer le local. Ce qui signifiait que la personne qui surveillait ses mouvements l'aurait su et aurait pu pénétrer dans le local encore plus facilement que dans la chambre d'hôtel.

Il sortit sur le palier et chercha des yeux le chariot de la femme de chambre, qui se trouvait au bout du corridor. Dès qu'elle le vit, l'employée sortit de la chambre qu'elle était en train de nettoyer.

— Je peux faire quelque chose pour vous, monsieur ?

— J'occupe la chambre 203, dit-il en la regardant droit dans les yeux. Vous n'auriez pas vu quelqu'un entrer chez moi, par hasard ?

— Non, monsieur, répondit-elle vivement.

Mark tira son portefeuille de sa poche.

— Un renseignement peut rapporter quelques billets…

Elle posa les yeux sur le portefeuille, et il crut un instant qu'elle allait parler. Mais elle se contenta de secouer négativement la tête. Soit elle était honnête et n'avait rien vu, soit on l'avait déjà payée pour qu'elle tienne sa langue.

Mark se sentait trop nerveux pour demeurer à l'hôtel. Il décida de retourner en ville. Il était temps de sonder l'opinion générale sur Mike Randall. Il se rendit donc au Sea Breeze Café.

C'était le genre d'endroit fréquenté surtout par des habitués. Les touristes y étaient considérés avec méfiance. Mais Mark avait un avantage certain sur le touriste moyen : il savait qui aborder pour faire démarrer la conversation. Il s'assit au bar, à côté de Ray Myers. Ce dernier était le propriétaire du bazar, où l'on pouvait acheter toutes sortes d'articles, depuis le matériel de pêcheur jusqu'aux préparations médicinales. Myers voyait donc défiler toute la ville dans son magasin et il adorait entretenir les commérages. En outre, il était aimable avec les étrangers, car la bonne marche de son commerce dépendait autant d'eux que des habitants de la petite communauté.

Mark savait que s'il gagnait la sympathie de Myers, les autres suivraient. En tout cas, ils accepteraient de discuter avec lui. Quand il demanda ce qu'il y avait de bon au menu, Ray lui recommanda le barbecue de Caroline du Nord. Mark commanda le plat, avec des crudités et un demi de Duck Wing Beer, une bière brassée dans la région.

— Vous seriez pas ce gars qui enquête sur l'affaire Randall, par hasard ? demanda le patron du bazar.

Mark cligna des paupières.

— Qu'est-ce qui vous fait penser cela ?

— C'est ce qu'on dit en ville.

— En fait, j'écris un livre sur Perry's Cove et ce vieux meurtre fait partie de l'histoire de la ville.

— Le shérif vous a trouvé dans la maison des Randall, fit remarquer Ray.

Du même coup, il confirma les soupçons de Mark : l'histoire s'était déjà répandue dans toute la ville.

— Je me suis trouvé au mauvais endroit au mauvais moment, voilà tout.

Pam Peters, une serveuse à l'allure éternellement fatiguée, posa devant lui la canette de bière et un verre. Mark se servit lentement et demanda :

— Savez-vous ce que le shérif a découvert dans cette maison ?

Myers le toisa de haut en bas.

— Bien sûr. Un chevreuil a traversé une des baies vitrées. Il s'est blessé et n'a pas réussi à ressortir.

Au moins, les gens savaient que personne n'avait été tué récemment dans la maison. Mais avant que Mark ait eu le temps de s'en réjouir, Myers le dévisagea et déclara, sur le ton de l'avertissement :

— Molly Dumont a eu assez de problèmes comme ça. Elle ne mérite pas qu'on lui en crée de nouveaux.

— Ce n'était pas mon intention. Je la connais à peine.

Myers s'essuya avec une serviette en papier.

— Vous êtes au courant, pour son mari ?

— J'ai lu un compte rendu de l'affaire dans les archives du journal local.

On lui apporta son plat, et Myers le regarda entamer sa viande.

— Alors, comment vous trouvez ça ?

— Un peu doux, dit Mark, imitant la réaction des gens du Nord lorsqu'ils goûtaient pour la première fois à cette spécialité locale. C'est préparé avec du sucre ?

— Non. C'est mariné dans le vinaigre.

— Ah ? En tout cas, c'est très bon.

Il avala une autre bouchée de viande. Combien de fois avait-il rêvé d'un bon barbecue, en prison ?

Les habitués s'arrêtaient tous pour échanger quelques mots avec Myers. Certains englobaient spontanément Mark dans la conversation. Il comprit que sa présence à Perry's Cove avait éveillé leur curiosité et il répondit de son mieux à leurs questions, utilisant le passé qu'il s'était forgé. Il expliqua qu'il était originaire du nord, ce qui, d'ailleurs, était vrai. Il avait beaucoup voyagé dans le pays. Et comme il venait d'hériter une belle somme d'argent de son grand-père, il pouvait se permettre de s'adonner à son activité favorite : l'écriture.

Bizarre. Alors qu'il n'avait aucun mal à donner toutes ces fausses informations aux habitants de la ville, il en allait tout autrement avec Molly. Il n'aimait pas lui mentir.

Pam venait de poser l'addition devant lui. Il la prit et sortit son portefeuille pour régler son repas.

— Content d'avoir parlé avec vous, dit-il à la cantonade.

Puis, se tournant plus particulièrement vers Ray, il ajouta :

— Si vous avez envie de me raconter quelque chose de spécial, voici mon adresse e-mail.

Il lui tendit une carte au nom de Mark Ramsey.

— Vous pouvez aussi me contacter à East Point Lodge, chambre 203.

— En attendant que Molly Dumont vous ait trouvé une maison à louer, répondit Ray.

Mark ne voulut pas détromper le vieil homme, car cela l'aurait obligé à livrer trop de détails. Et puis, il n'avait pas envie de lui avouer qu'elle l'avait invité à trouver un autre agent immobilier. Il espérait encore que la décision de Molly n'avait rien de définitif.

Mais naturellement, cette remarque orienta de nouveau ses pensées sur elle. En réalité, elle ne quittait jamais son esprit. Maintenant qu'il avait la certitude que tous ses faits et gestes étaient connus, il ne pouvait s'empêcher de se demander si les attaques dont elle avait été victime n'avaient pas quelque chose à voir avec lui. N'était-ce pas lui qui était visé à travers elle ?

Non, cela ne tenait pas debout. Pas pour le premier accident, en tout cas. Il s'était trouvé à plusieurs mètres de la jeune femme quand le seau était tombé. Mais la seconde fois...

Quelqu'un en avait peut-être après lui. Mais pour quelle raison ? Il venait juste d'arriver en ville. Et a priori, tout le monde ici pensait qu'il était un innocent écrivain, cherchant un endroit où se fixer pendant quelques mois. Le temps de terminer son livre.

Il s'arrêta un instant, à mi-chemin entre le restaurant et le parking. Malgré le soleil éclatant de cette fin d'après-midi, il sentit un frisson lui parcourir le dos. Il eut l'intuition que quelqu'un l'observait et lança un coup d'œil à la ronde, avec une fausse désinvolture. Il n'y avait personne en vue. Il monta donc dans sa voiture et quitta le parking, en songeant que Mark Ramsey serait sans doute bien inspiré de se faire un peu plus discret.

A l'intérieur d'une boutique de la rue principale, deux hommes regardèrent Mark quitter le Sea Breeze Café et regagner sa voiture.

— Qui diable est ce type ? demanda le plus vieux, d'une voix chargée de colère. Nous n'avons pas besoin de lui ici, il va finir par nous attirer des ennuis.

— J'ai commencé une recherche sur Internet, mais je n'ai pas trouvé grand-chose sur lui. Son permis de conduire a été délivré dans le Maryland, et il a une adresse à Baltimore. Il semble avoir un solide compte en banque.

— Il prétend qu'il est écrivain.

— J'ai vérifié sur le site de la librairie Amazone. Chaque livre publié y est répertorié, ainsi que ceux qui sont épuisés. S'il a écrit quelque chose, c'est sous un autre nom.

— Tu devrais peut-être chercher dans les magazines. Il en est sans doute à son premier livre.

Ramsey monta dans sa voiture et s'éloigna.

— Il faudrait que nous sachions où il a passé son enfance. Quelle école il a fréquentée.

— Je n'ai rien trouvé à ce sujet.

— Tu crois que Ramsey est son vrai nom ?

— J'aimerais bien le savoir.

— Je pensais que Mike Randall viendrait pointer son nez ici, à sa sortie de prison, reprit le plus âgé des deux hommes d'une voix dure. Ça m'aurait plu, de lui régler son compte.

— Ce type-là est venu à sa place. Dommage pour lui.

— Tu as quelque chose de précis en tête ?

— Ouais. Je vais quand même pas rester tranquillement assis là en attendant qu'il gâche tout ce que nous avons mis en place depuis des années !

En dépit de la façon dont ils s'étaient quittés, Molly s'attendait un peu à ce que Mark la rappelle. Quand il était passé au Madeleine, ils avaient échangé un long regard. Mais il n'avait rien dit. Elle n'était pas très sûre d'avoir envie de lui parler... mais chaque fois que le téléphone sonnait, elle sursautait.

Chez elle, elle avait reçu deux coups de fil un peu bizarres. Elle était sûre que quelqu'un se trouvait à l'autre bout de la ligne, mais personne ne parlait. Elle avait essayé de vérifier l'identité de l'appelant par le service spécial. Mais cela n'avait rien donné, le numéro de son interlocuteur était masqué.

Ça ne pouvait pas être Mark. Ce n'était pas le genre de type à appeler, puis à rester muet quand elle répondait. Cependant, cette histoire lui donnait une excuse pour le contacter. Il avait suggéré que quelqu'un voulait lui faire du mal, et elle avait aussitôt balayé cette théorie d'un revers de main. Elle n'y croyait toujours pas. Mais cela, Mark n'en savait rien.

Le stratagème était tentant. Trop tentant. Il ne fallait pas qu'elle y cède.

Cet homme occupait beaucoup trop de place dans ses pensées. Elle ne pouvait se débarrasser de l'impression qu'ils s'étaient connus dans une vie précédente. Mais c'était irrationnel. Elle avait trop d'imagination, voilà tout.

De toute façon, cela ne servait à rien de se mettre dans tous ses états à cause de lui, se dit-elle pour se convaincre. Qu'il accepte de lui avouer quelque chose sur son passé ou non, elle n'avait pas d'avenir possible avec lui, puisqu'il n'avait pas l'intention de rester à Perry's Cove.

Elle fut donc bien ennuyée, le lundi matin, quand elle tomba nez à nez avec lui dans une allée du grand bazar. Il se tenait devant le rayon des chips, cookies et autres produits peu recommandables pour qui tenait à sa ligne.

Quand il se retourna, son visage s'éclaira. Une expression de pur bonheur apparut, et elle fut certaine que son visage à elle reflétait le même sentiment.

— Vous mangez ce genre de choses ? demanda-t-elle, pour ne pas rester là sans rien dire.

— Seulement quand j'écris.

— Vous travaillez sur votre livre ?

— Oui.

Avait-on déjà entendu conversation aussi inepte ? se dit-elle en s'approchant de lui.

— Attention.

Il fit un pas en avant et lui prit le bras pour l'empêcher d'aller plus loin. Elle baissa les yeux et vit qu'une fine canne à pêche dépassait des étagères. Un enfant avait dû la prendre pour la regarder et la reposer n'importe comment dans le rayon.

Mark garda la main posée sur son bras et elle sentit la chaleur de ses doigts s'imprimer sur sa peau pendant qu'ils se dévisageaient.

— J'allais vous appeler, dit-il.

— Oh, vraiment ? Ne l'avez-vous pas déjà fait ?

— Que voulez-vous dire ?

— Quelqu'un m'a appelée, mais quand j'ai décroché, on n'a pas prononcé un mot.

Elle vit ses yeux s'étrécir en une expression inquiète.

— Ce n'était pas moi.

Mme Monroe, l'épouse d'un des pêcheurs de la ville, qui ne perdait jamais une occasion de se mêler des affaires des autres, venait juste de s'engager dans le rayon et les contemplait avec un intérêt non dissimulé. Plusieurs personnes lui avaient déjà parlé de Mark avec curiosité et Molly ne tenait pas à susciter des ragots.

— Sortons d'ici, murmura-t-elle.

Mark suivit son regard, vit la femme qui les observait et hocha la tête. Il replaça le sachet de chips au vinaigre qu'il tenait à la main dans le rayon.

— Vous ne les achetez pas ?

— Non, vous venez de me remettre dans le droit chemin.

Molly se mit à rire. Ils ressortirent du magasin et traversèrent le parking. Elle ne se demanda même pas où ils allaient, jusqu'à ce qu'ils se retrouvent devant la voiture de Mark.

— Vous m'avez manqué, dit-il.

— Ah oui ?

Il tendit la main vers elle, puis la laissa retomber, comme s'il était parfaitement conscient d'être épié par toutes les commères de la ville.

— Qu'allons-nous faire ? demanda Molly.

Il fixa sur elle un regard si intense qu'elle eut un instant l'impression qu'il allait répondre : « Rentrer à l'hôtel et passer le reste de la journée au lit. »

Mais au lieu de cela, il murmura :

— Visiter d'autres maisons à louer.

Elle aurait probablement répondu « oui » à la première suggestion s'il l'avait formulée, songea-t-elle, effrayée. D'une voix un peu étranglée, elle dit :

— D'accord.

Mark s'éclaircit la gorge.

— Vous pouvez laisser votre voiture ici. Ou bien la ramener à l'agence.

— Cela vaudrait mieux, en fait. Car si nous devons visiter de nouvelles maisons, il faut que je passe prendre les clés.

— Ah, oui. C'est vrai.

Pendant le trajet jusqu'à l'agence, seule dans sa voiture, elle eut le temps de chasser la brume qui semblait envelopper son esprit. Il avait suffi qu'elle pose un seul regard sur Mark Ramsey pour revenir à la case départ. Elle se trouvait exactement dans la même situation que la semaine d'avant !

Il était encore temps de lui dire qu'elle avait changé d'avis. Mais quand ils se garèrent l'un après l'autre devant les bureaux, elle lui lança simplement qu'elle allait prendre les clés de plusieurs maisons.

— Ne laissez pas d'indication sur les endroits où vous comptez vous rendre, dit-il, les mâchoires serrées.

— D'accord.

Un doute minuscule mais tenace la taraudait ; s'il voulait l'agresser, personne ne saurait où ils se trouvaient.

Mais ce n'était pas le problème. Le vrai problème, c'était qu'ils avaient tous les deux envie de la même chose.

Elle se dépêcha d'entrer dans l'agence et d'éditer une liste des locations disponibles. Elle avait vaguement entendu Doris Masters parler d'une nouvelle propriété, le domaine Thompson, qu'elle chercha dans la liste. Il était précisé que la maison n'était pas encore libre. Toutefois, la clé était bien dans le bureau. Molly décida qu'ils y jetteraient un coup d'œil, en passant.

Mark était encore dans sa voiture, les mains posées sur le volant, quand elle ressortit.

— Laissez-moi conduire, dit-il.

— Pourquoi ?

— Je fais partie de ces gens qui détestent voir quelqu'un d'autre au volant.

Molly le soupçonna de ne pas dire toute la vérité. En fait, il pensait sans doute que si quelqu'un les prenait en chasse, il saurait plus facilement échapper à leur poursuivant. Et il semblait avoir complètement oublié pour quelle raison ils avaient d'abord décidé qu'elle conduirait. Elle connaissait la région sur le bout des doigts ; pas lui. A moins qu'il lui ait menti ?

Elle s'exécuta et s'installa sur le siège, côté passager. On apprenait beaucoup de choses sur une personne en regardant sa voiture. Celle de Mark était d'une propreté immaculée. Comme la voiture de Mike Randall, songea-t-elle tout à coup.

Elle leva vivement les yeux vers lui.

— Qu'y a-t-il ?

— Rien.

— Si, il y a quelque chose, dit-il avec insistance.

— Je me disais que votre voiture me fait penser à celle de Mike Randall. Je veux dire… elle est propre. Il n'y a rien qui traîne.

Il était en train de reculer, mais s'interrompit net dans sa manœuvre.

— Vous essayez de me soutirer des renseignements ?

— Non.

— Bon. De quel côté allons-nous ? demanda-t-il en avançant vers la route.

— A droite. Vous roulez tout droit pendant trois kilomètres. En arrivant à Frontage Road, vous tournez encore à droite.

— C'est compris.

Il s'engagea sur l'autoroute et demanda :

— Avez-vous appris ce qui s'était passé chez les Randall ?

— Oui. Un chevreuil a brisé une des baies vitrées.

— C'est aussi ce que j'ai entendu dire.

— Alors, pourquoi me posez-vous la question ?

— Pour savoir si vos sources d'information sont aussi bonnes que les miennes, répliqua-t-il d'un ton taquin.

— L'agence s'occupe de remettre l'intérieur de la maison en état. Comment avez-vous su ce qui s'était passé ?

— C'est Daniels qui me l'a dit. Après m'avoir arrêté pour me fouiller.

Molly sursauta.

— Qu'aviez-vous fait pour vous le mettre à dos ?

— J'ai eu l'audace de poser quelques questions à Jerry Tilden. A propos de son personnel.

Molly le considéra avec stupéfaction. Avant qu'elle ait pu poursuivre sur ce sujet, Mark enchaîna sur autre chose.

— Le nettoyage est terminé ?

— Eh bien, l'équipe de la société d'entretien est déjà passée là-bas et les vitres cassées ont été remplacées.

— C'est bien.

— Pourquoi est-ce que cela vous préoccupe ?

— Je déteste voir des maisons inhabitées et saccagées, dit-il, en gardant les yeux fixés sur la route.

Elle le vit jeter un rapide coup d'œil dans le rétroviseur.

— Sommes-nous suivis ? s'enquit-elle.

— Je ne pense pas. Mais ils ont pu placer des espions avec des téléphones cellulaires le long de la route.

— Vous plaisantez ? fit-elle en tournant vivement la tête vers lui.

— Peut-être.

Un lourd silence s'installa entre eux et se prolongea jusqu'à ce qu'ils aient atteint l'embranchement de Frontage Road. Molly lui désigna alors une longue rangée de boîtes aux lettres. La maison se trouvait au bout d'un chemin sablonneux. Les roues s'enfoncèrent dans le sable et se mirent à tourner à vide.

— J'aurais dû vous conseiller d'alléger la pression des pneus, fit-elle remarquer.

— Oui.

— Avez-vous déjà conduit sur du sable ?

— Oui.

Il n'en dit pas plus. Ils atteignirent un autre embranchement, où le chemin se séparait en deux.

— De quel côté ?

— Prenez à gauche. Le sentier de droite conduit à deux maisons construites sur la plage. L'une d'elles contient quinze chambres, l'autre douze. Ce sont des locations meublées, à la semaine. Il en coûte environ quinze mille dollars, au plus fort de la saison.

Il siffla doucement entre ses dents.

La maison qu'elle lui montra était beaucoup plus modeste. Il avança lentement sur le chemin, et parvint à franchir une dune de sable jonchée d'algues sèches. Il alla se garer devant la porte et fit faire un demi-tour à la voiture avant de couper le contact. Molly descendit et se dirigea vers la maison sans lui lancer un regard.

La porte d'entrée se trouvait en retrait. Molly était consciente de la présence de Mark derrière elle, tandis qu'elle tentait d'introduire la clé dans la serrure. Elle sentait même son souffle qui soulevait légèrement ses cheveux sur sa nuque. Impossible de tourner cette maudite clé. Mark la lui prit des mains et la glissa dans sa poche.

— Mais que faites-vous ? s'exclama-t-elle.

— Ceci.

Il lui prit doucement le menton et approcha son visage du sien.

Quelque part, dans un recoin de son esprit, elle nota qu'il avait pris cette initiative alors qu'ils se trouvaient encore à l'extérieur. Ce qui rendait la situation moins dangereuse. D'un certain point de vue seulement, songea-t-elle en plongeant le regard dans le sien.

Dès le moment où elle avait accepté de lui faire visiter de nouvelles maisons, elle avait su que quelque chose de ce genre allait se produire. Elle *avait voulu* que cela arrive. Et tout en se reprochant sa propre imprudence, elle leva les yeux vers Mark.

Il y eut un instant pendant lequel la réalité sembla s'évaporer. Plus rien n'existait dans l'univers sinon eux. Un homme et une femme, faits pour se rencontrer à ce moment-là, à cet endroit précis.

La première fois que Mark l'avait embrassée, elle avait eu l'impression d'être prise dans un tourbillon et emportée malgré elle. Cette fois, il la laissa libre de choisir. Rien ne l'empêchait de lui tourner le dos et de regagner la voiture, si elle pensait que c'était plus sûr.

Mais au lieu de cela, elle passa les bras autour de son cou. Il l'embrassa doucement, avec délicatesse, comme pour mieux contenir son désir. Leurs lèvres s'effleurèrent, se caressèrent, puis s'unirent.

Ce baiser parvint néanmoins à réduire à néant les efforts de Mark : en un clin d'œil, ses gestes délicats se firent plus ardents, plus avides. Molly lui répondit comme elle l'avait fait la première fois, avec une ferveur égale à la sienne. Quand il s'écarta un court instant, elle laissa échapper un gémissement de protestation.

— J'ai essayé de t'éviter, chuchota-t-il. Il vaudrait mieux que je ne te voie plus.

— Pourquoi ?

— Parce que je te désire et que je ne veux pas te faire de mal.

Elle ne put rien répondre. Il avait raison ; elle le savait. Il pouvait en effet lui faire beaucoup de mal. Mais à présent, il n'était plus question de revenir en arrière. Elle demeura exactement où elle était. Et quand il la serra plus fort dans ses bras, elle oublia toute réserve, toute prudence.

Depuis leur première rencontre, elle avait envie de sentir de nouveau le parfum de sa bouche contre la sienne. Elle ouvrit les lèvres pour mieux savourer le goût mâle de sa bouche, mieux percevoir son désir.

Ses mains viriles allaient et venaient le long de son dos, puis elles la plaquèrent si étroitement contre son torse musclé qu'elle perçut les battements de son cœur. Ou peut-être étaient-ce les siens ? Elle ne savait plus, plus rien… sauf une chose : elle voulait se lover contre cet homme, se blottir dans ses bras et y rester. Il y avait bien longtemps qu'elle n'avait plus désiré un homme avec cette force.

Trois ans auparavant, quand sa vie avait été brisée par le suicide de Phil, elle aurait pu quitter Perry's Cove. Maintenant elle était contente d'être restée, car cela lui avait permis de rencontrer Mark Ramsey. Elle ne le connaissait que depuis quelques jours et pourtant, c'était incroyable… Dès qu'elle sentait le contact de ses lèvres, elle avait l'impression de retrouver quelque chose de familier, comme une part d'elle-même qu'elle aurait enfouie.

Ils approfondirent leurs baisers, et elle gémit en sentant la langue de Mark, chaude et sensuelle s'enrouler autour de la sienne, la caresser... Très vite, le rythme de leur respiration s'accéléra. Mark s'écarta tout doucement pour glisser une main entre leurs corps serrés l'un contre l'autre, et caresser ses seins. Elle gémit de plaisir quand ses doigts avides s'emparèrent d'un de ses tétons durcis.

— Oh...

— J'ai si longtemps rêvé de te caresser comme ça.

— Oui.

Et en vérité, depuis qu'elle le connaissait il n'avait pas quitté ses pensées. Il hantait ses rêves, nuit et jour.

Mark s'adossa au mur et écarta les jambes pour se retrouver à la même hauteur que la jeune femme. Il la pressa contre lui, lui faisant éprouver la force de son désir avant de prendre de nouveau sa bouche. Molly chercha désespérément un endroit où ils pourraient s'allonger, se mettre à leur aise et...

Cette pensée la ramena brutalement sur terre. Avait-elle perdu la tête ?

Elle interrompit leur baiser, essaya de contrôler sa respiration, ses émotions.

— Nous ne pouvons pas faire ça, s'exclama-t-elle en se rejetant en arrière.

Leurs corps se séparèrent. Elle savait que c'était ce qu'elle devait faire, que c'était bien ; pourtant, elle se sentait meurtrie.

— Molly ! protesta Mark.

— Non.

Son visage se contracta, mais il n'esquissa pas un geste. Le regard sombre, la voix plus rauque que d'ordinaire, il marmonna :

— Ton désir est aussi fort que le mien.

Molly prit le temps d'inspirer puis de relâcher son souffle, avant de répondre :

— C'est évident. Mais malgré l'impression que j'ai pu te donner, je ne suis pas le genre de femme à m'engager dans une relation sans avenir. Tu vas bientôt quitter Perry's Cove et moi, je resterai là.

— Rien ne t'y oblige. Tu pourrais venir avec moi.

— Comment ?

Elle fit un effort pour saisir le sens de ses paroles.

— Tu me demanderais de tout laisser pour partir avec toi ?

Mark parut un peu embarrassé, comme si le fait d'avoir formulé cette proposition le gênait. Mais il ne revint pas sur sa proposition et ajouta seulement :

— C'est une option à envisager.

— Je… je ne peux pas.

— Qu'est-ce qui te retient ici ?

Elle ne put trouver de vraie réponse à cette question. Quelquefois, elle détestait cette ville. Elle se disait qu'elle restait uniquement par habitude. Par peur de l'inconnu. Mais Perry's Cove n'était pas le seul motif de ses hésitations.

— Je ne peux pas partir avec un homme que je connais à peine.

Il acquiesça, d'un bref hochement de tête, et dit à voix basse :

— Et si je te disais que je suis déjà venu ici ? Que je t'ai vue, et que je n'ai plus jamais pu t'oublier ?

Elle le dévisagea avec stupeur.

— C'est une histoire que tu as inventée ?

— Je n'invente rien.

Il prononça ces mots d'un ton ferme, qui avait l'accent de la sincérité.

— Où m'as-tu déjà vue ?

— Dans la galerie des antiquaires. Ton mari et toi aviez une boutique dans l'aile gauche. Longtemps, je vous ai observés.

— Je ne me souviens pas de toi.

— Tu étais occupée, tu n'as pas fait attention à moi.

Elle fit un signe de tête et dit :

— Tu croyais que j'étais encore mariée, mais tu es quand même revenu pour me voir.

— Je ne suis pas revenu que pour toi. Mais en partie, oui. Je suis désolé que Phil soit… mort. Je sais que cette épreuve a été très pénible pour toi. Mais je mentirais si je prétendais être désolé de te savoir libre.

Elle réfléchit un moment à ces paroles et à ce qu'elles impliquaient.

— D'accord, dit-elle enfin. Je suis une des raisons qui t'ont poussé à revenir. Quelles sont les autres ?

Un masque de marbre retomba sur le visage de Mark.

— Je ne peux pas en parler. Pas encore.

— Oh, très bien. Désolée de t'avoir posé cette question.

Un peu désemparée, elle s'éloigna de lui et chercha la clé de la maison au fond de sa poche. Elle l'introduisit dans la serrure, parvint à la faire tourner et poussa le battant à l'intérieur.

Depuis qu'elle exerçait ce métier, elle avait vu un grand nombre de maisons inoccupées. Il flottait dans celle-ci une odeur à laquelle elle ne s'attendait pas. Comme si quelqu'un était passé là très récemment.

Avec prudence, elle avança dans le salon. Et soudain, elle écarquilla les yeux et se figea.

8.

Mark franchit la porte juste derrière elle. Les volets étaient fermés et la pénombre régnait dans la pièce. Un peu à l'écart, sous les fenêtres, étaient entreposées plusieurs caisses de bois d'environ un mètre de long sur cinquante centimètres de large.

— En principe, cette maison devrait être complètement vide, dit Molly.

— Oui. Ces caisses ressemblent à celles qu'on trouve dans les compagnies de navigation. Il semblerait que quelqu'un utilise cette maison comme un dépôt de marchandises !

Mark passa devant Molly pour examiner les boîtes. Mais la jeune femme lui agrippa vivement le bras au passage, enfonçant les doigts dans la manche de sa veste.

— Non !

— Je veux savoir ce qu'elles contiennent.

— Et moi, je veux filer d'ici sans perdre un instant ! rétorqua-t-elle. Avant que Bill Bauder ne débarque pour nous questionner.

— Tu crois que c'est possible ?

— Avec la chance que nous avons, tout est possible !

Son raisonnement n'était pas très logique. Cependant, Mark comprit très bien ce qu'elle voulait dire. L'idée de voir Bill Bauder leur tomber dessus encore une fois lui donna la chair de poule. Ils s'étaient déjà fait prendre une fois par surprise, et il ne tenait pas à renouveler l'expérience. Et surtout, il n'avait pas envie que Molly soit impliquée dans une affaire louche. Le plus raisonnable, c'était de filer sans plus attendre, quitte à revenir plus tard, à la nuit tombée.

— D'accord. Accorde-moi juste une minute.

— Pour quoi faire ?

— Déchiffrer ces étiquettes.

Elle acquiesça d'un signe de tête, mais il perçut la tension qui irradiait de toute sa personne quand il se pencha vers les caisses. Il prit un mouchoir dans sa poche pour en envelopper sa main avant de manipuler la caisse. Il eut beau l'examiner, il ne trouva aucune indication sur l'expéditeur, le destinataire, ou le contenu de la boîte.

— Rien, marmonna-t-il.

— C'est peut-être le bedeau qui entrepose ici les décorations de Noël de l'église ?

— Mais oui, certainement…

— Je t'en prie, je veux partir.

— D'accord.

— Merci.

— Pourquoi ? Parce que je ne suis pas un macho buté qui ne fait que ce qui lui plaît ?

— Quelque chose comme ça.

— Je vais faire encore mieux, dit-il en utilisant son mouchoir pour essuyer la porte à l'endroit où elle avait posé les doigts.

— N'est-ce pas un peu exagéré, comme précaution ?

— Si on ne veut courir aucun risque, il ne faut rien négliger. Je ne veux pas laisser la moindre trace de notre passage ici.

Quand Molly eut refermé la porte à clé, il essuya la poignée et le bord du battant. Ils remontèrent en voiture et longèrent la longue allée sablonneuse. Ils venaient à peine de rejoindre la partie goudronnée de la route et de s'engager sur l'autoroute, quand ils virent une voiture de patrouille arriver à toute allure en sens inverse et tourner dans le chemin en faisant crisser ses pneus.

Ils eurent le temps de reconnaître l'homme qui était au volant. Le shérif Dean Hammer. Mark jura à voix basse. Si Molly n'avait pas insisté pour repartir aussi vite, ils auraient été pris au piège !

— Ton instinct est excellent, fit-il remarquer.

— Encore plus que je ne le pensais.

— Cette maison se trouvait bien sur la liste des locations disponibles ?

— C'est-à-dire…

— Quoi ?

— Officiellement elle n'est pas encore libre pour la location. Mais la clé était au bureau.

— Ah, ah…

— Qu'est-ce que tu veux dire ?

Il ne répondit pas, mais posa une autre question et observa attentivement la réaction de Molly :

— D'après toi, qu'est-ce qui se passe ici ?

Si elle avait été impliquée dans une sale affaire à Perry's Cove, elle ne l'aurait jamais emmené visiter cette maison…

Molly soupira et marmonna :

— J'aimerais bien le savoir.

Mark hocha la tête. Il y avait deux explications à ce qu'il venait de voir. Soit le shérif était compromis dans un trafic quelconque, soit il était sur la piste des escrocs.

— Tu veux visiter d'autres maisons ? s'enquit-elle d'une voix mal assurée.

— Je crois que nous avons eu assez d'émotions pour aujourd'hui.

Elle acquiesça d'un mouvement de tête, et il reprit le chemin de l'agence. Mais quand Molly remonta dans sa voiture et voulut la faire démarrer, le moteur ne réagit pas.

Mark quitta son véhicule et la rejoignit.

— Ta voiture marchait normalement quand tu l'as laissée ?

— Il me semble.

— Veux-tu que je jette un coup d'œil sous le capot ?

— Très volontiers.

Elle se pencha pour tirer la poignée qui commandait l'ouverture et Mark souleva le capot. Il remarqua que quelqu'un les observait, derrière une des fenêtres de l'agence, mais il n'eut pas le temps de s'interroger sur l'identité de la personne. Une voiture de police s'engagea sur le parking. Dean Hammer était au volant. Apparemment, il ne s'était pas attardé dans la maison où étaient entreposées les caisses. Parce qu'il n'y avait trouvé personne ? Il s'arrêta à leur hauteur et descendit sa vitre.

— Vous avez un problème ?

— Oui, répondit Mark.

Les deux hommes se dévisagèrent. Hammer ouvrit sa portière et descendit lentement de la voiture pie. Tout en s'approchant de Mark, il demanda :

— Vous êtes allés visiter d'autres maisons ?

— Oui.

— La maison Thompson ?

— Oui, dit Mark, devançant la réponse négative de Molly. Mais nous n'avons pas pu entrer. La clé que nous avions ne correspondait pas à la serrure. Dommage.

Hammer les enveloppa d'un long regard, comme s'il s'attendait qu'ils avouent avoir utilisé cette maison pour y entreposer des marchandises de contrebande.

Comme aucun des deux ne lui donna ce plaisir, il finit par remonter dans sa voiture. Mark retint son souffle, attendant avec impatience que l'homme reprenne la route. Mais le shérif n'en avait pas l'intention. Il se gara et entra dans l'agence immobilière.

— Que vient-il faire ici ? chuchota Molly.

— Mystère. Mais je préférerais partir avant qu'il ne ressorte.

— Je pars avec toi. J'enverrai un mécanicien jeter un coup d'œil à ma voiture un peu plus tard.

Mark rabattit le capot. Elle monta dans sa voiture en jetant encore un coup d'œil derrière son épaule, en direction des bureaux.

— Veux-tu me raccompagner chez moi ? demanda-t-elle.

— Bien sûr, dit-il d'une voix neutre.

Il comprenait très bien qu'elle n'ait pas voulu entrer dans les locaux de l'agence. Cette rencontre inattendue avec Hammer ne lui avait pas beaucoup plu non plus, bien qu'elle ait été moins pénible que celle qu'il avait eue avec Daniels. Mais en fin de compte, la panne de voiture de Molly et l'arrivée du shérif lui donnaient une occasion idéale de voir où vivait la jeune femme. Il y avait longtemps qu'il avait envie de connaître son environnement, mais il n'avait pas osé s'inviter chez elle à l'improviste.

Elle lui fit reprendre la direction de Perry's Cove. Dans ses souvenirs, Phil et elle habitaient un des quartiers chics de la ville, mais apparemment, elle devait désormais se contenter d'une demeure moins luxueuse.

Ils s'arrêtèrent devant une maisonnette qui tenait encore debout, mais dont la façade extérieure aurait eu besoin d'un bon rafraîchissement. Mark coupa le moteur et ils demeurèrent assis un moment dans la voiture.

— Je me disais que j'aimerais bien t'inviter à déjeuner, dit-elle au bout de quelques secondes.

— Ça me plairait beaucoup.

— A condition que ça ne se termine pas par un nouveau corps à corps.

— C'est ce qui s'appelle être directe.

— Je suis obligée d'être claire, après ce qui s'est passé tout à l'heure.

— D'accord.

— Tu acceptes les conditions ?

— Oui. Ça me prouve au moins que tu as assez confiance en moi pour me laisser entrer chez toi.

Elle hocha la tête d'un petit geste sec et se dirigea vers la porte de la cuisine. Mark la suivit, avec l'impression de s'aventurer sur un terrain miné. Molly lui faisait confiance, mais il n'était pas sûr, lui, d'avoir confiance en lui-même. Il n'avait pas le courage de déclarer qu'il avait changé d'avis. Il avait trop envie d'en apprendre davantage sur elle.

Ils pénétrèrent dans une petite cuisine au mobilier démodé, mais impeccablement tenue. La pièce était contiguë à une salle à manger meublée d'une vieille table de chêne, de quatre chaises et d'une desserte japonaise.

Mark demeura figé sur le seuil, sous le choc. Il avait gardé en tête l'intérieur douillet et confortable qu'elle avait aménagé dans son ancienne maison. Non seulement avait-elle été obligée de quitter celle-ci, mais elle avait dû aussi s'adapter à un intérieur pour le moins modeste !

Il désigna la desserte d'un geste de la main.

— C'est un meuble du dix-neuvième, n'est-ce pas ?

— Oui, comment le sais-tu ?

— Ça se voit à la qualité de la laque, aux incrustations.

— Tu t'y connais en antiquités ?

— Un peu, admit-il.

— Comment ça se fait ?

— Mes parents étaient du métier.

— Et toi, tu es collectionneur ?

— Quand j'étais gamin, j'ai collectionné les billes et les cartes de base-ball.

Elle prit un air mélancolique.

— Moi, c'étaient les poupées. En grandissant, je me suis intéressée au mobilier de style Queen Anne.

117

— Oui, j'ai toujours aimé cette époque, moi aussi. Je…

Il était sur le point d'avouer que Véronica et lui avaient eu une chambre entièrement meublée en Queen Anne. Mais il se reprit juste à temps. C'était le genre de conversation qui lui plaisait, en tout cas. Entièrement différent de ce qu'il avait connu entre les quatre murs de sa cellule.

Molly le regardait, comme si elle attendait qu'il en révèle davantage sur lui-même. A la vérité, il aurait adoré pouvoir lui donner des détails. Ou bien faire référence à une conversation qu'ils avaient eue longtemps auparavant, dans une vie antérieure. Quand il était encore Mike Randall. Il se rappelait leurs anciennes discussions. Non seulement les mots, mais aussi les émotions.

Au cours de l'une des réceptions données par les antiquaires, ils avaient discuté des idées de décoration qu'elle avait eues pour sa maison. Elle avait alors envie d'installer un jardin d'hiver sous une véranda, et il lui avait préparé un devis pour la construction de la pièce. Mais par la suite, elle l'avait informé que Phil ne voulait pas donner suite à ce projet.

Une autre fois, alors qu'il était passé au Pavillon chercher Véronica, celle-ci avait été trop occupée pour déjeuner avec lui. Il était reparti avec Molly, aussi euphorique qu'un adolescent sortant pour la première fois avec une fille.

A présent, le besoin de lui raconter tout cela enflait dans son cœur, un peu comme un fleuve puissant menacerait de faire craquer un barrage. Ce n'était pas uniquement la culpabilité qui le poussait à agir ainsi, c'était la conviction profonde que cette femme et lui avaient déjà beaucoup en commun. Il n'avait qu'à lui tendre la main pour continuer avec elle sur le chemin de la vie.

La tentation était si grande, que sa gorge et son corps tout entier souffraient du secret qu'il contenait au plus profond de lui-même. Mais il tint bon. Tout lui révéler pouvait le faire basculer dans une sorte de piège. C'était un luxe qu'il n'avait nulle intention de s'offrir. Il était venu à Perry's Cove pour y accomplir une mission importante. Il n'allait pas la mettre en péril au prétexte que, du jour au lendemain, Molly Dumont avait pris plus d'importance à ses yeux que sa propre vengeance !

Elle était là, debout devant lui, le regard fixé sur son visage. Il fut heureux de conserver un semblant de calme, alors même qu'une bataille faisait rage en lui.

Le silence s'éternisa. Voyant que Mark persistait dans son mutisme, elle se décida à parler.

— Avant la mort de Phil, je possédais de nombreux jolis meubles. J'ai été obligée de les vendre pour payer nos dettes, mais j'ai pu garder quelques-uns de mes objets préférés. Malheureusement, ils ne sont pas tous bien assortis.

— D'après ce que je vois, tu te débrouilles mieux que l'aurait fait n'importe qui à ta place.

— Il ne faut pas que tu aies une trop bonne opinion de moi. Je n'ai rien d'exceptionnel. J'ai fait ce qu'il fallait pour survivre, voilà tout.

Elle traversa la cuisine et alla ouvrir le réfrigérateur. Le destin lui avait joué un mauvais tour. Elle n'avait pas tiré que des bonnes cartes, dans le jeu de la vie, mais elle utilisait ses atouts du mieux qu'elle pouvait. Mark songea qu'il n'avait pas le droit de faire irruption dans sa vie, et d'exiger quoi que ce soit. Il aurait dû ressortir, et disparaître comme il était venu. Mais il ne bougea pas d'un centimètre, rivé au sol par une force inconnue.

— Tu aimes la salade grecque ?

— Oui.

Elle fouilla un moment dans les placards.

— J'aurais aimé rajouter du thon, mais je n'ai plus que du saumon en boîte. Ça te va ?

— Bien sûr.

Il n'avait jamais mangé de salade grecque avec du saumon, mais il voulait bien essayer. Il était prêt à n'importe quoi, pour rester à côté d'elle ! Même s'il avait promis de retenir son désir…

— Qu'est-ce que je peux faire pour t'aider ? demanda-t-il, pensant qu'il valait mieux qu'il s'occupe.

— Tu cuisines quelquefois ?

— Quand je ne peux pas faire autrement, oui.

Elle lui tendit un couteau et une échalote.

— Tiens, coupe cela en tranches.

Il se mit au travail, mais alors même que ses mains s'affairaient, il était conscient de la présence de Molly virevoltant dans la pièce. Au bout de quelques minutes, il se rendit compte qu'elle lui parlait.

— Veux-tu boire du thé glacé ?

— Oui, c'est très bien.

Elle prit un pichet dans le réfrigérateur tandis qu'il mettait le couvert. Alors qu'il retournait dans la cuisine, elle apporta deux saladiers dans la salle à manger. Lorsque leurs épaules se touchèrent, ils tressaillirent tous les deux.

— Désolé, dirent-ils d'une seule voix, avec un sourire gêné.

— Tu es sûre de vouloir que je reste ? dit Mark.

— Assieds-toi et mange.

Il obéit et goûta à la salade. Elle était excellente, meilleure qu'il ne le pensait. Pendant un assez long moment, ils gardèrent les yeux baissés sur les assiettes et ne prononcèrent pas un mot. Le bruit des couverts résonnait dans la petite pièce.

L'espace d'un instant, il fut sur le point de lui révéler qu'il était venu à Perry's Cove pour enquêter sur l'affaire Randall. Mais, après ? Elle lui demanderait de plus amples renseignements. Et il ne pouvait lui donner que des semi-vérités, voire des mensonges.

Il soupira.

— Je sais que tu aimerais en savoir plus, sur moi. Mais je ne peux rien dire. Je suis bien conscient que cela rend notre relation difficile.

— Ce n'est pas difficile, c'est impossible.

Il s'était promis de ne pas revenir sur le sujet, mais il ne put s'empêcher de dire :

— Quand je te tiens dans mes bras, tu n'es pas bien ?

— J'ai l'impression de me trahir moi-même. Je ne peux m'engager dans une relation qui repose sur du vide.

— Certaines personnes en sont capables. Des couples se forment en vacances, pendant une croisière par exemple, et font l'amour juste parce qu'ils en ont envie.

Il la vit s'humecter les lèvres du bout de la langue.

— Nous ne sommes pas en croisière. Nous sommes dans la ville où je vis.

Il avait envie de lui dire beaucoup de choses, mais il valait mieux que ces mots ne franchissent pas ses lèvres. Il se leva et se rendit au salon. Comme la salle à manger, la pièce contenait peu de meubles. Un canapé et un fauteuil, probablement chinés dans un dépôt-vente, remplaçaient les meubles luxueux et confortables qu'il avait en mémoire. En revanche, la table à café était un ancien coffre de bateau habilement restauré. Une étagère victorienne occupait un angle de la pièce. Des porcelaines anciennes et des verres colorés étaient disposés sur le petit meuble. Un objet attira particulièrement l'attention de Mark.

C'était une boîte chinoise de dix centimètres de long sur huit de large, dont l'assemblage et l'ouverture constituaient un casse-tête. Il fallait appuyer légèrement sur certains panneaux pour les faire coulisser. Mark s'approcha de l'étagère pour examiner la boîte de plus près et sentit ses cheveux se hérisser sur sa nuque.

Maîtrisant le tremblement de sa main, il saisit la boîte. Il avait déjà vu cet objet… chez lui ! Véronica l'avait trouvé des années auparavant sur un marché aux puces, et elle l'avait acheté pour une somme dérisoire. La boîte était probablement cassée, car ils n'avaient réussi ni l'un ni l'autre à activer le mécanisme.

Se pouvait-il qu'il se trompe ? C'était peut-être une boîte similaire à celle qu'il avait possédée autrefois ? Il retourna l'objet dans sa main. Le bois était très lisse, incrusté d'ivoire. Sur la face arrière, un minuscule morceau d'ivoire avait disparu. La boîte de Véronica était endommagée aussi, exactement au même endroit.

Il se retourna et regarda Molly.

— Où as-tu trouvé cette boîte ?

— C'était à Phil. Il me l'a donnée.

— C'est un objet très rare. Sais-tu d'où il vient ?

— Phil m'a dit qu'il lui avait été cédé par un antiquaire qui venait de se retirer des affaires.

Elle observa Mark, la tête légèrement penchée de côté.

— Pourquoi me poses-tu ces questions ?

Impossible de lui dire la vérité. Il inventa une histoire :

— Mes parents avaient une boîte comme celle-ci quand j'étais enfant. Elle m'a toujours fasciné. J'essayais de l'ouvrir, mais je n'y arrivais jamais.

— Moi aussi, je joue avec, quelquefois. Mais je ne parviens pas à comprendre le mécanisme.

Mark essaya de se rappeler quand il avait vu la boîte pour la dernière fois. Il aurait voulu bombarder la jeune femme de questions, mais s'en abstint. La boîte faisait partie des trésors de Véronica, c'était un des objets dont elle ne se serait débarrassée sous aucun prétexte. Elle ne l'aurait vendue pour rien au monde. Donc, elle ne l'aurait certainement pas cédée à Phil. Pourtant, Molly prétendait que la boîte avait appartenu à son mari. Véronica la lui avait-elle offerte ? Parce qu'ils étaient… très proches ? Intimes, peut-être ? Ou bien Phil avait-il profité du chaos après la mort de Véronica pour mettre la main sur cet objet, qu'il convoitait depuis longtemps ? Ou bien encore, Molly avait-elle acheté elle-même la boîte ?

Tout à coup, il se rendit compte qu'il avait été sur le point de commettre une erreur monumentale aujourd'hui. Il avait bien failli laisser son attirance pour Molly fausser son jugement ! Mais à présent, tout était rentré dans l'ordre. Il ne pouvait pas révéler son identité véritable à Molly. C'eût été de la folie, de lui faire confiance.

— Il faut que je m'en aille, annonça-t-il.

— Quoi ? Comme ça ?

— Tu as dit toi-même qu'il nous serait très difficile d'établir une relation.

— Oui.

— Eh bien, voilà. Il vaut mieux que je parte tout de suite.

Et avant qu'elle ait eu le temps de répondre, il fit exactement ce qu'il venait d'annoncer : il franchit le seuil du salon, sortit de la maison, monta dans sa voiture et s'éloigna aussitôt.

Stupéfaite, Molly demeura un très long moment assise devant la table de la salle à manger. Il s'était passé quelque chose. Quelque chose qu'elle ne comprenait pas. L'espace d'une minute, elle avait cru que Mark allait enfin lui accorder sa confiance. L'instant suivant, une porte s'était refermée, il s'était dérobé.

Elle croisa les bras devant elle, comme dans un geste inconscient pour se réconforter. Puis elle se rendit compte que c'était une attitude de prostration. Rassemblant son courage, elle se leva et alla vider les deux assiettes de salade auxquelles ils n'avaient pratiquement pas touché, dans la poubelle de la cuisine.

Elle avait été idiote, se dit-elle. Elle avait invité Mark en espérant que cela changerait peut-être quelque chose. Mais cela n'avait pas été le cas. Il était reparti, aussi fermé qu'une huître. Et maintenant, par-dessus le marché, il était en colère.

C'était évident. Elle avait bien perçu une nuance d'irritation dans sa voix quand il l'avait questionnée au sujet de cette boîte chinoise. Mais pourquoi ? L'objet avait-il ramené à la surface un souvenir pénible ? Elle n'en savait rien… et manifestement elle n'était pas près de découvrir quoi que ce soit à ce sujet.

Elle traversa le salon et alla prendre la boîte ancienne. Elle se rappela que Mark l'avait tenue entre ses doigts quelques minutes auparavant. Cela créait entre eux une intimité… troublante.

Dire qu'elle allait chercher ce genre de lien dans une si petite chose… Cela signifiait donc qu'elle pouvait toujours prétendre que Mark Ramsey et elle étaient deux étrangers sur un bateau de croisière… Il avait été assez clair sur ce point, non ? Il était prêt à faire l'amour avec elle dès qu'elle le voudrait.

Oui. Il *avait été* clair. Mais était-ce encore vrai maintenant ? Son expression s'était assombrie si vite…

Tenant toujours la boîte entre les mains, elle s'assit sur le canapé et retourna l'objet en tous sens, en pensant au jour où Phil l'avait apporté à la maison.

Il avait paru content de posséder ce bibelot. Mais il était toujours content quand il obtenait quelque chose à un bon prix, ou quand il le vendait au-dessus de sa valeur. En ce qui concernait le premier cas, elle comprenait : elle partageait son enthousiasme pour la chasse au trésor, le parcours du chineur. En revanche, elle n'avait jamais aimé revendre des objets au-dessus de leur réelle valeur. Cela la mettait mal à l'aise, lui donnait mauvaise conscience.

Elle secoua la boîte, mais ne détecta aucun son à l'intérieur. Toutefois, cela ne signifiait pas forcément qu'elle était vide.

Encore une fois, elle essaya de comprendre le mécanisme des panneaux coulissants, afin d'ouvrir le compartiment secret qui se trouvait à l'intérieur de l'objet. Mais en vain. Elle se demanda si quelqu'un n'avait pas collé les panneaux de bois pour empêcher l'ouverture.

Cela aurait certainement ôté une grande partie de son intérêt à la boîte.

Mark avait-il déjà aperçu cet objet quand il était passé à la galerie des antiquaires ? Pensait-il que le puzzle que représentait l'ouverture servait à dissimuler un objet de valeur ? Mais alors, que comptait-il faire ? S'introduire chez elle en son absence, pour s'en emparer ? Etait-ce la raison pour laquelle il l'avait approchée… parce qu'il cherchait quelque chose ?

Elle ne voulait pas croire que c'était là la vérité. Et puis, ce ne pouvait pas être la seule raison pour laquelle il s'intéressait à elle. Il la désirait. Le souvenir de leur dernière étreinte enflammée la submergea.

Ses doigts se crispèrent sur la boîte et elle tenta de repousser ce souvenir. Elle avait dit à Mark que ce genre de situation ne devait pas se reproduire. Elle était sincère, mais il ne suffisait pas de décréter ceci pour maîtriser les réactions de son propre corps. Et les sentiments étaient encore un autre problème…

Il faisait nuit quand Mark repassa devant la maison de Molly, bien décidé à ne plus l'approcher, malgré son envie d'être avec elle. Il ne pouvait pas lui faire confiance, se répéta-t-il pour la millième fois. Or, elle ne l'autoriserait plus à poser la main sur elle tant qu'il ne lui aurait pas révélé la raison de sa présence à Perry's Cove.

Alors, que faisait-il là ? Pourquoi restait-il à guetter sa silhouette par la fenêtre, tandis qu'elle préparait le dîner ?

A la pensée qu'il la voyait, là, mais qu'il ne pouvait franchir la barrière qui les séparait, il crispa les mains sur le volant. Jurant entre ses dents, il appuya sur l'accélérateur et partit à vive allure vers le nord de la ville, et le quartier où se trouvait la petite maison qu'ils avaient visitée dans la matinée. Cette fois, il avait emporté l'outillage nécessaire pour ouvrir les caisses.

Quand il atteignit le chemin sablonneux, il éteignit ses phares et resta assis plusieurs minutes dans la voiture. En attendant que ses yeux s'habituent à l'obscurité, il réfléchit à ce qu'il allait faire. Certes, il prenait un risque en revenant ici. Mais c'était un risque acceptable, se dit-il. En fait, il ne souhaitait pas examiner de trop près sa propre logique. Il remit le moteur en route et avança.

Ce soir, il avait pris soin d'alléger la pression de ses pneus avant de venir, afin d'avoir moins de difficulté à conduire sur le sable. Néanmoins, le trajet mit ses nerfs à rude épreuve. Des bribes de musique, des cris et des rires lui parvenaient dans le lointain. Apparemment, au moins une des maisons était louée, et les occupants profitaient au maximum de leur semaine de vacances au bord de la mer. Il s'engagea dans l'allée qui menait aux deux grandes villas et se gara au milieu d'un groupe de voitures.

Puis, il contourna la maison à pied pour rejoindre la petite bâtisse qu'il avait vue avec Molly. Parvenu près de la muraille, il attendit plusieurs minutes, caché dans l'ombre, pour s'assurer que personne ne l'avait devancé. Il redoutait particulièrement de se trouver face à face avec Dean Hammer. Puis il traversa l'allée en enfilant des gants de chirurgien en latex. A ce moment-là, la lune fut cachée par un nuage et il sortit une torche électrique de sa poche, afin d'examiner la serrure.

Rien de très compliqué, constata-t-il en sortant quelques outils d'une trousse qu'il avait sanglée autour de sa taille. Il lui fallut à peine quelques minutes pour venir à bout de la serrure.

A l'instant où il franchit le seuil de la maison, il comprit qu'il s'était donné beaucoup de mal pour rien. Les boîtes avaient disparu.

Il se mordit les lèvres et se dirigea vers le mur devant lequel elles avaient été entassées. Il se pencha, et passa la main sur le carrelage ; mais aucun signe n'indiquait que les caisses s'étaient trouvées là.

Il fit rapidement le tour de la maison. Trois chambres, deux salles de bains, une cuisine. Toutes aussi vides que le salon.

Après avoir refermé le dernier placard de cuisine, il retourna vers la porte d'entrée et fit un pas sur le perron. A peine eut-il refermé derrière lui, qu'il perçut un bruit sur sa droite. Il n'était pas seul.

9.

Mark adopta d'instinct une attitude de défense et se courba légèrement. Il sentit un mouvement au-dessus de sa tête. Son agresseur avait essayé de le frapper, mais il s'était baissé juste à temps pour éviter le coup.

L'homme jura dans l'obscurité. Mark se retourna prestement et lança le poing presque au hasard, en se disant qu'il aurait bien aimé voir le visage de son ennemi. Sa main se heurta à une masse de muscles. Il distingua vaguement une silhouette sombre et corpulente. L'homme était assez grand, mais pas très rapide. Mark lui asséna un deuxième coup de poing. Alors, son assaillant le frappa à son tour, à coups redoublés, tout en soufflant très fort, comme s'il n'était pas habitué à fournir d'effort physique. Mark fut obligé de reculer pour éviter les coups. Il en reçut tout de même quelques-uns, mais ne fléchit pas et parvint aussi à toucher son adversaire. Il se préparait à attaquer de nouveau, quand un rocher à moitié enfoui dans le sable le fit trébucher. Il bascula et atterrit sur le dos, le souffle coupé par la chute. Il eut le plus grand mal à se relever. Mais quand il fut de nouveau sur ses pieds, il entendit le bruit d'un moteur qui démarrait. Le véhicule de son agresseur se trouvait sans doute caché sur le côté de la maison. Ce qui voulait dire que l'homme était là depuis le début sans que Mark ait pu détecter sa présence.

Il se précipita dans la direction d'où provenait le bruit de moteur. Il arriva au moment précis où la voiture s'éloignait sur les chapeaux de roues, et il reçut en plein visage le nuage de terre et de gravier soulevé par les pneus. Le véhicule disparut dans l'allée. Mark sentit des grains de sable lui brûler les yeux et la gorge. Il s'essuya les lèvres en jurant tout bas, mais évita de se frotter les yeux pour ne pas les irriter davantage. Ignorant bravement la douleur, il parvint à entrouvrir les paupières et regagna sa voiture. Là, il chercha à tâtons la bouteille d'eau qu'il avait posée sur le siège du passager. Quand il l'eut trouvée, il renversa la tête en arrière et se rinça abondamment les yeux.

Quand il eut recouvré une vision à peu près claire, l'autre voiture était déjà loin. Furieux, il mit son véhicule en marche et redescendit l'allée à vive allure. Mais il savait qu'il était trop tard. A moins que le salaud qui l'avait attaqué ne se soit enlisé dans une dune de sable…

C'eût été un coup de chance inespéré. Pas de voiture sur le chemin d'accès aux maisons. Quand il parvint à l'autoroute, il vit que celle-ci était quasiment déserte.

Il demeura un long moment arrêté sur le bord de la route, contemplant le long ruban noir d'asphalte, essayant de se mettre à la place de son agresseur. Avait-il des amis en ville chez qui se réfugier, ou bien avait-il décidé de partir dans la direction opposée ?

Rien ne pouvait permettre de trancher. Il ne restait plus qu'à se fier au hasard. Mark tourna donc à gauche, et regagna la ville.

Quelques kilomètres plus loin, il repéra une voiture devant lui, et accéléra. Arrivé à sa hauteur, il s'aperçut que la conductrice était une femme. Or, ce n'était pas une représentante du beau sexe qui s'était attaquée à lui, cela ne faisait pas de doute ! Il la dépassa et poursuivit sa route vers le centre-ville. Aux abords de la zone commerciale, il rencontra plus de voitures. Mais quand il atteignit le quartier d'affaires de la ville, et qu'il se retrouva pris dans une circulation assez dense, il dut admettre qu'il avait définitivement perdu la trace de celui qui l'avait attaqué devant la maison vide.

Sur la route il avait longuement réfléchi, essayant de deviner l'identité de l'inconnu. Le gars était-il là pour voler la marchandise ? Non, ça n'avait pas de sens, puisque les caisses avaient déjà disparu. A moins que ce type ne soit venu aider des complices à transporter les caisses, et qu'il se soit attardé sur place quand il avait vu quelqu'un arriver en catimini.

Mark s'arrêta devant un feu rouge et crispa les mains sur le volant, furieux à l'idée qu'un élément important du mystère venait de lui échapper. Mais quand il redémarra et passa devant la vieille station-service qui marquait autrefois la limite sud de la ville, il se rendit compte qu'il n'était pas très loin du Pavillon des trésors. Armé d'une nouvelle résolution, il accéléra l'allure. Quelques minutes plus tard, il franchit l'entrée du parking la plus éloignée de la porte principale de la galerie, éteignit ses phares et roula doucement jusqu'au bout de l'allée goudronnée. Le côté du bâtiment donnant sur la rue était plongé dans la pénombre. Mais en atteignant l'extrémité du parking, il vit qu'une vive lumière se répandait sur la pelouse, par une des fenêtres.

Il gara sa voiture assez loin du bâtiment, en descendit et se dirigea sans bruit vers l'entrée, en espérant qu'il n'allait pas donner au shérif ou à son adjoint une nouvelle occasion de lui jouer un mauvais tour. L'idée le traversa qu'il aurait été plus sage de retourner à l'hôtel. Mais il était trop à cran pour écouter la voix de la raison. Il était sorti ce soir pour obtenir des renseignements, et il ne rentrerait pas les mains vides.

Il emprunta l'étroit sentier de gravier et de coquillages qui longeait le bâtiment et leva la tête pour jeter un coup d'œil par la seule fenêtre éclairée.

Ce qu'il vit le cloua littéralement sur place. Quand il eut recouvré ses réflexes, il fit un pas de côté pour se protéger du halo de lumière, mais c'était une précaution bien inutile. Il doutait fort que les occupants de la pièce prêtent attention à autre chose qu'eux-mêmes en ce moment. Avançant très prudemment la tête, il regarda à l'intérieur. Oliver Garrison étreignait une femme dont il ne voyait que le dos. Elle portait une robe en lainage sombre qui lui collait à la peau. La main de Garrison était plaquée sur ses fesses.

Mark n'avait jamais eu l'âme d'un voyeur. Son savoir-vivre et son instinct lui enjoignirent de se détourner pudiquement. Cependant, pour une raison qu'il n'aurait su expliquer, il demeura immobile, les yeux fixés sur l'antiquaire et sa compagne. Oliver chuchota quelque chose à l'oreille de la femme. Mark la vit éclater de rire. Bien que le son de leurs voix ne traversât pas le double vitrage des fenêtres, Mark n'eut aucun doute sur le sens des paroles qui venaient d'être échangées. Garrison venait de lui suggérer d'aller un peu plus loin dans leur étreinte.

Il déboutonna la robe de la jeune femme, et enfouit son visage entre ses seins, tandis qu'elle nouait les bras autour de son cou pour l'attirer plus étroitement contre elle. Il tourna la tête de côté, embrassant longuement un sein, puis l'autre.

Mark essaya d'identifier la femme. Ses épaules étaient larges, peu féminines, et ses cheveux blonds et bouclés étaient coupés courts. De toute évidence elle se teignait, car des racines brunes étaient visibles dans sa nuque. Son cou était un peu court et épais, ses hanches généreuses. Il y avait dans son allure générale un je-ne-sais-quoi de familier, mais Mark n'aurait su dire exactement ce qui lui donnait cette impression. Elle était un peu corpulente et il songea que son poids ne correspondait pas à sa silhouette. Il l'aurait bien vue avec dix kilos de moins…

Il cessa de détailler le corps de l'inconnue quand Oliver la renversa sur le bureau et se pencha sur elle en déboutonnant la braguette de son pantalon. Avant qu'il ait pu aller plus loin, le téléphone sonna.

La femme leva la tête et regarda le récepteur. Elle dit quelque chose que Mark ne put entendre. Oliver secoua la tête. A en juger par leur attitude, il était évident qu'ils n'étaient pas d'accord. L'un pensait qu'il fallait répondre, l'autre préférait poursuivre leur activité. De l'endroit où il se tenait, Mark ne pouvait déterminer les partis pris par l'un et l'autre.

Finalement, Oliver décrocha le récepteur d'un geste brusque. Mark le vit hocher la tête, répondre, puis écouter de nouveau. De toute évidence, ce qu'il entendait ne le mettait pas de bonne humeur. La femme le regardait en silence. Oliver lui dit quelque chose qui sembla la surprendre.

Mark maudit la vitre qui le séparait de la scène qui se déroulait à l'intérieur. Les occupants de la pièce étaient visiblement agités, et troublés par ce qu'ils venaient d'apprendre. Ils parlaient tous les deux en même temps, tandis que la femme rajustait ses vêtements. Elle se tourna vers un large miroir ovale encadré de dorures et se passa les doigts dans les cheveux pour remettre ses boucles en place. Mark vit alors son visage pour la première fois.

Il s'attendait à ce qu'elle soit une des antiquaires de la galerie. Mais il s'était trompé. A moins que cette femme ne se soit installée au Pavillon plus tard, après qu'il ait quitté la ville ? Cependant, maintenant qu'il découvrait ses traits, l'impression de déjà-vu se confirmait. Il était sûr d'avoir déjà rencontré cette personne. Elle sortit précipitamment de la pièce, se retournant encore une fois pour lancer quelques mots avant de disparaître.

Quelques secondes plus tard, Mark entendit une porte claquer de l'autre côté du bâtiment. Il ne trouva pas d'endroit où se cacher et se tapit dans l'ombre du mur lorsque la femme sortit dans l'allée. Elle prit une longue inspiration, traversa le parking et s'engouffra dans une voiture stationnée sous les arbres. Par chance, lui était garé à l'autre bout du terrain. La femme enclencha la marche arrière, fit un brusque demi-tour et se dirigea à vive allure vers la grande route.

Mark envisagea un instant de la suivre, mais préféra s'intéresser à Oliver. C'était peut-être l'occasion ou jamais de soutirer à l'antiquaire un renseignement valable. La mallette contenant le masque se trouvait dans le coffre de sa voiture. Et si Oliver, qui était seul dans la galerie et bouleversé par ce qu'il venait d'entendre, se retrouvait tout à coup en tête à tête avec Mike Randall ? Cela créerait à coup sûr une tension supplémentaire... Et ça le pousserait peut-être à révéler malgré lui quelques informations importantes.

Mark n'avait encore jamais utilisé ce masque, mais il s'était souvent entraîné à l'enfiler. Cependant, il valait mieux ne pas le faire dans l'obscurité, songea-t-il. Il gagna donc sa voiture et se rendit jusqu'à la station-service la plus proche, qui restait ouverte toute la nuit. Il n'y avait qu'une seule autre voiture, lorsqu'il se gara devant les toilettes et y entra. Il referma la porte, déposa la valise sur le lavabo et actionna le système d'ouverture. Des frissons lui parcoururent les avant-bras quand il se pencha pour examiner le masque posé sur un fond de caoutchouc mousse. Les orbites vides et sombres du masque lui donnaient un aspect cadavérique, terrifiant. Mark hésita un moment. L'effroi le fit frémir. Enfin, il se saisit en tremblant de l'étrange objet, respira à fond pour recouvrer un rythme cardiaque normal, et ouvrit le pot de colle spéciale, pour en poser quelques points en certains endroits du masque, comme on le lui avait montré. Ensuite, il plaqua le masque contre son visage et lissa la peau artificielle sur ses traits, s'attardant longuement sur les bords, près de la chevelure et sous le menton.

Il se sentit un peu oppressé, comme si le masque en caoutchouc formait une barrière entre le monde et lui. Il lui serait impossible de porter cela trop longtemps, songea-t-il.

Pendant plusieurs secondes, il garda les yeux fixés sur le lavabo. Quand enfin, il leva la tête et regarda le miroir, il vit apparaître en face de lui le visage de Mike Randall. La terreur que lui avait inspirée le masque un peu plus tôt n'était rien, en comparaison de ce qu'il éprouva alors. Il était en train de vivre une métamorphose troublante, passant d'un visage qui était le sien, à un autre… qui, finalement, lui appartenait à jamais. Il agrippa à deux mains le rebord du lavabo. Sa gorge se contracta. L'homme qu'il voyait en face de lui était Mike Randall : une victime.

Non, il n'était plus cet homme ! Il ne voulait plus l'être. Sa vie, il l'avait prise en main, personne n'aurait plus le dessus sur lui. Et soudain, il eut envie d'expliquer cela à Molly. De lui faire comprendre pourquoi il lui avait caché sa véritable identité. Ce Mike Randall, ce n'était plus lui.

Mais alors, il se rappela qu'il s'était, pour ainsi dire, enfui de chez elle, uniquement parce qu'il ignorait comment la boîte chinoise avait pu échouer entre ses mains.

Tout cela ne revêtait guère d'importance, pour l'instant. Il était après un gros gibier, et il ne pensait plus qu'à la réaction de Garrison quand il se trouverait face à Randall.

Dommage qu'il n'ait pas pensé à se faire passer pour mort, se dit-il en rebouchant le pot qui contenait la colle et en refermant la mallette. Le retour à Perry's Cove d'un Randall officiellement supprimé aurait été beaucoup plus spectaculaire. Mais il avait le sentiment que sa réapparition ferait tout de même son petit effet.

Il se pencha vers le miroir et lissa encore quelques rides, aplatissant bien le masque sur sa peau. Puis il rouvrit la porte des toilettes et jeta un coup d'œil à l'extérieur. L'autre voiture était toujours près de la pompe. Mark baissa la tête, retourna à sa voiture d'un pas vif et mit le moteur en marche.

Il sentit des douleurs se réveiller dans ses membres et dans sa poitrine. Son agresseur lui avait asséné quelques coups de poing bien placés. Il aurait dû retourner dans sa chambre d'hôtel, prendre de l'aspirine et se coucher, avec un paquet de glace sur ses hématomes.

Maís il ne voulait pas penser à son corps endolori. En proie à une intense excitation, il regagna la galerie d'antiquaires et se gara devant la sortie de secours. La voiture de la femme n'était pas revenue, remarqua-t-il.

Il se dirigea vers la fenêtre derrière laquelle il avait observé le couple. La lumière était toujours allumée. Les yeux rivés sur le téléphone, nerveux et agité, Garrison faisait les cent pas. Apparemment, il attendait que sa petite amie lui donne des nouvelles. Ils avaient combiné quelque chose ensemble, et d'après ce que Mark avait compris, un incident avait compromis le bon déroulement de leur plan. Par exemple… se pouvait-il qu'ils aient entreposé des caisses dans une maison vide, et que quelqu'un soit tombé par hasard sur leur cachette ?

Etait-ce ainsi que les choses s'étaient passées ? La personne qui avait averti Garrison savait-elle que celui qui avait découvert leur trafic s'appelait Mark Ramsey ? C'était une éventualité dont il fallait tenir compte.

Garrison allait et venait dans la pièce, se comportant comme un homme confronté à de gros problèmes. Et Mark était bien décidé à lui en créer de plus importants encore. Un sentiment d'intense satisfaction l'envahit, alors qu'il enfilait sa paire de gants en latex et se dirigeait vers la porte. Celle-ci était fermée à clé, mais d'après ses souvenirs, la serrure n'était pas très difficile à forcer. Par chance, personne n'avait pensé à la faire changer pendant les cinq années écoulées. Non sans habileté, il crocheta la serrure. Les vieux monte-en-l'air qui avaient partagé sa cellule auraient été fiers de lui, songea-t-il en pénétrant dans le bâtiment. Il attendit, le temps que ses yeux s'habituent à l'obscurité. Puis il fit quelques pas dans la vaste salle qui servait d'entrepôt aux antiquaires. Des meubles hauts et sombres s'élevaient autour de lui comme des ombres menaçantes. Il s'arrêta derrière un immense vaisselier flamand, et tendit l'oreille.

Aucun bruit ne lui parvint, et il ne décela aucun mouvement non plus. Contournant le vaisselier, il franchit une porte qui donnait dans le fond de la galerie. Son pouls battait à grands coups. Un doute s'insinua dans son esprit. Son idée n'était peut-être pas si géniale que ça. Et si Garrison appelait les flics ?

Mike Randall aurait le temps de prendre la fuite, se dit-il pour se rassurer. A moins que des hommes du shérif patrouillent dans le quartier ? Pour empêcher des adolescents de se regrouper sur le parking, par exemple ? C'était prétendument la raison de la dernière visite de Hammer à Garrison. Mais à l'évidence, c'était un mensonge.

Sans se donner le temps de changer d'avis ni de revenir en arrière, il fit quelques pas dans la galerie. Il était souvent venu ici avec Véronica et connaissait très bien la configuration des lieux. Les commerçants utilisaient cette zone pour entreposer la marchandise qu'ils ne pouvaient faire entrer dans leur boutique.

Il dénicha une petite boîte métallique et la posa sur une table à côté de lui. Puis, sans faire de bruit, il dévissa les deux ampoules suspendues au plafond, afin que personne ne puisse donner de lumière vive dans la salle. Ensuite, il trouva une lampe ancienne sur un buffet. Il fixa une des ampoules qu'il venait de dévisser sur la lampe, posa celle-ci sur la table à côté de la boîte métallique et la brancha à une prise proche. La lampe fonctionnait.

Jetant un coup d'œil derrière lui, il s'assura que l'entrepôt lui fournissait le moyen de fuir rapidement. Enfin, content de ses préparatifs, il chercha autour de lui quelque chose qui puisse produire un grand bruit. Son regard se posa sur un ensemble de cheminée en fonte. Il donna un grand coup de pied dedans, les faisant s'entrechoquer dans un vacarme assourdissant. Alors, il se cacha derrière une armoire et attendit, la gorge nouée, que Garrison, alerté, fasse son apparition. En moins d'une minute, il était là.

— C'est toi ? cria Garrison. Je ne pensais pas que tu reviendrais si vite.

Un sourire sardonique se peignit sur les lèvres de Mark.

— Tout dépend de qui vous voulez parler, déclara-t-il sur le ton de la conversation et en faisant un effort pour parler comme Mike Randall.

Il parvenait parfois à retrouver son ancienne voix, mais cela l'obligeait à forcer sur ses cordes vocales.

— Qui est là ? Montrez-vous ! ordonna Garrison, d'une voix chevrotante, qu'il voulait autoritaire.

Sa démarche hésitante venait également démentir son apparente assurance. Il se tenait dans l'embrasure de la porte, et il tendit le bras pour allumer le plafonnier. La pièce demeura dans l'obscurité et Mark l'entendit pousser un juron rageur entre ses dents.

— Ne vous inquiétez pas, dit Mark. Vous avez la visite d'un vieil ami…

Il fit un pas en avant et alluma la lampe posée sur la table. Un faible halo de lumière rosée se répandit autour de lui.

— Oh !… Non ! s'exclama Garrison. Que voulez-vous ?

— Juste quelques renseignements.

Il y eut une pause assez brève, puis l'antiquaire répliqua :

— Je n'ai rien à vous dire.

— Pourtant, j'ai l'impression que vous avez quelque chose à cacher.

— Vous n'auriez pas dû revenir.

— Vous saviez pourtant que je le ferais, n'est-ce pas ?

— J'espérais que vous auriez assez de jugeote pour rester à l'écart.

Garrison leva le bras qu'il avait tenu jusqu'ici plaqué le long de son corps. Mark vit qu'il tenait une arme.

10.

— Oh, bon sang !, marmonna Mark, les yeux fixés sur le browning, avant de reculer derrière le meuble.

Il avait toujours pensé que malgré ses allures de hâbleur, Garrison n'était qu'une poule mouillée. Il s'était apparemment endurci, depuis l'époque où Randall avait quitté Perry's Cove, menottes aux poignets.

Mais ses réflexes laissaient à désirer. Il tira quelques secondes trop tard, faisant éclater le bois de l'armoire, et manquant la tête de Mark de plusieurs centimètres. Mark eut un rire forcé.

— Vous êtes en train de détruire un meuble précieux ! cria-t-il.

— Que venez-vous faire ici ? rétorqua Garrison.

— Vous ne le devinez donc pas ? Je veux trouver qui m'a fait porter le chapeau pour le meurtre de ma femme. C'était vous ?

— Ne soyez pas ridicule, grommela Garrison, d'un ton mal assuré. Je vais appeler les flics.

— C'est ça, allez-y. Et vous m'accuserez de quoi ? C'est vous qui avez une arme, pas moi.

— Vous êtes entré ici par effraction.

— Si mes souvenirs sont bons, ça ne vous donne pas le droit de me tirer dessus. J'ai eu tout le temps d'étudier le droit en prison.

138

Et avec vivacité, il projeta un cache-pot en cuivre sur le sol. Pendant que Garrison tirait dessus, il en profita pour regagner la porte de derrière. Il se félicita de s'être garé près de l'issue de secours, ce qui lui permit de monter dans sa voiture et de quitter le parking en moins d'une minute. Jetant un coup d'œil derrière lui, il constata avec satisfaction que Garrison n'était pas sorti du bâtiment.

La main droite sur le volant, il se servit de l'autre pour tirer sur le masque et décoller le caoutchouc plaqué sur son visage. Il résista à l'envie de l'arracher. Le masque lui avait coûté trop cher pour qu'il se permette de le détruire après une seule utilisation. Cependant, étant donné la façon dont s'était déroulée la rencontre avec Garrison, il se demanda s'il utiliserait de nouveau ce subterfuge.

Plongé dans ses pensées, il ne se rendit pas compte qu'il appuyait à fond sur l'accélérateur. Quand il en prit conscience, il leva aussitôt le pied. Il ne manquait plus qu'il se fasse arrêter pour excès de vitesse, avec son masque de Halloween posé sur le siège à côté de lui !

Maintenant qu'il était ressorti du Pavillon, il lui semblait évident qu'il n'aurait jamais dû tenter une chose aussi risquée. Il était venu à Perry's Cove avec une nouvelle identité et un plan à moitié élaboré seulement, pour se rendre compte après coup qu'il n'avait pas l'étoffe d'un enquêteur, et qu'il n'était pas entraîné pour un travail d'infiltration. Il avait sans doute lu trop de romans policiers dans lesquels un habile détective tirait les vers du nez aux habitants d'une ville, jusqu'à ce que la vérité jaillisse au grand jour. Cela marchait dans les romans, mais dans la réalité, c'était une autre histoire.

Il soupira et prit le chemin de East Point Lodge, songeant que la nuit lui porterait conseil. Qui sait ? La solution lui apparaîtrait peut-être par magie le lendemain, à son réveil ? Il repassa devant la maison de Molly. Les lumières étaient éteintes, mais l'envie le prit brusquement d'aller cogner à sa porte, pour tout lui raconter et lui demander pardon. Il était revenu dans cette ville, animé par un brûlant désir de vengeance. Il voulait démasquer le ou *les* salauds qui avaient tué sa femme et l'avaient fait accuser à tort. Mais sur la route et dans la nuit, il se demandait maintenant si ce but valait la peine d'être poursuivi. Ne ferait-il pas mieux de continuer à vivre comme il pouvait et d'essayer d'être heureux, tout simplement ? Avec Molly Dumont, par exemple.

Une vague de nostalgie le submergea. Il désirait Molly comme il n'avait jamais désiré aucune autre femme dans sa vie. Malgré cela, il serra les dents et chassa ce désir de son esprit. Son retour à Perry's Cove était motivé par une raison précise. Il n'allait tout de même pas renoncer à sa vengeance dans un moment de faiblesse ?

En outre, ce qu'il avait fait ce soir n'était pas complètement inutile. Certes il avait failli se faire tuer, mais il avait aussi appris quelque chose d'important. Oliver Garrison avait peur de Mike Randall. Si peur, qu'il n'avait pas hésité à tirer sur lui. D'accord, il avait sans doute pris son arme en pensant qu'un rôdeur ou un cambrioleur était entré dans la galerie. Mais ensuite il avait vu Mike. Il lui avait parlé. Il savait qui il était et pourtant, il avait essayé de le tuer. C'était révélateur, non ? Après cela, Mark ne pouvait plus renoncer et partir.

Les mains d'Oliver tremblaient, quand il retourna dans son bureau et remit l'arme à sa place dans le tiroir. Il ouvrit un placard et en sortit une bouteille de cognac. D'habitude, il aimait se servir un doigt de cet alcool ambré dans un verre ballon, et le déguster lentement, à petites gorgées. C'était un rituel qu'il appréciait.

Mais ce soir, il se contenta de boire une longue gorgée au goulot, qui lui descendit dans la gorge en brûlant, et en lui procurant immédiatement une sensation de bien-être. Il se renversa dans son confortable fauteuil de cuir, derrière son bureau, et se concentra sur les battements de son cœur, tandis qu'une bouffée de chaleur se déversait dans ses veines.

Il était bien conscient que c'était seulement une façon de gagner du temps. Mais il s'en fichait. Depuis que Mike Randall avait été innocenté et remis en liberté, il s'attendait à le voir débarquer à Perry's Cove. Eh bien, voilà, c'était fait. Les choses ne s'étaient pas passées comme il l'imaginait. Il avait toujours cru que l'homme entrerait un jour dans la galerie, avec autant d'arrogance que si l'endroit lui appartenait. Mais après tout, Mike Randall avait bien le droit de choisir l'heure et l'endroit qui lui plaisaient ! Honneur aux vaincus...

Oliver soupira. Il ignorait ce que Randall savait au juste, ou ce qu'il soupçonnait. D'ailleurs, ce gogo ne parviendrait peut-être jamais à découvrir seul la vérité. Il lui faudrait de l'aide. Eh bien, Oliver s'arrangerait pour qu'il n'en obtienne pas.

Il avala une autre gorgée de cognac. Cette fois, il en apprécia pleinement l'arôme exquis. Il avait toujours aimé les belles choses, les nourritures raffinées, les alcools rares... Les beaux meubles aussi. Le luxe.

C'eût été vraiment dommage de quitter Perry's Cove du jour au lendemain, et de renoncer à tout cela. L'alcool l'apaisa, et il se mit à songer calmement à la brève rencontre qui venait d'avoir lieu. Il n'avait pas su garder son sang-froid, c'était indéniable : cela n'avait pas été une très bonne idée de tirer sur ce type. Mais il avait été certain de ne pas rater sa cible ; alors Randall n'aurait jamais pu raconter sa version des faits.

Au bout d'un assez long moment, Oliver jugea qu'il avait totalement recouvré le contrôle de ses émotions. Il décrocha le téléphone et composa un numéro qu'il connaissait par cœur.

— Bonjour, c'est moi, annonça-t-il lorsque son interlocuteur eut décroché.

— Oliver ? demanda une voix. Quelque chose ne va pas ?

— Je viens juste d'avoir une petite confrontation avec Mike Randall, dit-il, conscient que cette nouvelle allait faire l'effet d'une bombe.

— Quand ça ? Que s'est-il passé ?

— Il a débarqué à la galerie, il y a quelques minutes.

— Tu veux dire, après minuit ?

— Oui.

— Et alors ?

— D'après moi, son intention était de provoquer un effet dramatique. Il a dévissé quelques ampoules et s'est arrangé pour se tenir dans un halo de lumière projeté par une vieille lampe de verre teinté.

Il y eut un long silence à l'autre bout du fil. Quand l'autre voix résonna, elle contenait une nette nuance de colère.

— Alors d'abord, il envoie ce Mark Ramsey fourrer son nez partout. Et maintenant, il est là lui aussi, à tourner dans la ville en cherchant à faire du grabuge !

— C'est tout à fait ça. Avec les moyens dont tu disposes, tu as une excellente occasion de le repérer.

Oliver supporta en silence les invectives de son interlocuteur. Quand l'autre se tut, il dit calmement :

— Si tu ne peux pas le retrouver, il y a peut-être une autre solution.

— Laquelle ?

— Par exemple, le priver de ses soutiens. Mark Ramsey visite la région avec Molly Dumont. Ce matin, ils se sont rendus à la maison Thompson. Ramsey y est retourné ce soir pour espionner.

A l'autre bout, l'homme pesta.

— Pourquoi n'ai-je pas été mis au courant ?

— Je te le dis maintenant, non ?

— Tu crois que Dumont sait quelque chose ?

— Comment le pourrait-elle ? répliqua sèchement Oliver.

142

Mais un doute le taraudait. Comme par hasard, Molly se trouvait étroitement mêlée à toute cette affaire.

— Débrouille-toi pour la faire parler. Si tu ne veux pas le faire toi-même, sers-toi des gars que j'ai engagés. Je suis fatigué, j'ai besoin d'aller dormir.

C'était un mensonge, songea-t-il en reposant brusquement le récepteur sur son support. Personne n'allait dormir cette nuit.

Mark fit le tour de la ville pour s'assurer qu'il n'était pas suivi, avant de regagner East Point Lodge. Il se dirigeait vers la porte de sa chambre, quand la sonnerie de son téléphone mobile le fit sursauter.

Il s'immobilisa et s'obligea au calme. Qui diable cela pouvait-il être ? Oliver avait-il deviné qui il était ? Et si c'était le cas, comment avait-il pu se procurer son numéro ?

Non, c'était tout à fait impossible. L'antiquaire ne pouvait savoir que Mark Ramsey et Mike Randall ne formaient qu'une seule et même personne. Tout de même... quand la sonnerie retentit de nouveau, il avait la chair de poule.

C'était probablement une erreur, se dit-il. Mais au moment même où il formula cette pensée, il la repoussa. La fondation Light Street avait son numéro. Mais pourquoi auraient-ils cherché à le joindre au milieu de la nuit ? Cela ne laissait plus qu'une seule possibilité, songea-t-il alors que la sonnerie mettait encore une fois ses nerfs à vif. Il tira l'appareil de sa poche et répondit :

— Allô ?

— Mark ! Dieu merci !

— Molly, qu'y a-t-il ? Tu as un problème ?

— J'ai entendu du bruit dans le jardin. Quelqu'un rôde autour de la maison.

— Les portes et les fenêtres sont fermées ? demanda-t-il en retournant en courant vers sa voiture.

— Au rez-de-chaussée, oui.

Il s'efforça de parler d'une voix calme, tout en faisant tourner la clé de contact :

— Je ne suis qu'à quelques minutes de chez toi. Où es-tu ?

— Dans ma chambre.

— Ferme la porte à clé. La fenêtre aussi.

— D'accord, répondit-elle, la respiration haletante.

Une fraction de seconde plus tard, elle poussa un hurlement, et Mark sentit son sang se glacer dans ses veines.

— Molly ! Molly ! cria-t-il,

Mais il n'obtint pas de réponse. Une vague de panique l'envahit. La gorge nouée par la peur, il écrasa la pédale d'accélérateur.

Molly entendit Mark crier son nom dans l'appareil. Elle voulait désespérément lui répondre. Mais le téléphone lui avait échappé des mains quand la porte de la chambre s'était ouverte à la volée. Elle n'avait eu qu'une seconde ou deux pour réagir.

Les lèvres serrées, elle se jeta sur le sol, de l'autre côté du lit. Encore une chance qu'elle n'ait pas allumé la lumière un peu plus tôt ! Ça, c'était l'aspect positif de la situation. Le mauvais, c'est qu'elle avait déjà enfilé sa chemise de nuit. Elle se sentait si nue et si vulnérable sous le fin tissu de coton qu'elle aurait voulu se recroqueviller et se mettre à sangloter. Mais c'était totalement hors de question. Ce genre de réaction pouvait s'avérer fatal.

Au prix d'un immense effort sur elle-même, elle se tint immobile sur le sol et essaya de réfléchir à ce qu'il fallait faire. Malgré le sang qui battait à ses tympans, elle perçut dans la pièce le bruit d'une lourde respiration. Elle imagina un homme bâti comme une armoire à glace. Il devait se tenir devant la porte et bloquer le passage.

Elle serra si fort les poings, que ses ongles entamèrent la chair de ses paumes.

Mark lui avait dit qu'il était en route. Qu'il n'était pas loin. Elle n'avait plus qu'à faire son possible pour rester en vie en attendant qu'il arrive. Oui, mais comment ? Ce type était sûrement venu pour la tuer. Elle se demanda s'il avait une arme, et s'il savait qu'elle se cachait dans la chambre.

Elle s'efforça de respirer très doucement tout en échafaudant un plan. Elle se représenta l'endroit de la pièce où elle se tenait. Ses sandales étaient près du lit, mais elles ne seraient pas d'une grande efficacité !

Puis elle se rappela qu'elle avait recousu l'ourlet d'un pantalon dans la soirée. Elle n'avait pas remis la boîte à couture à sa place.

Si un flic essayait de l'arrêter, il poursuivrait sa route sans ralentir et conduirait ainsi la voiture de police jusque chez Molly, se dit Mark en accélérant. Sauf que si le flic était Hammer ou Daniels, cela n'était pas une si bonne idée que cela.

Il ralentit en amorçant un virage, puis repartit à pleine vitesse dans la rue où habitait Molly. Parvenu dans l'allée, devant sa maison, il coupa le contact et bondit hors du véhicule. En courant vers la porte de la cuisine, il s'aperçut qu'elle était entrouverte. Il jura. Molly avait raison. Quelqu'un était bien entré chez elle. A moins que… qu'elle ne lui ait tendu un piège, *à lui* ?

Non, il ne voulait pas le croire. Elle semblait vraiment paniquée, quand elle l'avait appelé. Mais après la confrontation qu'il venait d'avoir avec Garrison, il ne pouvait plus complètement repousser cette possibilité. Il essaya cependant d'oublier ses soupçons. Ralentissant le pas, il franchit doucement la porte et pénétra sans bruit dans la cuisine. La pièce était vide. Immobile, il tendit l'oreille. Pendant quelques interminables secondes, il n'entendit rien. Puis, un bruit de pas lui parvint depuis l'étage. Les pas étaient bien trop lourds pour être ceux d'une femme menue comme Molly. Non, c'étaient les pas d'un prédateur traquant sa proie.

Mark réprima l'envie de crier le nom de la jeune femme. Il laissa échapper un chapelet de jurons et se précipita vers l'escalier. Molly avait de gros ennuis ; il n'en doutait plus, à présent.

Refrénant son angoisse, il gravit précautionneusement les marches en faisant le moins de bruit possible, et se courba en deux afin de pouvoir parer à une attaque, si quelqu'un l'attendait là-haut.

Molly fouillait dans la boîte à ouvrage dans l'espoir d'y découvrir ses ciseaux, quand elle entendit les pas de l'inconnu se diriger vers elle.

Ses doigts se refermèrent sur l'objet qu'elle cherchait, au moment précis où l'homme contournait le lit et se baissait pour l'attraper. Elle sentit deux grosses mains se poser sur ses épaules et tirer les épaulettes de sa chemise.

Alors, elle projeta ses bras vers l'avant. De sa main gauche, elle tenta de repousser l'homme, tandis que de la droite, elle essayait de l'atteindre avec les lames de ciseaux. Elle sentit qu'elle l'avait touché, quelque part dans l'abdomen. L'homme émit un grognement menaçant.

— Salope ! s'écria-t-il.

Il recula et ses gros doigts se crispèrent sur les épaulettes, déchirant le tissu fragile de la chemise.

Ignorant la sensation de froid sur ses seins dénudés, Molly leva les ciseaux une deuxième fois. Son agresseur lui saisit le bras. De sa main libre, il lui assena une violente gifle sur la joue, puis lui arracha les ciseaux pour les pointer vers elle. La jeune femme se baissa vivement et sentit la lame entamer sa chevelure. Exactement au même instant, quelqu'un pénétra dans la chambre.

— Mark, attention ! Il a pris mes ciseaux ! hurla-t-elle.

146

Mark se jeta sur l'inconnu avec un cri terrible et le repoussa loin de la jeune femme. Les deux hommes tombèrent sur le lit et roulèrent sur les couvertures en échangeant de furieux coups de poing. Molly se releva. Tout en maintenant les pans de sa chemise devant sa poitrine, elle chercha une autre arme. Le chat en fonte qu'elle utilisait comme cale-porte ferait admirablement l'affaire, décida-t-elle. Contournant de nouveau le lit, elle essaya de frapper l'inconnu à la tête. Mais les deux hommes bougeaient trop, elle risquait d'atteindre Mark.

Elle entendit son agresseur pousser un cri étouffé lorsque Mark lui assena un coup au creux de l'estomac, puis un autre. L'homme hurla et se dégagea, passant du côté du lit où elle se trouvait.

Molly recula, pour ne pas gêner Mark dans ses mouvements. Apparemment, il avait réussi à coincer le gars dans un angle. Mais l'inconnu lui échappa, traversa la chambre et courut vers la porte. Le temps que Mark ait pu réagir, l'agresseur de Molly avait déjà atteint le bas de l'escalier. Mark voulut se lancer à sa poursuite, mais Molly le retint.

— Non. Tu n'arriveras pas à le rattraper.

Rouge et furieux, il poussa un juron. Mais il se figea en découvrant, à la lumière du hall, que la chemise de Molly était déchirée. Une expression horrifiée contracta ses traits.

— Mon Dieu, Molly ! Que s'est-il passé ?

Elle tira sur la chemise, en se disant qu'elle aurait dû se sentir gênée d'être à moitié nue. Mais ce n'était pas vraiment le cas. Elle se couvrait par réflexe.

Mark arrêta son geste et l'attira entre ses bras.

Avec un petit soupir de bien-être, elle se blottit contre sa poitrine. Elle posa la tête sur son épaule et s'agrippa à lui. Un tremblement nerveux secoua son corps qui réagissait, maintenant que le danger était passé.

— Molly, raconte-moi tout. A-t-il essayé de te violer ?

Elle secoua vivement la tête en signe de négation. Elle ne voulait pas qu'il s'imagine que l'agression était sexuelle.

— Non. Ce n'est pas ça du tout. C'est en agrippant les épaulettes qu'il a déchiré ma chemise.

— Tu m'as appelé au moment où il est entré ?

— Oui. Je l'ai entendu bouger dans la maison. J'ai fait ce que tu m'as dit : je me suis enfermée à clé dans ma chambre, expliqua-t-elle.

Au fur et à mesure qu'elle parlait, sa voix recouvrait un peu plus d'assurance et de fermeté.

— Il a forcé la porte, compléta Mark en lui caressant les épaules. Et après ?

— Je me suis allongée sur le sol, de l'autre côté du lit. La boîte à ouvrage était à côté de moi. J'ai pris les ciseaux. Je l'ai blessé, mais de toute évidence, la blessure était trop légère pour le gêner.

— En effet. Tu as eu de la chance : si tu l'avais tué, ils t'auraient arrêtée pour meurtre.

— Mais… c'était de la légitime défense !

— Mike Randall n'avait pas tué sa femme et ils l'ont quand même fait condamner.

Molly hocha la tête et murmura :

— J'espère que je lui ai fait très mal et que la marque des ciseaux restera tatouée sur son gros ventre !

— Oui !

Mark se mit à rire et elle l'imita. Leur hilarité les aida à évacuer la tension qui les oppressait. Ce fut Mark qui recouvra son sérieux le premier.

— Sais-tu ce que voulait cet homme ?

— Non, fit-elle en levant les yeux pour chercher son regard. Tu me crois, n'est-ce pas ?

— Oui.

Mais elle n'était pas certaine que ce soit le cas. Surtout après la façon dont il l'avait quittée le jour même, au cours du déjeuner… Ce souvenir la poussa à demander :

— Tu crois que c'est moi qui ai arrangé toute cette mise en scène ? Ce serait un excellent stratagème pour t'obliger à me faire confiance, n'est-ce pas ?

11.

Mark était bien conscient que Molly attendait une réponse. Il ne pouvait lui en donner qu'une seule. Une réponse d'ordre sentimental. Il était bouleversé, jusqu'au plus profond de lui, à l'idée de ce qui aurait pu arriver. Emu, il la serra dans ses bras, en remerciant le ciel qu'elle ait eu le réflexe de l'appeler… et surtout, qu'elle soit indemne.

— Non, je ne pense pas cela, dit-il d'une voix sourde. Je pense que je suis arrivé juste à temps pour empêcher un accident très grave de survenir.

Elle avait les yeux levés vers lui. Le plus naturellement du monde, il posa les lèvres sur les siennes. En cet instant, il ne souhaitait rien d'autre que lui témoigner sa tendresse, et son soulagement.

Leurs bouches demeurèrent pressées l'une contre l'autre, et il sut qu'il était perdu. Il pencha la tête, s'enivrant du goût de ses lèvres. Le long gémissement qu'elle tenta d'étouffer lui fit comprendre qu'elle désirait ce baiser autant que lui.

Si elle avait interrompu son geste, il aurait refréné son désir, sans insister. Mais il sentit ses mains se presser sur son dos, remonter sur ses épaules et lui caresser la nuque, l'incitant à se rapprocher d'elle encore davantage. Il resserra l'étreinte de ses bras et s'enivra du goût et du parfum de sa peau.

S'il avait d'abord cru n'éprouver pour elle qu'une attirance strictement sexuelle, il devait admettre que les choses avaient considérablement évolué : oui, ses sentiments étaient plus profonds. Il n'aurait su mettre un nom sur les émotions qui montaient en lui de toute part. Ou plutôt, il avait peur de le faire. Il ne voulait pas avoir autant besoin de Molly. Ni perdre le contrôle de lui-même. Et pourtant, il sentait bien qu'il ne maîtrisait plus la situation, que son sang-froid lui échappait.

— Molly, murmura-t-il, le cœur battant.

Leurs souffles se mêlèrent et elle chuchota à son tour le nom de Mark, d'une voix émue.

Ce bref échange fit à Mark l'effet d'une promesse solennelle, d'une sorte d'engagement. Puis il eut l'impression que toute pensée cohérente fuyait son esprit. Tout ce qu'il savait encore, c'est qu'il avait attendu longtemps, très longtemps... et enfin, Molly était dans ses bras. Ils se trouvaient dans une chambre sans lumière, et personne ne pouvait les empêcher de faire ce qu'ils désiraient. Il baissa les yeux sur sa poitrine, fit tomber les lambeaux du léger tissu qui tenait à peine sur ses épaules, puis gémit. Enfin il sentait ses deux seins ronds entre ses mains... enfin il pouvait les caresser, en taquiner la pointe durcie du bout des doigts.

Elle chancelait presque sous ses caresses, et se pressa davantage contre lui, s'offrant entièrement à ses mains douces et chaudes qui allaient et venaient sur sa peau brûlante. Mark gémit à son tour. Molly était à lui, désormais. Elle se donnait sans réserve. Il espéra seulement qu'il saurait en faire de même : il y avait si longtemps qu'il n'avait pas fait l'amour. Et maintenant qu'il tenait Molly entre ses bras, il avait un peu peur.

Il recula d'un pas pour l'entraîner vers le lit, et s'aperçut qu'il tremblait de tous ses membres. Sa respiration était haletante. Il sut qu'il ne pouvait plus attendre. Il fallait qu'il la possède sur-le-champ.

Mais alors même qu'il traversait la chambre avec elle, son pied buta contre un objet dur. Il baissa les yeux et vit les lames brillantes des ciseaux. Il jura tout bas.

Alors qu'il tentait de se dégager, Molly resserra l'étreinte de ses bras autour de ses épaules.

— Mark, je t'en prie. Ne t'arrête pas, cette fois.

Baissant la tête vers elle, il rencontra son regard éperdu de passion et sut qu'à cet instant, il pouvait obtenir d'elle tout ce qu'il voulait. Mais il songea aussi que faire l'amour avec elle ici et maintenant, serait une erreur.

— Nous ne pouvons pas, articula-t-il d'une voix rauque.

Interloquée, elle chuchota :

— Tu ne veux pas de moi ?

— Bien sûr que si ! Mais la porte de la cuisine est restée ouverte. Le gros type que tu as blessé avec les ciseaux pourrait être encore quelque part par-là, tapi dans l'ombre. Nous avons cru qu'il était parti sans demander son reste, mais… il a pu revenir.

Molly inspira violemment. Une lueur de panique brilla dans son regard égaré par la passion.

— Je ne pensais pas à ça… Je ne pensais qu'à faire l'amour avec toi.

Il posa les mains sur ses épaules nues.

— Moi aussi. Mais il ne faut pas négliger le danger que nous courons. Filons d'ici. On ne sait jamais, ce type pourrait avoir l'idée de revenir avec du renfort.

— Oh, mon Dieu !

— Habille-toi, dit-il en laissant son index glisser sur l'une de ses épaules.

Ce faisant, il remarqua que ses mouvements n'étaient pas très assurés. Ses doigts tremblaient. Elle posa une seconde les mains sur les siennes, puis s'écarta de lui. Mark demeura près du lit. Il avait l'impression d'être en proie à un délire qui le projetait tantôt au paradis, tantôt en enfer. Ce n'était pourtant guère le moment de se laisser griser… mais plutôt d'avoir les idées claires, de réfléchir. De penser à autre chose qu'à séduire cette femme, qu'il désirait depuis de si longues années.

Elle revint dans la chambre au bout de quelques minutes, vêtue d'un pantalon large et d'un T-shirt.

— Emporte des affaires de toilette et quelques vêtements de rechange, dit-il.

— Pourquoi ?

— Parce que tu ne peux pas revenir ici, répondit-il en passant une main dans ses cheveux. Quelqu'un a essayé de te faire du mal. Je ne veux pas que ça se reproduise.

Elle posa sur lui un regard perplexe, dans lequel passèrent une foule d'interrogations.

— Que se passe-t-il au juste, Mark ?

— Soit quelqu'un t'en veut personnellement, pour une raison que j'ignore, soit ils pensent que tu es impliquée dans mes affaires.

— Et toi, quelle est la raison de ta présence à Perry's Cove ?

— Je ne veux pas parler de ça pour l'instant. Nous n'avons pas le temps de nous lancer dans de longues explications. Il faut partir.

— Et tu crois que je vais partir avec toi ? Est-ce que ça ne représente pas un risque ?

— Tu cours un risque bien plus grand en restant chez toi. Connais-tu quelqu'un chez qui tu pourrais te réfugier ? De préférence, une personne qui vive loin d'ici. Je ne fais pas confiance aux habitants de cette ville. Et surtout pas à Dean Hammer.

— Je n'ai jamais eu confiance en lui, moi non plus.

— Pas question non plus d'aller trouver tes anciens amis à la galerie des antiquaires.

Il vit que ces paroles la faisaient réfléchir. Elle garda le silence quelques secondes, puis déclara :

— D'accord. Pour le moment, je suis tes conseils.

Mark relâcha son souffle, soulagé. Il était certain que s'il lui révélait son identité maintenant, elle refuserait de le suivre. Mais il n'avait pas envie de la voir quitter la ville. Il voulait la garder auprès de lui. Et il était bien conscient que ses motivations n'étaient pas entièrement honorables.

— Alors, prépare-toi le plus vite possible, dit-il.

Elle fit ce qu'il lui demandait, et disparut dans la salle de bains pour prendre sa brosse à dents et quelques objets de toilette. Puis elle sortit des tiroirs de sa commode quelques vêtements confortables, qu'elle entassa dans un sac de voyage. Quelques minutes plus tard, ils descendirent ensemble. Molly s'immobilisa et regarda la porte de la cuisine ouverte.

— Je suppose qu'il ne sert pas à grand-chose de la fermer à clé ?

— Fais-le tout de même, si cela peut t'aider à te sentir mieux.

— Tu n'as pas confiance en Hammer. Donc, tu penses qu'il est inutile d'appeler la police ? demanda-t-elle d'un ton incertain.

— A ta place, je ne le ferais pas.

Elle acquiesça d'un bref signe de tête, passa dans le salon et eut un haut-le-corps. Elle se précipita vers les étagères et passa la main sur la plus haute d'entre elles. Puis elle se retourna et inspecta le sol autour du meuble.

— Que cherches-tu ? s'enquit Mark.

— La boîte. Elle a disparu !

— La boîte chinoise ? demanda-t-il en la considérant avec stupeur.

— Oui.

— Manque-t-il autre chose ?

Elle alluma la lumière et examina le reste de la pièce. Puis elle posa les yeux sur Mark et il vit que son visage était tendu.

— Je ne crois pas, non. Seulement cette boîte.

— Ça alors ! Qu'a-t-elle d'extraordinaire, cette maudite boîte ?

— En effet, je me le demande ! Enfin… c'est un des derniers objets que Phil m'ait offerts, et j'y attachais de la valeur. Mais je ne vois vraiment pas pourquoi quelqu'un d'autre s'y intéresserait !

— Que contient-elle ?

— Si je le savais, je te le dirais.

— Vraiment ? Tu en es sûre ?

Les traits de Molly se durcirent et elle dévisagea Mark.

— Oui, *j'en suis sûre*. On en revient toujours au même point, n'est-ce pas ? Tu ne te décides pas à me faire confiance. Oh, je sais, tu essayes. Mais ça ne dure jamais plus de cinq minutes.

Avec une pointe de cynisme, elle ajouta :

— Et aussitôt, tu retombes dans la méfiance.

Mark s'enfouit le visage dans les mains, partagé entre la frustration et le désir de lui faire comprendre sa position.

— Quand j'ai décidé de venir ici, je savais que les enjeux étaient trop importants pour que je coure le moindre risque : je ne peux faire confiance à personne. Je ne pensais pas me… lier avec toi.

— C'est une façon intéressante d'exposer la situation.

— Je suis désolé.

— Et pourquoi devrais-je te faire confiance, *moi* ?

— Tu ne devrais peut-être pas.

Elle poussa un soupir d'exaspération.

— Nous devrions partir, à présent. Où allons-nous ?

Ainsi, elle lui permettait de laisser cette histoire en suspens ; il ne demandait pas mieux.

— J'envisageais de t'emmener à East Point Lodge, dans ma chambre. Mais je me dis que tu n'y seras sans doute pas plus en sécurité que chez toi.

— Tu n'as pas de meilleure idée ?

— J'espérais que tu en aurais une, toi. N'y a-t-il pas de propriété vacante dans les environs, où nous pourrions établir notre camp ?

Il la regarda réfléchir un long moment. Et il se dit qu'il aimait l'expression sérieuse de son visage, quand elle tentait de résoudre un problème. A condition que cela ne concerne pas la confiance mutuelle qu'ils s'accordaient, naturellement !

— Je crois que j'ai trouvé mieux que ça, annonça-t-elle enfin. Notre agence gère des appartements en multipropriété à Perry's Landing. Je peux regarder lesquels sont inoccupés en ce moment.

— D'accord. C'est très bien.

Elle fit mine de gagner la porte, mais il posa une main sur son épaule.

— Attends un instant. Je vais passer le premier et m'assurer que nous ne courons aucun danger.

Il la sentit se raidir et fut désolé de l'effrayer. Mais il valait mieux être trop prudent, plutôt que de se repentir plus tard de sa négligence. Il fit donc un pas au-dehors, et scruta les environs immédiats de la maison. Il ne vit personne. Mais cela ne voulait pas dire que quelqu'un ne se tenait pas à l'affût dans les buissons. Mark fit signe à Molly de l'attendre sans bouger, puis il courut jusqu'à la voiture, ouvrit la portière côté passager et fit un geste de la main pour lui dire de le rejoindre.

Dès qu'elle fut assise près de lui et qu'elle eut refermé sa portière, il démarra en trombe, alors qu'elle bouclait sa ceinture de sécurité.

Lorsqu'ils furent à bonne distance de la maison, il ralentit, et reprit l'allure réglementaire. Du coin de l'œil, il vit qu'elle le regardait à la dérobée. Mais elle ne dit rien.

Elle se demandait probablement pourquoi elle lui faisait confiance… A condition, bien sûr, qu'elle soit réellement innocente ; victime mystifiée, dans un imbroglio qu'elle ne comprenait pas.

Malgré le répit qu'ils venaient tacitement de s'accorder, Mark se débattait dans ses incertitudes. Au fond de son cœur, il voulait croire en elle. Il était sûr à quatre-vingt-quinze pour cent qu'elle n'était pour rien dans tout ce qui se passait. Mais il ne pouvait pas se permettre d'ignorer les cinq pour cent qui restaient. Car cela pouvait lui coûter la vie. Il s'efforça de ne rien laisser voir des pensées qu'il ressassait, tandis qu'ils roulaient vers l'agence. Quand ils atteignirent le bâtiment, l'aube n'était pas encore levée. Cependant, il y avait déjà une voiture sur le parking.

Mark récapitula pour lui-même les événements qui avaient eu lieu depuis une heure. Ils étaient restés ensemble presque tout le temps. Il avait uniquement laissé Molly seule lorsqu'il était allé surveiller les abords de la maison.

Avait-elle eu le temps de passer un coup de téléphone pour dire à quelqu'un où ils se rendaient ? C'était peu plausible. De toute façon, si elle avait vraiment téléphoné, il était inutile de lui poser la question. Il se contenta donc de s'exclamer :

— Qui diable peut bien être là à une heure pareille ?

Elle lui lança un rapide coup d'œil, intriguée sans doute par le ton de sa voix. Puis elle regarda la voiture et déclara :

— C'est Doris Masters.

Mark se rappela l'avoir déjà entendue prononcer ce nom.

— Elle a un problème, c'est une droguée du travail ? Elle vient souvent au bureau aussi tôt le matin ?

— Je ne sais pas. Je ne surveille pas ses allées et venues. Et comme moi, je ne viens jamais à cette heure-ci, j'aurais du mal à répondre à ta question.

— Bien. Fais en sorte qu'elle ne sache pas où nous nous rendons.

Molly acquiesça par un bref signe de tête et ouvrit sa portière. Au moment où elle s'apprêtait à descendre, Mark lui posa une main sur l'épaule.

— Je viens avec toi.

— Pourquoi ?

— Je n'aime pas te laisser seule.

— Ou bien tu veux savoir ce que je vais dire à Doris.

Il ne prit pas la peine de répondre et suivit la jeune femme jusqu'à la porte. Celle-ci était fermée et elle fouilla dans son sac pour y trouver son jeu de clés.

Les lumières étaient éteintes dans le hall d'entrée, mais Mark vit que le corridor était brillamment éclairé. A peine eurent-ils franchi la porte qu'une femme blonde se précipita dans le hall, l'air inquiet.

— Qui est là ?

Elle se figea en voyant qui venait de pénétrer dans les bureaux.

— Oh, c'est toi, dit-elle à Molly. Tu m'as fait peur. Je ne m'attendais pas à voir quelqu'un arriver si tôt.

Molly désigna son compagnon.

— Voici Mar... M. Ramsey. Nous avions décidé de commencer nos visites très tôt ce matin.

— Je vois.

— Mark Ramsey, Doris Masters, dit Molly, faisant sobrement les présentations.

— Enchanté, dit Mark machinalement en regardant l'agent immobilier droit dans les yeux.

Ils se dévisagèrent. A l'instant où il avait posé les yeux sur elle, Mark avait reconnu la femme qui était la veille avec Oliver Garrison dans le bâtiment des antiquaires, et qui s'était soudain précipitée dehors, pressée d'accomplir une mission urgente et mystérieuse.

La façon dont elle le regarda, avec insistance, lui donna la chair de poule. Pourquoi ce regard ? Savait-elle qu'il s'était trouvé derrière la fenêtre et les avait observés, Garrison et elle ? Savait-elle aussi que quelqu'un venait de s'introduire chez Molly et que l'agresseur avait été mis en fuite par Mark Ramsey ?

Etait-ce pour cette raison, qu'elle se trouvait à l'agence de si bonne heure ?

Impossible de trouver immédiatement la réponse à toutes ces questions. Mais Mark était certain que sa présence à l'agence à cette heure-ci n'était pas anodine.

— Je peux faire quelque chose pour toi ? dit-elle en s'adressant à Molly.

Sa voix était calme et agréable, quoiqu'un peu grave, pour une femme. Mark répondit, à la place de Molly :

— Non, ne vous dérangez pas. En revanche, j'aimerais connaître votre opinion sur le marché de la location à Perry's Cove.

— Je pensais que Mme Dumont s'occupait de vous, rétorqua-t-elle d'un ton cinglant. Quand on commence à travailler avec un agent, on le garde.

— Certes. Mais c'est toujours bien d'avoir l'avis de quelqu'un d'autre.

Comprenant la manœuvre de Mark, Molly s'éclipsa à l'arrière du bâtiment tandis qu'il retenait Doris dans le hall. La jeune femme jeta un coup d'œil par-dessus son épaule, comme si elle voulait suivre Molly. Mais elle ne pouvait feindre d'ignorer les questions directes que lui posait Mark.

Il la vit reprendre sa respiration au moment où elle se retourna vers lui.

— Que voulez-vous savoir, exactement ?

— Eh bien, par exemple, ce que vous loueriez si vous veniez d'arriver en ville, comme moi ?

Son regard se perdit dans le vague un moment, puis elle déclara :

— Tout dépend de votre budget.

— Pensez-vous que les prix soient plus élevés ici que dans d'autres régions ? demanda-t-il, sans vraiment réfléchir à la question.

En fait, la réponse lui importait peu. Ce qui l'intéressait, c'était cette femme. La dernière fois qu'il l'avait vue, il était dans une situation qui avait mis ses nerfs à cran. Mais à présent qu'il était face à face avec elle, il avait tout loisir de l'observer. Sa voix rauque, un peu étouffée, l'intriguait. Quant à ses traits, ils évoquaient un vague souvenir, qu'il n'arrivait pas vraiment à retrouver. Son visage était rond, avec un petit nez pointu et des yeux très écartés. Ses pupilles étaient marron. Il trouva cela étrange et pensa qu'elles auraient dû être bleues. Pourquoi cette curieuse idée lui était-elle venue ? Il n'en savait bigre rien.

Elle le regardait avec une sorte d'intensité. Peut-être parce qu'elle avait eu un coup de fil d'Oliver ? Ou bien du gangster qui était entré chez Molly ? Mark aurait aimé échapper à ce regard perçant, mais il demeura où il était. Il fallait qu'il occupe l'ennemi pendant que Molly faisait ses recherches.

— Je dirais que les prix sont excessifs à Perry's Cove si on les compare à ceux pratiqués dans les autres villes de l'Etat.

Pendant un moment, Mark se demanda pourquoi elle faisait cette remarque. Puis il se rappela qu'il lui avait posé une question.

— Alors, dans quel coin devrais-je orienter mes recherches ?

Doris soupira.

— Eh bien, l'immobilier se développe au nord et au sud de la ville. Les constructions neuves sont toujours plus chères que les autres. A votre place, je chercherais une construction d'une quinzaine d'années. Vous obtiendrez le meilleur rapport qualité-prix.

Son petit discours terminé, elle posa la question qui l'intéressait :

— Combien de temps comptez-vous rester en ville ?

— Quelques mois.

Mark mit les mains dans ses poches. Il ne connaissait pas cette femme, mais elle ne lui plaisait pas. Et il avait le sentiment que c'était réciproque. Bien qu'elle fît un effort pour le cacher, il était évident qu'elle n'éprouvait aucune sympathie pour lui.

— Tout est prêt, annonça Molly en revenant dans le hall.

— Par quoi allez-vous commencer ? s'enquit Doris.

— Par le nord de la ville.

— Mais si on te demande, où dois-je dire que tu te trouves ?

— Ne t'inquiète pas, je repasserai au bureau en fin de matinée, dit Molly, éludant la question.

Mark vit Doris lui lancer un regard mauvais. Molly s'en était sans doute également rendu compte, mais elle fit comme si de rien n'était. Quand ils furent sortis, il lui glissa à l'oreille :

— Tu as fait exactement ce qu'il fallait.

— Merci.

— Risque-t-elle de fouiller dans les fiches pour savoir où nous allons ? demanda-t-il alors qu'ils remontaient en voiture.

— Je ne pense pas. J'ai pris le double de la clé et j'ai laissé l'original sur le tableau. Je n'ai pas noté l'adresse où nous nous rendons et j'ai effacé de l'ordinateur les recherches que j'ai effectuées sur les dossiers de location.

— Tu penses à tout.

— J'ai l'impression d'être un agent secret.

Mark mit le contact et se tourna vers sa compagne :

— Si j'ai bien compris, nous ne nous dirigeons pas vers le nord ?

Elle laissa fuser un petit rire léger.

— En fait, si ! Je me suis dit qu'elle penserait que je mentais. Donc, je lui ai dit la vérité.

Mark se mit à rire aussi.

— Bien combiné !

— J'en conclus que tu penses qu'elle est mêlée à toute l'affaire ?

— Oui, c'est mon avis. Je crois aussi qu'Oliver Garrison est impliqué. Ils m'ont paru très... intimes, hier soir, à la galerie des antiquaires.

Elle darda sur lui un regard perçant.

— Tu les as vus ensemble ?

— Oui. Ils ont été interrompus par un appel téléphonique. Je pense que ça pouvait avoir un rapport avec ce qui s'est passé dans la soirée. Hier soir, je suis retourné dans la maison où nous avions découvert les caisses. Celles-ci avaient disparu, mais quelqu'un m'a attaqué quand je suis ressorti.

Molly eut du mal à absorber toutes ces informations d'un seul coup.

— Tu veux dire que tu es retourné dans la maison de la plage et que quelqu'un t'a *attaqué* ? répéta-t-elle lentement.

Elle paraissait réellement choquée. Ou alors, c'était une excellente actrice. Mark repoussa cette idée ; il fallait qu'il cesse de penser à elle en ces termes.

Il s'aperçut qu'elle le guettait du coin de l'œil.

— Tu ne veux pas passer à ton hôtel, pour prendre tes affaires ?

— Je préfère éviter les endroits où quelqu'un pourrait nous attendre.

— Mais tu gardes ta chambre d'hôtel ?

— Oui.

— Ce doit être cher ?

— Je préfère dépenser cet argent en pure perte, si cela peut égarer nos poursuivants.

— Oui, bien sûr, murmura-t-elle.

— La maison où nous allons est-elle loin ?

— A environ cinq kilomètres.

Elle lui en révéla l'adresse. Mark hocha la tête et garda le regard fixé sur la route. Jusqu'à présent, il avait fourni des réponses logiques et rationnelles à toutes les questions de Molly.

A présent, il allait devoir lui dire la vérité. Mais il savait bien que la réaction de la jeune femme, quand elle apprendrait qu'il avait joué double jeu, ne lui plairait pas. Aussi choisit-il de conduire en silence.

— Veux-tu que je te dise quand tu dois tourner ? demanda-t-elle, interrompant le fil de ses pensées.

— Non.

Comme elle le considérait d'un air curieux, il ajouta :

— Je t'ai dit que j'étais déjà venu dans cette ville.

— D'accord, fit-elle simplement.

Mais il devina qu'elle attendait qu'il en dise plus.

— Nous parlerons en arrivant, marmonna-t-il.

— Très bien.

Elle s'en tenait aux réponses les plus brèves possible.

Mark sentit son estomac se nouer en imaginant sa réaction outrée lorsqu'il lui dirait toute la vérité. Il n'eut aucun mal à trouver la rue où ils se rendaient, puis à localiser l'immeuble. Il scruta le parking de la résidence, puis décida qu'ils pouvaient descendre de voiture sans danger. Les premières lueurs de l'aube n'allaient pas tarder à apparaître, et il tenait à profiter de la protection que l'obscurité leur offrait.

— Allons-y. Marche d'un bon pas, mais essaie de ne pas avoir l'air de fuir, ou de te cacher, ordonna-t-il en ouvrant la portière arrière pour récupérer la valise contenant le masque.

— Courir sans fuir, très bien, dit-elle sèchement en empoignant son sac.

— Ce n'est pas un jeu, lâcha-t-il avec brusquerie.

A peine les mots eurent-ils franchi ses lèvres qu'il essaya de se faire pardonner en posant une main sur celle de sa compagne.

— Désolé, je suis un peu à cran.

— Je comprends, murmura-t-elle.

Mais bien sûr, elle ne possédait pas tous les éléments du puzzle. Pas encore. L'incroyable vérité allait bientôt lui tomber dessus, comme une bombe…

Elle guida Mark jusqu'à un appartement, au deuxième étage. Elle tendit la main pour appuyer sur l'interrupteur, mais il arrêta son geste.

— Il vaut mieux tirer les rideaux d'abord.

— Tu as raison.

Ils firent tous deux le tour de l'appartement, et fermèrent volets et fenêtres. C'était certes l'occasion pour lui de retarder encore le moment fatidique, songea-t-il. L'appartement était agréable. Deux chambres, un salon, une cuisine moderne. Molly avait ouvert un des placards, constata-t-il en la rejoignant dans la cuisine. Elle lui tournait le dos et faisait l'inventaire de ce que contenaient les étagères. Il vit qu'elle avait posé une bouteille d'huile d'olive sur le comptoir.

Ses épaules tendues trahissaient sa nervosité. Le fait d'être enfermée ici avec lui ne lui plaisait peut-être pas.

— La nourriture est fournie dans ce genre d'appartement ? demanda-t-il, juste pour dire quelque chose.

— Je suppose que les gens achètent des provisions qu'ils ne finissent pas. Ils les laissent pour les locataires suivants, répondit-elle sans se retourner.

— Oui. Je comprends.

Il était conscient de l'inanité de cette réponse. Mais il ne pouvait penser qu'à une seule chose : il avait attendu trop longtemps pour lui parler. Et maintenant, quoi qu'il dise, les choses se passeraient mal.

Molly se retourna, et il retint sa respiration en voyant l'expression de son regard.

— Mark…

— Il faut que je te parle, parvint-il à articuler d'une voix presque inaudible.

164

— Je pense que ça peut attendre.

— Il y a des choses que tu ignores sur moi. Des choses que je dois te dire.

Elle s'immobilisa, à trois pas de lui. Le cœur de Mark se mit à cogner dans sa poitrine.

12.

— J'ai beaucoup réfléchi et je me suis dit que tu avais sûrement de bonnes raisons de ne pas dévoiler la raison de ta présence à Perry's Cove, dit Molly.

— Oui, laissa-t-il échapper d'une voix faible.

— J'ai cependant décidé que je voulais savoir le fin mot de l'histoire. Ce que tu fais ici, exactement. Mais là, en ce moment, je m'en moque. Tout ce qui compte, c'est que nous sommes ensemble… et seuls.

— Cela devrait te faire peur, non ?

Elle leva le menton, et planta ses yeux dans les siens.

— Je devrais sans doute avoir peur de toi, mais ça n'est pas le cas. J'essaye de rester lucide, et je me dis que les actes sont plus importants que les mots. Tu m'as sauvé la vie, la nuit dernière. Tu m'as aussi sauvé la vie le jour où ce seau est tombé du toit. Et les deux fois, tu n'as pas hésité à mettre ta propre vie en péril.

Mark ne put répondre. Il ne pouvait que la regarder approcher, réduisant la distance qui les séparait. Elle s'arrêta si près de lui qu'il sentit la chaleur de son souffle tiède sur son cou. Un torrent de lave brûlante déferla dans ses veines. Il avait l'impression de l'avoir désirée toute sa vie… et il n'avait plus qu'à tendre la main pour la toucher. Sauf que… il ne pouvait prendre ce qu'il voulait. Il n'était pas en droit de formuler la moindre demande.

Et pourtant, le désir faisait rage en lui, lui déchirait les entrailles comme un animal sauvage que rien ne peut contenir.

Quand Molly posa les lèvres sur les siennes, il étrangla un gémissement. Il aurait dû la prendre par les épaules et la repousser. Il fallait qu'il lui dise qui il était, avant que les choses n'aillent plus loin. Mais il était incapable de la lâcher et de desserrer son étreinte.

Le sang bouillonnait dans ses veines. Serrant la jeune femme dans ses bras, il l'embrassa avec fougue, dans un élan irrépressible. Cette ferveur désespérée était le seul avertissement qu'il se sentît capable de lui transmettre en cet instant.

Il prit sa bouche, s'enivra de son parfum, absorba sa douceur. Elle avait le goût du soleil, de l'océan, de la liberté. Tout ce qui lui avait manqué pendant les années où on l'avait coupé du monde. A cette époque-là, il avait cru savoir ce qu'il désirait. Maintenant, il se rendait compte que ses fantasmes ne valaient pas grand-chose, en regard de la réalité de cette femme en chair et en os.

Quand leurs bouches se séparèrent, sa respiration devint saccadée. Inconsciemment, il avait fermé les yeux.

— Je ne suis pas digne de toi… Je te désire trop.

— Mark, te connais-tu toi-même ? Je sais à quel point tu me désires. Mais il y a un moment, tu as refusé de me faire l'amour parce que tu savais qu'il était plus prudent de quitter ma maison. Tu adoptes toujours l'attitude la plus… la plus respectable.

Il ne savait que dire. Molly venait d'énoncer une partie de la vérité, mais une partie seulement. Le désir qu'il éprouvait pour elle était si intense qu'il en devenait douloureux. Et pourtant, *il essayait* de se comporter honorablement. Molly l'avait appelé par le seul nom qu'elle lui connaissait : Mark. Mark Ramsey. Lui-même savait à peine qui était cet homme. Et ce qu'il savait sur lui ne lui plaisait pas beaucoup.

Il aurait voulu lui en parler, mais il ne savait comment trouver les mots qui convenaient. Il les trouva encore moins quand il sentit les doigts délicats de la jeune femme caresser son visage. Ce visage qui n'était pas tout à fait le sien. Elle traça du bout des doigts la ligne de ses pommettes, de ses mâchoires, effleura le semblant de barbe qu'il n'avait pas eu le temps de raser.

Alors, il décida de jouer un nouveau jeu. Un jeu avec lui-même. Si Molly sentait les cicatrices sous son menton et dans les plis de son cou, il lui dirait qui il était.

Mais pour l'instant, elle ne sentait rien, excepté la chaleur de sa peau. Ses doigts fins se posèrent sur la bouche de Mark.

Il s'aperçut que ses mains tremblaient et qu'elle n'était pas aussi sûre d'elle qu'elle voulait le faire croire. Elle lui avait dit qu'elle n'avait pas connu d'homme depuis le suicide de son mari. Il était certain de pouvoir l'arrêter maintenant, mais il n'en avait pas le courage. Alors, elle glissa les doigts entre ses lèvres pour les caresser. Il repoussa sa main : la sensualité de ce geste allait les entraîner plus loin encore.

Cependant, son esprit enfiévré lui criait aussi : « Prudence ! » Molly voulait lui prouver qu'elle avait confiance en lui. Mais elle était plus fragile qu'elle ne le pensait elle-même.

Mark se pencha et lui embrassa le front et les cheveux ; puis, ses lèvres flirtèrent un moment avec ses longs cils bruns, avant de venir se reposer sur sa bouche.

Il ne voulait pas lui faire de mal. Il ne voulait lui donner que du plaisir, il voulait que sa passion soit égale à la sienne. Mais il avait perdu l'habitude… Il y avait trop longtemps qu'il ne vivait plus qu'en rêve. Et en imagination, l'amour était très différent de ce qu'il était en réalité. Mark pouvait y contrôler totalement ses fantasmes. Dans les rêves, on ne pensait pas à donner du plaisir à son partenaire. L'autre n'était là que pour satisfaire des caprices…

Molly lui caressait le dos, les épaules. Ses gestes augmentaient sans cesse son désir, mais il ne chercha pas à aller plus loin. Il n'était pas sûr de ce qu'il devait faire.

— La chambre, murmura-t-elle, comme si elle avait compris qu'il fallait qu'elle prenne l'initiative.

Une pensée traversa l'esprit de Mark à la vitesse de l'éclair : il allait tout avouer sur-le-champ. Lui dire tout de suite qu'il venait de passer cinq ans en prison. Mais il chuchota simplement :

— Oui.

Elle lui prit la main et leurs doigts s'enlacèrent étroitement tandis qu'ils traversaient le couloir obscur pour se rendre dans la plus grande des deux chambres. Mark y était entré un moment auparavant pour fermer les volets, mais il n'avait pas regardé la chambre en détail. Il n'y prêta pas davantage attention en y entrant avec Molly. Il aperçut vaguement un lit immense, puis sentit les doigts de la jeune femme se poser sur sa chemise. Son corps s'embrasa.

Elle défit langoureusement chaque bouton, avant de se laisser submerger par sa ferveur. Elle repoussa alors fiévreusement les pans de la chemise, les fit glisser sur ses épaules, puis posa les joues sur son torse nu. Mark retenait son souffle. Elle gémit en embrassant sa peau brûlante

— Oh, Molly, murmura-t-il en se penchant pour embrasser ses lèvres.

Elle s'écarta très légèrement, regarda un hématome qui marquait sa poitrine, à l'endroit où l'inconnu de la veille l'avait frappé.

— Tu as…

— Embrasse-moi, ça me fera du bien.

Elle le fit, avec douceur.

Il la prit dans ses bras avec une égale tendresse, comme si elle était la chose la plus précieuse du monde. Et elle l'était ! Alors que dans ses fantasmes, il l'avait fait venir vers lui, et qu'elle n'avait pas eu d'autre choix que de se soumettre à son désir, elle était maintenant libre de ses gestes. Et cette liberté aussi, l'excitait terriblement. Elle le rendait fou de désir, avec ses baisers.

Il demeura immobile au milieu de la chambre, nu jusqu'à la taille. Le désir le tenaillait comme jamais cela ne lui était arrivé auparavant. Lorsque Molly recula d'un pas, il poussa un grognement de protestation. Mais elle fit seulement passer son T-shirt par-dessus sa tête, et il n'eut qu'une courte seconde pour la contempler ainsi, avant qu'elle ne défasse son soutien-gorge et ne l'envoie rejoindre les autres vêtements éparpillés sur le sol.

Il la contempla, étourdi. Naturellement, il avait souvent essayé d'imaginer ses seins. Mais la jeune femme dont il avait rêvé n'était pas la vraie Molly Dumont : alors qu'il avait pourvu la créature de son esprit d'une poitrine généreuse, ornée de brunes aréoles, la jeune femme qui se tenait maintenant devant lui était plus fine et délicate. Ses seins étaient petits et ronds, et ses mamelons rose pâle se dressaient vers lui, comme pour lui prouver qu'elle le désirait aussi. Et ce corps était infiniment plus beau, plus émouvant que tout ce qu'il avait pu imaginer.

Une ombre passa sur le visage de Molly, trahissant une sourde inquiétude. N'était-elle pas trop audacieuse ? Lui plaisait-elle vraiment ?

— Tu es si belle, dit-il. Si parfaite.

Il tendit les mains, prit ses seins au creux de ses paumes, caressa les mamelons du bout des doigts.

— Oh, Mark…

Alors, il l'attira dans ses bras, et pressa sa poitrine si douce contre son torse. Elle laissa échapper un petit soupir tremblant.

Il perçut sa vulnérabilité. Et quand il l'embrassa, ce fut avec tendresse, avec une douceur non dénuée de passion. Il laissa ses mains glisser le long de son dos et sur ses hanches. Elle caressa aussi son buste, faisant naître sur sa peau de longs frissons voluptueux.

170

Il ne pouvait plus songer qu'à une seule chose : être plus proche d'elle encore, se noyer dans la chaleur de son corps. Il glissa une main entre eux et défit la fermeture de son pantalon. Elle l'imita, faisant glisser celle de son jean. Il s'immobilisa, le souffle court, en sentant la main de la jeune femme se plaquer sur son sexe dressé.

Elle ôta son pantalon et le jeta de côté, tandis qu'il retirait son jean.

Alors, elle posa la tête sur son épaule et lui effleura le cou de ses lèvres, si langoureusement qu'il se sentit presque défaillir. Il entraîna Molly sur le lit et repoussa sa main lorsqu'elle voulut lui prodiguer une caresse plus intime.

— Je ne pourrai pas tenir, marmonna-t-il en la pressant contre lui.

Il se pencha, posa la tête sur ses seins, saisit un téton rose entre ses lèvres et l'agaça lentement. Elle poussa un cri de plaisir. Alors, il lui caressa les hanches, puis insinua une main entre ses jambes, dans sa toison brune et bouclée. Il fut récompensé par un long gémissement. Ses doigts s'aventurèrent plus loin, dans la moiteur de sa chair. Suppliante, elle se pressa contre sa main et soupira :

— Mark, ne me fais pas attendre davantage.

— Je veux que tu sois prête à me recevoir…

— Je le suis !

Elle entrouvrit les lèvres, lui mordilla l'épaule.

— Je t'en prie… je veux te sentir en moi.

Il la repoussa doucement sur le dos et se hissa au-dessus d'elle pour la pénétrer d'un puissant coup de reins. Elle referma ses cuisses sur lui et le tint étroitement serré contre son corps brûlant. Puis, d'un mouvement de hanches, elle l'attira plus profondément en elle, demandant plus encore à chaque balancement de son corps.

Pendant ses longues années d'emprisonnement, Mark n'avait rêvé que d'une satisfaction physique. Mais l'émotion le submergea, faisant presque passer son plaisir au second plan. Il s'écarta légèrement pour contempler le visage imprégné de passion de sa compagne. Quand il se retira d'elle, pour replonger encore dans sa chaleur, elle lui caressa le visage.

Il aurait voulu que cette première fois dure le plus longtemps possible. Créer un souvenir qu'ils partageraient ensuite pendant de longues années de vie commune. Mais son désir était trop puissant. Très vite, le rythme de leurs corps s'accéléra.

Une immense vague de plaisir déferla et le submergea.

— Molly…

— Je suis… là. Avec toi…, balbutia-t-elle d'une voix saccadée.

Alors, il perdit tout contrôle. Une spirale de feu se déchaîna dans son corps, et une jouissance si intense explosa en lui qu'il poussa un long cri émerveillé.

Il éprouva un bref instant de regret à la pensée qu'il était allé trop vite. Trop vite pour Molly. Puis il sentit ses ongles s'enfoncer dans la chair de ses épaules, perçut les soubresauts de son corps, la contraction de ses muscles sur son propre sexe.

Quand l'ouragan se fut apaisé, il roula sur le côté et entraîna la jeune femme avec lui.

— Merci, murmura-t-il, la voix sourde.

Il referma les bras sur elle, la tint serrée contre lui, incapable de briser cet instant de profonde intimité.

Mais tout au fond de lui, une petite voix lui reprocha de ne pas avoir fait les choses dans l'ordre.

Il avait tant de secrets à confier à Molly. Qui il était. Pourquoi il était venu à Perry's Cove. Mais il était trop épuisé maintenant. Physiquement et émotionnellement. Elle se blottit contre lui et il fut conscient de sombrer dans le sommeil, protégé de la lumière du petit jour par les lourds volets.

Il se réveilla une première fois et éprouva une vague de bonheur en sentant la présence de Molly dans le lit. Elle marmonna quelques mots dont il ne saisit pas le sens, puis se pelotonna de nouveau contre lui.

La deuxième fois, quand il s'éveilla, elle n'était plus là. Un frémissement d'appréhension parcourut le dos de Mark.

— Molly ?

Pas de réponse. Il jeta un coup d'œil à la salle de bains. La porte était grande ouverte et la pièce plongée dans l'obscurité. Elle n'était pas là non plus.

Il s'assit sur le lit et regarda le sol. Les vêtements de Molly avaient disparu, mais les siens étaient toujours éparpillés sur la moquette.

Etait-elle sortie ?

Le cœur battant à toute allure, il enfila son jean. Sans prendre la peine de mettre sa chemise, il retourna pieds nus dans le salon.

Il se sentit très soulagé quand il la vit, vêtue, et debout devant la table de la salle à manger. Mais il n'avait pas vu ce qu'elle faisait. Sons sang se glaça dans ses veines. Elle avait ouvert la mallette, qu'il avait oublié de refermer à clé. Pendant qu'il la regardait, elle souleva le masque et l'examina attentivement, lissant les plis du caoutchouc souple.

— Que fais-tu ?

Elle sursauta et pivota vivement sur ses talons.

— C'est quoi, cette chose ? demanda-t-elle en désignant le masque qu'elle tenait à la main.

— Pourquoi diable as-tu fouillé dans mes affaires ?

— Je cherchais des vêtements de rechange pour toi.

— Et alors, tu as ouvert cette mallette ? lança-t-il d'un ton plus dur et plus agressif qu'il ne l'aurait voulu.

— J'ai trouvé curieux qu'elle soit si légère, comme si elle ne contenait rien. Je me suis demandé pourquoi tu l'avais emportée, ajouta-t-elle avec un soupir. Tu as raison, je n'aurais pas dû fourrer mon nez dans tes affaires. Mais c'est trop tard, je ne peux plus revenir en arrière.

Sa voix se fit soudain plus rageuse, plus nerveuse aussi.

— Et maintenant, je veux savoir à quel sale petit jeu tu joues ! Ce masque… c'est le visage de Mike Randall, n'est-ce pas ?

— Oui. J'allais tout t'expliquer. Je voulais te le dire au moment où nous sommes arrivés ici.

Les yeux de la jeune femme lancèrent des éclairs.

— Je ne te crois pas. Si je n'avais pas découvert *cela*, tu ne m'aurais jamais dit ce que tu as dans la tête !

— Il faut que nous parlions, répondit Mark d'une voix étouffée.

Elle éclata d'un grand rire. Puis, le défiant du regard, elle remit le masque dans la mallette et s'assit dans un des larges fauteuils en rotin qui meublaient la pièce.

Mark se sentait bien trop mal pour tenir en place, mais il s'assit néanmoins en face d'elle. Il ne savait pas comment aborder le sujet. Il décida de commencer par ce que presque tout le monde considérait comme acquis.

— Comme le pensent la plupart des gens à Perry's Cove, je suis venu pour enquêter sur l'affaire Randall.

— Tu m'avais pourtant dit que ce n'était pas vrai. Cela signifie-t-il que nous progressons sur le chemin de la sincérité ?

Ignorant le sarcasme, il poursuivit :

— Quelqu'un dans cette ville a voulu faire croire que Mike Randall avait tué sa femme. Il a réussi. Randall a été accusé de meurtre et condamné à perpétuité. Il aurait dû moisir toute sa vie en prison. Mais un jour, il est tombé sur un article de journal qui décrivait l'action de la fondation Light Street. Cette association propose divers services charitables. Ils viennent notamment de lancer un programme d'aide aux détenus, visant à réexaminer des condamnations qui paraissent injustifiées ou fondées sur des preuves insuffisantes. Mike Randall leur a envoyé une lettre dans laquelle il relatait son propre cas. Il a eu la chance que les avocats de la fondation s'intéressent à lui.

— Et tu travailles pour la fondation…, compléta spontanément Molly. Mais pourquoi as-tu apporté un masque de Mike Randall ?

— C'est difficile à expliquer. Je vais y venir.

Elle fit un bref signe de tête et il vit que ses doigts étaient crispés sur les accoudoirs du fauteuil. Il était aussi à cran qu'elle. En fait, il avait de plus en plus de mal à rester assis. Il se leva, alla vers la fenêtre et souleva un pan de rideau afin de jeter un coup d'œil à l'extérieur, avant de se retourner vers Molly.

— Mike Randall voulait découvrir qui lui avait tendu un piège pour l'expédier en prison. Donc, il a formé le projet de revenir à Perry's Cove. Il avait suffisamment d'argent à sa disposition, tu vois. La fondation fait un don de cent mille dollars à toutes les personnes dont elle parvient à prouver l'innocence.

— C'est très généreux.

— Oui. Le but de ce don est d'aider les anciens détenus à redémarrer dans la vie. Tu aurais sans doute eu besoin d'une somme pareille, toi aussi, après le décès de ton mari.

— Oui, murmura-t-elle, pensive. Mais tu t'écartes du sujet.

— C'est vrai. Mike avait une autre source de revenus. Sa femme avait souscrit une assurance sur la vie dont la prime s'élevait à un million de dollars. Il ignorait l'existence de ce contrat et n'en a eu connaissance qu'à la mort de Véronica. Le dossier avait été établi deux mois seulement avant la disparition de sa femme, et il en était le seul bénéficiaire. Ceci a naturellement joué contre lui lors du procès.

Molly acquiesça d'un signe de tête.

— En raison de sa condamnation, il n'avait bien sûr pas le droit de toucher cet argent. Mais quand il a été innocenté et libéré, l'assurance a dû payer.

— Un million de dollars…

— Oui. Auquel il a fallu rajouter cinq ans d'intérêts. La fondation a veillé à ce qu'il bénéficie de ce petit bonus. C'est la loi.

— Cela fait beaucoup d'argent.

— En effet. Donc, à sa sortie de prison, Mike Randall avait à sa disposition une somme considérable. Il a décidé qu'il ferait *tout* ce qui était en son pouvoir pour se venger.

Mark déglutit, la gorge serrée, et poursuivit tant qu'il s'en sentait encore le courage :

— Il a donc subi une intervention chirurgicale afin de changer de visage. Quand on a de l'argent, changer d'identité n'est pas un problème.

Il s'interrompit un instant, laissant un peu de temps·à Molly pour comprendre pleinement le sens de ses paroles. Elle le dévisagea en silence. Il devina la seconde exacte à laquelle les morceaux du puzzle se mirent en place dans sa tête.

— Tu…

Les mots s'éteignirent sur ses lèvres et elle le considéra avec incrédulité. Elle semblait aussi hébétée que si une bombe venait d'exploser sous ses yeux. Son visage figé semblait le supplier de démentir ce qu'elle tenait déjà, en elle-même, pour rigoureusement vrai.

Il aurait tellement voulu lui faire plaisir. Remballer tout son laïus, et éclater de rire, dire que c'était une plaisanterie, qu'il venait juste d'inventer cette histoire dingue. Mais ce n'était plus possible. Elle ne l'aurait pas cru.

— Oui, avoua-t-il d'une voix étranglée. Je suis Mike Randall.

Elle demeura assise, trop abasourdie pour esquisser un geste. Seul son regard semblait encore mobile. Elle considéra Mark de la tête aux pieds.

— Je me demandais pourquoi j'avais l'impression de t'avoir déjà vu. Mais tu es entièrement différent. Ce n'est pas seulement ton visage.

— Oui.

Il ne se sentait pas mieux qu'un instant auparavant. Mais maintenant au moins il n'y avait plus de mensonge, il avait mis la vérité au grand jour.

— Ma principale distraction en prison, c'était d'aller à la salle de musculation. Mon corps a changé, mes muscles se sont développés. Quant à la voix, si elle est différente je le dois à l'un de mes codétenus qui m'a donné un coup de poing dans la gorge.

— Oh…

L'espace de quelques secondes il crut, à son visage défait, qu'elle était désolée qu'il ait été blessé. Mais brusquement, ses traits se durcirent de nouveau.

— Donc, tu n'as cessé de te moquer de moi depuis ton arrivée. Tu es allé jusqu'à raconter que tu étais déjà venu ici et que tu m'avais vue !

— Ce n'est pas un mensonge. J'étais là et je t'ai vue. Et tu m'attirais déjà. Tu dois le savoir. Tu dois savoir que je t'ai désirée dès l'instant où j'ai posé les yeux sur toi. C'est *toi* qui mentirais si tu disais le contraire !

Il regretta aussitôt ces paroles. Il n'avait le droit ni de l'accuser, ni de la pousser dans ses retranchements.

Molly ouvrait la bouche pour répondre, mais il ne lui en laissa pas le temps. Avant qu'elle ait pu articuler un son, il enchaîna, pour adoucir ses mots :

— Toi aussi tu ressentais une attirance pour moi, en ce temps-là. Mais nous n'étions pas libres : tous les deux piégés par de mauvais mariages. C'est vrai pour moi, du moins. Et d'après ce que tu m'as dit, la vie avec Phil ne devait pas être rose tous les jours. Mais bon, je ne vais pas m'attarder là-dessus. Tout ce que je sais, c'est qu'en prison j'ai beaucoup pensé à toi. Pas à une autre femme. A toi seule.

— Je faisais partie de tes fantasmes sexuels ?

— Je ne dirais pas les choses comme ça.

— Que dirais-tu, alors ?

— Que le fait de penser à toi m'a aidé à ne pas devenir cinglé.

Elle émit un bref ricanement.

— Je vois. Tu t'es tellement attaché à moi que quand tu es revenu, tu m'as tout de suite révélé qui tu étais.

— Je ne pouvais pas le faire.

— As-tu une explication, pour te justifier ?

— Je ne sais toujours pas qui était impliqué dans le meurtre de Véronica. Après tout, tu aurais fort bien pu faire partie du complot.

Un éclair de fureur brilla dans les yeux de Molly.

— D'accord ! Je suis complice de meurtre. Et pour quel motif aurais-je fait cela ?

— Ecoute… ton mari s'est tué. Nous ignorons pour quelle raison. Ça avait peut-être un rapport avec la mort de Véronica.

— Allons donc ! C'était deux ans plus tard.

— Il y a peut-être eu un problème. Quelque chose n'a pas fonctionné comme les meurtriers l'avaient espéré.

— Rien ne m'oblige à écouter ces sornettes.

— Tu n'y es pas obligée, mais j'espérais que tu m'écouterais quand même.

— Je me suis conduite comme une imbécile ! Je n'aurais jamais dû m'enticher de toi, maugréa-t-elle.

Elle se leva d'un bond et sortit de la pièce. Une porte claqua et il y eut un bruit de clé tournant dans une serrure.

*
* *

Sur le parking de l'agence immobilière, Doris Masters éteignit son téléphone cellulaire. Portant une main à ses cheveux, elle tira machinalement sur ses boucles blondes. C'était un tic, elle jouait toujours avec ses boucles quand elle se sentait nerveuse. Or, elle était très à cran, ce matin. Pendant de longues secondes elle demeura là, assise dans sa voiture, les yeux dans le vague. Puis son visage se rembrunit. Elle sortit et retourna d'un pas nerveux vers les bureaux. Parfois, elle avait envie de tuer Oliver Garrison. Et parfois aussi, elle se demandait comment elle s'était laissé entraîner dans le plan insensé qu'il avait échafaudé. Elle était tombée amoureuse de lui plusieurs années auparavant. Si amoureuse en fait, qu'elle s'était laissée convaincre de faire beaucoup de choses stupides. Des choses qu'elle regrettait, à présent. Elle avait eu envie de quitter Perry's Cove. Mais il voulait qu'elle reste là, avec lui. Aussi s'était-elle donné énormément de mal, avait-elle dépensé beaucoup d'argent et d'énergie, pour rester.

A l'époque, elle avait cru dur comme fer qu'ils pouvaient s'enrichir ensemble. Désormais, elle passait les trois quarts de son temps à réfléchir à la façon dont elle pourrait le quitter. Cet homme était trop imprévisible. Elle avait accepté de bouleverser entièrement sa propre vie, pour lui. Et puis au fil des ans, elle l'avait vu manipuler les autres comme il l'avait manipulée, elle. Elle avait fini par le trouver écœurant. Son attitude envers Jerry Tilden, par exemple. Oliver avait décidé un jour de travailler avec lui. A présent, il projetait de s'en séparer. Comment ? Avait-il l'intention de le faire tuer ? De l'envoyer en prison ?

Autrefois, Oliver la fascinait. Aujourd'hui, c'est à peine si elle supportait la relation qu'elle avait avec lui. Et encore… quand tout allait bien. Elle avait sincèrement cru que le pire était passé, et qu'elle allait pouvoir s'installer dans une sorte de sécurité douillette. Mais chaque fois qu'elle avait cette impression, un nouvel événement venait balayer ses espoirs. L'arrivée de Mark Ramsey à Perry's Cove, par exemple. Mike l'avait sûrement envoyé en éclaireur pour réveiller un passé encore proche et raviver les mémoires. Et puis Mike lui-même avait fini par débarquer !

Elle aurait bien aimé savoir quelles étaient ses motivations profondes. La vengeance, sans aucun doute. Et peut-être aussi le chantage. A cette idée, elle ne put réprimer un frémissement.

Avec un long soupir, elle fit tourner la clé, ouvrit la porte et pénétra dans le bâtiment.

Elle se rendit directement dans le bureau pour consulter les dossiers de locations. Mike avait disparu, et elle ignorait totalement où il se trouvait. Mais elle était certaine que Mark Ramsey et Molly Dumont étaient encore en ville. Après l'agression dont Molly avait été victime chez elle, ils avaient sûrement décidé d'aller se cacher quelque part. Il n'y avait pas tellement d'endroits possibles. Les ordres d'Oliver étaient de les retrouver à tout prix. Doris n'aimait pas obéir aux ordres. Mais dans ce cas précis, elle devait admettre qu'il fallait agir de toute urgence. Plus vite on réglerait son compte à Mark Ramsey, mieux cela vaudrait.

Le visage de Ramsey s'imposa à son esprit, et elle se figea. Un sentiment curieux et dérangeant l'envahit tandis qu'elle étudiait ses traits en pensée. Au moment où elle l'avait approché, elle avait éprouvé une sensation étrange, comme un picotement d'appréhension qui lui avait mis les nerfs à vif. Il y avait dans sa personne quelque chose de familier... mais quoi ? Elle crut un instant parvenir à mettre le doigt dessus, mais le souvenir s'évapora, la laissant en proie à une intense frustration. Elle décida de ne plus y penser. Cela lui reviendrait tôt ou tard à la mémoire.

Bien sûr, il y avait d'autres données inconnues dans cette affaire. Ramsey avait-il contacté Molly, et établi un plan d'action avec elle avant de débarquer en ville ? Ou bien le hasard seul était-il responsable de leur rencontre ? D'une façon ou d'une autre, c'était bien dommage pour Molly. Tant pis pour elle.

Doris était une femme à l'esprit excessivement pratique. Elle se dit que bientôt, elle saurait la vérité sur l'association de Mark Ramsey et Molly Dumont. En attendant, inutile de se casser la tête là-dessus. Ce qu'il fallait, c'était trouver de toute urgence où ils se cachaient, afin que les hommes de main d'Oliver puissent s'occuper d'eux. Elle s'assit donc devant l'ordinateur, ouvrit le dossier des locations et commença ses recherches.

Il faisait de nouveau nuit lorsque Molly s'étira et roula sur le dos. Elle était allongée sur le lit, dans une chambre de l'appartement. Pas celle où Mark et elle avaient fait l'amour. L'autre.

Elle était restée longtemps enfermée dans cette petite chambre, recroquevillée sur le lit, car elle ne pouvait supporter l'idée de se retrouver face à face avec l'homme dont elle sentait la présence dans la pièce voisine.

Elle avait espéré trouver l'oubli dans le sommeil, mais celui-ci lui échappait. Elle était trop tendue pour se reposer, en proie à une foule de sentiments contradictoires. Au début, elle avait éprouvé de la colère. Puis de la tristesse. Ensuite, elle avait eu une impression d'engourdissement. Et la colère avait réapparu. Le pire, c'était que cet homme l'avait complètement bernée. Elle était allée jusqu'à supposer qu'ils avaient été amants dans une vie antérieure ! Quelle idiote !

Depuis que Mike Randall avait quitté la ville, elle avait souvent pensé à lui. Trop souvent. Il était présent dans ses rêves, dans ses pensées éveillées et aussi dans ses fantasmes amoureux. Elle avait même songé à lui écrire en prison.

Quelle naïve ! songea-t-elle en s'asseyant sur le lit.

Et maintenant, il était revenu. Il n'avait même pas eu assez confiance en elle pour lui dire qui il était. En revanche, il avait su la mettre dans son lit.

Là, elle s'interrompit et s'imposa un peu d'objectivité. Ce n'était pas tout à fait sa faute… Elle avait voulu faire l'amour avec lui ; c'était même elle qui avait insisté.

Ses mains se crispèrent. Elle ferma les yeux, comme si cela pouvait l'aider à chasser sa souffrance. Elle s'était bercée d'illusions, en se disant qu'elle avait peut-être un avenir avec cet homme, ce nouveau-venu à Perry's Cove. Quelle blague !

Une petite voix lui ordonna d'être juste. Sur le plan strictement intellectuel, elle comprenait très bien la prudence de Mike. Non, il valait mieux l'appeler Mark, si elle ne voulait pas risquer de le trahir par inadvertance. Pour lui, cette prudence était *vitale*.

Quelqu'un l'avait fait condamner à tort, six ans plus tôt. Et il n'y avait pas de raison pour que cette même personne ne tente pas de l'éliminer une deuxième fois. Peut-être d'une façon radicale, cette fois. En fait, il y avait une probabilité de cent pour cent pour que ça se passe ainsi. La, ou plutôt les personnes qui voulaient se débarrasser de lui avaient sans doute de gros intérêts en jeu. Mark Ramsey était arrivé en ville en posant toutes sortes de questions, et il constituait une cible évidente pour ceux qui avaient comploté autrefois. Ils devaient d'ailleurs être sur des charbons ardents, depuis que Mike Randall avait été libéré. Ils s'attendaient à ce que quelqu'un vienne ici pour les démasquer.

Qui étaient-ils ? C'était la question qu'elle tentait d'éluder depuis des heures. Mais les conclusions s'imposaient malgré elle à son esprit. Oliver Garrison. Sa petite amie. Phil. Bill Bauder. Et probablement le shérif aussi.

Elle les imaginait, tous, en train d'échafauder des plans, des stratégies de défense…

On frappa violemment à la porte.

— Ouvre, s'il te plaît, c'est important. Je t'en prie, plaida la voix de Mark.

Elle se leva, traversa la chambre et vint se camper devant la porte. D'une voix très basse, presque dans un murmure, il ajouta :

— Viens. Il faut partir d'ici tout de suite.

13.

— Mets tes chaussures, ordonna-t-il.

Brutalement arrachée à ses réflexions, Molly battit des paupières. Mais il y avait une telle intensité dans la voix de Mark, qu'elle obéit sans discuter. Elle enfila ses chaussures et leva vers lui un regard interrogateur.

— Je surveillais le parking par la fenêtre. J'ai vu deux hommes descendre d'une voiture et se diriger par ici. Ils n'ont pas l'air d'être en vacances.

— Comment nous ont-ils trouvés ?

— J'aimerais bien le savoir, répliqua-t-il d'un ton sec, en l'entraînant vers le salon.

— Ce n'est pas moi, je n'ai rien dit.

Il grommela entre ses dents.

— Je ne t'accuse pas.

Ils se turent brusquement en entendant un cliquetis métallique. Molly se tourna vers la porte et vit la poignée tourner. *Ils* avaient la clé ! Mais la chaîne de sécurité était en place. Cela les retarderait sans doute… pour une dizaine de secondes.

Mark la poussa au fond de la pièce, vers le coin salle à manger. Il prit la mallette qui contenait le masque et la fourra dans le sac de voyage de la jeune femme. Ils venaient juste de passer dans la cuisine quand la porte d'entrée s'ouvrit en grinçant. Dans l'embrasure, Molly vit se dessiner un visage d'homme. Il était masqué, comme les hors-la-loi dans les westerns.

— Viens ! grommela Mark en sentant son hésitation.

— Attends.

Elle perdit une précieuse demi-seconde pour prendre la bouteille d'huile d'olive sur le comptoir et la jeter de toutes ses forces contre la porte. L'homme recula vivement et la bouteille vola en éclats. L'huile, mêlée aux débris de verre, se répandit dans le hall d'entrée, sur le carrelage de marbre.

Les doigts de Mark serrèrent les siens à les briser.

— Sortons d'ici ! Vite !

Il la poussa vers le balcon. L'appartement se trouvait au deuxième étage. S'attendait-il à ce qu'elle saute ? Elle allait se rompre les os !

Pourtant, il continua de l'entraîner avec lui. Quand elle fut sur le balcon, elle vit dans la pénombre qu'il avait attaché une corde à la rambarde. Apparemment, pendant qu'elle boudait dans la chambre, il leur avait préparé une porte de sortie. Au cas où ils en auraient besoin.

Elle aurait pourtant juré que personne ne pouvait les retrouver dans cet appartement ! Mais elle s'était trompée. Grâce au ciel, Mark n'était pas aussi naïf qu'elle : il avait tout prévu.

Il balança la corde de l'autre côté de la rambarde, et Molly entendit l'extrémité retomber sur le béton du trottoir.

Du béton brut. Il n'y avait ni pelouse, ni plate-bande pour amortir la chute.

— Vas-y ! dit-il d'un ton pressant.

Molly regarda la corde. Impossible d'utiliser ce truc ; à l'école, elle avait toujours été nulle au grimper à la corde, et elle s'était juré de ne plus jamais approcher du moindre morceau de chanvre.

Un bruit sourd sur la porte d'entrée lui fit comprendre qu'elle n'avait pas le choix. La chaîne ne tiendrait plus très longtemps. Les dents serrées, elle enjamba la rambarde et attrapa la corde à deux mains. Elle venait à peine de se pencher un peu quand le battant de l'entrée céda, dans un grand fracas. Deux hommes apparurent dans le hall. Ils portaient tous deux un bandana noir, pour dissimuler leurs traits, et ils tenaient chacun un revolver.

Si Molly n'avait pas été en proie à la terreur, la scène qui suivit aurait pu lui paraître comique. Comme dans un mauvais film de gendarmes et de voleurs, les hommes n'eurent pas le temps de faire de pas qu'ils s'étalèrent sur le sol trempé d'huile.

Ils essayèrent de se relever, éclaboussant les murs. Quand ils se mirent à pousser des cris de douleur, elle comprit qu'ils s'étaient aussi coupés sur les éclats de verre.

— Vas-y ! grommela Mark.

Plus moyen de reculer. Elle se laissa glisser lentement le long de la corde. Mark avait eu la bonne idée de former des nœuds tous les cinquante centimètres, ce qui l'aida à ne pas dégringoler.

Alors qu'elle continuait de descendre le long de l'immeuble, des grognements et des jurons lui parvinrent depuis l'appartement.

Elle leva les yeux, et vit que Mark attendait pour descendre à son tour. Il enjamba la rampe, jeta le sac de voyage au sol et se laissa glisser à son tour le long du cordage. Arrivé juste au-dessus de Molly, il sauta à terre tandis qu'elle se cramponnait désespérément à la corde.

— Saute, maintenant, lui cria-t-il. Vas-y, je te rattraperai. Il faut filer et vite ! Les deux autres sont fous de rage, là-haut.

Elle n'était encore qu'à mi-hauteur. La peur lui noua la gorge, mais elle comprit que Mark avait raison. Elle s'obligea à desserrer les doigts.

Elle se laissa lourdement tomber et s'affaissa contre la poitrine de Mark. Le choc fut si rude que, pendant un moment, elle eut l'impression de ne plus pouvoir respirer. Mark la tint un court instant serrée contre lui.

— Ça va ?

— Oui.

Il se pencha pour ramasser le sac et lui prit la main, l'entraînant à l'autre extrémité du bâtiment.

— Bon sang ! Où sont-ils passés ? tonna une voix, depuis le balcon.

— Sais pas.

Apparemment, les deux hommes n'avaient pas eu le temps de les voir enjamber le balcon pour sauter. Ils traversèrent le parking à toute allure. Mark tendit à Molly les clés de sa voiture et le sac.

— Mets-toi au volant, dit-il. S'il y a le moindre problème, tu files.

— Et toi ?

— Je reviens dans cinq minutes. Si je ne peux pas, on se retrouve...

Il réfléchit, et lui demanda :

— Tu connais un endroit sûr, où on pourrait se retrouver ?

Ce n'était pas si facile. Pas chez elle. Ni à l'agence. Ni à East Point Lodge.

— Le parking qui se trouve derrière chez Mario, dit-elle enfin. Le restaurant italien, à l'entrée de la ville.

— Entendu.

Molly fit tourner le moteur pendant que Mark s'éloignait en courant. Elle le vit s'approcher d'une voiture garée juste en face de l'immeuble. Il ouvrit la portière et se glissa à l'intérieur. Le cœur battant, elle attendit, en priant pour qu'il revienne vite.

Soudain, il y eut un bruit d'explosion, suivi d'un sifflement, près de la voiture dans laquelle se trouvait Mark. Elle faillit crier son nom en le voyant surgir du véhicule et rejoindre à toute vitesse le côté du bâtiment. Mais elle garda les lèvres serrées, contenant sa frayeur.

Qu'allait-il se passer, maintenant ?

186

Des lumières s'allumèrent dans les appartements et elle entendit des éclats de voix.

— Qu'est-ce que c'était ? demanda une femme.

— Probablement une voiture qui passait en pétaradant.

Molly leva les yeux au ciel. Comment ces gens auraient-ils pu se douter qu'on venait de tirer un coup de feu sur Mark ?

En proie à une terrible anxiété, elle se recroquevilla au-dessus du volant. L'attente lui sembla durer des heures. Enfin, Mark revint en courant vers elle.

Avant qu'il ait pu atteindre la voiture, un homme surgit de l'ombre et se jeta sur lui. Molly fit avancer la voiture en direction de Mark. L'homme l'avait jeté à terre, sur la pelouse. Ils étaient dissimulés par l'obscurité, mais elle les entendit échanger de violents coups de poing. Plusieurs secondes s'écoulèrent ; elle ne savait toujours pas où ils en étaient. Puis Mark se releva, un revolver dans la main. Il ramassa un objet qu'il avait laissé tomber dans la lutte, et courut vers elle.

A l'instant où il se laissait tomber sur le siège, elle démarra dans un nuage de poussière.

— C'est bon, murmura-t-il en se retournant pour mettre quelque chose dans le sac de voyage.

— Ils vont nous suivre.

— Ça m'étonnerait. J'ai débranché quelques fils électriques dans leur bagnole, elle n'est pas près de démarrer.

— Tu vas bien ? demanda-t-elle en laissant échapper un léger soupir.

— Oui.

— Où dois-je aller, maintenant ?

— Laisse-moi réfléchir.

Du coin de l'œil, elle vit que son visage était crispé.

— Nous nous en sommes sortis, mais ils connaissent ma voiture. La tienne aussi. Si nous en volons une, nous aurons Hammer sur le dos.

— Un des agents immobiliers de l'équipe est parti en vacances. Il a laissé sa voiture au bureau. Je crois que les clés sont dans son tiroir.

— Trop dangereux, Doris nous aura vite repérés.

Ils étaient parvenus sur l'autoroute. Molly prit la direction de la ville. Elle se sentait exposée, vulnérable, bien que les deux tueurs ne puissent utiliser leur véhicule.

— Tourne là, lui dit Mark de but en blanc.

Elle obéit et quitta l'autoroute pour s'enfoncer dans un quartier populaire. Plusieurs terrains vagues longeaient la route et les maisons qui se dressaient çà et là étaient délabrées.

Mark les observa et finit par en désigner une qui semblait en plus mauvais état encore que les autres. Des sacs-poubelle traînaient dans le jardin envahi de mauvaises herbes. Plusieurs vieilles voitures étaient garées à l'arrière de la maison, devant ce qui ressemblait à un garage.

— Une de celles-ci fera sans doute l'affaire.

— Tu veux que je m'arrête ici ?

— Oui.

Elle s'engagea dans l'allée et attendit, tandis qu'il se dirigeait vers une des voitures garées à l'arrière. Quand il abaissa la poignée, la portière s'ouvrit.

Mark grimpa à l'intérieur du véhicule. Molly se pencha pour essayer de voir ce qu'il faisait. Mais son attention n'était pas entièrement fixée sur lui. Elle tourna plusieurs fois la tête de droite à gauche, pour voir s'ils n'étaient pas repérés. Tout à coup, elle vit Mark dévaler la rue en courant. Un instant plus tard, il retourna à la vieille voiture et elle entendit le moteur tourner. Il se dirigea vers elle et baissa la vitre en parvenant à sa hauteur.

— Suis-moi.

Il se souvenait assez bien du quartier. Il guida Molly jusqu'à un croisement où les rues se rétrécissaient pour devenir de simples pistes dans le sable.

Là, il lui fit garer la voiture derrière une dune, où ils l'abandonnèrent. Ensuite, la jeune femme prit place dans le véhicule qu'il venait de dérober. La carrosserie était rouillée, les fauteuils déchirés. Il y avait de fortes chances pour que personne ne soit bouleversé par sa disparition.

Quelques minutes plus tard, ils eurent repris la route.

— Où as-tu appris à faire démarrer une voiture sans avoir la clé ? demanda-t-elle.

— Ce sont mes compagnons de cellule qui m'ont raconté comment il fallait s'y prendre. J'ai également échangé les plaques d'immatriculation avec celles d'une autre voiture, qui se trouvait au bout de l'allée.

Elle laissa fuser un petit grognement de perplexité.

— Tu désapprouves ?

— Je crois que je n'ai pas le choix.

— Nous sommes obligés d'agir comme nous le faisons. Au fait, c'était bien pensé, le coup de la bouteille d'huile d'olive. Qu'est-ce qui t'a donné cette idée ?

— Je ne sais pas. J'ai vu la bouteille et j'ai eu une inspiration.

— Excellent ! Grâce à cela, nous avons gagné de précieuses secondes.

— Merci.

Ils roulèrent un long moment en silence. Puis Molly se tourna vers lui et remarqua l'expression angoissée de son visage.

— Qu'y a-t-il, Mark ?

— Tu es en danger à cause de moi. Je ne voulais pas que ça se passe comme ça.

Puis il ajouta, d'un ton rude :

— Ne crois pas que je vais t'abandonner. Je considère qu'il est de ma responsabilité de te protéger, maintenant.

— Je ne te quitterai pas.

Quand elle était restée seule, enfermée dans la chambre, elle avait réfléchi. Et par honnêteté, il fallait qu'elle lui dise tout ce qu'elle savait. Elle soupira et se mit à parler à voix basse.

— Je pense que le danger me guette depuis assez longtemps. Ça a commencé avant ton arrivée à Perry's Cove, en tout cas. Je me suis remémoré un bon nombre d'événements, tout à l'heure. En remontant jusqu'à la mort de Véronica. Je pense sincèrement que Phil était impliqué dans cette affaire.

— Oui, c'est possible, dit Mark lentement.

Il s'arrêta sur le bord de la route et prit le sac de voyage qu'il avait déposé sur la banquette arrière quand ils avaient changé de voiture.

Molly écarquilla les yeux en le voyant sortir la boîte chinoise du sac.

— Comment… où l'as-tu trouvée ?

— Dans la voiture des types qui nous ont attaqués, dit-il avec un petit sourire satisfait.

— Tu savais qu'elle était cachée là ?

— Non. Mais comme je te l'ai dit, je les ai vus arriver. Le parking était éclairé et, dès qu'ils sont entrés, j'ai reconnu la voiture. Je me suis rendu compte que je l'avais déjà vue près de chez toi hier, quand ce gars est entré dans ta chambre. Sur le moment, je n'y ai pas prêté attention. C'était juste un des véhicules garés dans la rue. Mais quand je l'ai revue ce soir, j'ai décidé de jeter un coup d'œil à l'intérieur.

Molly prit la boîte et la fit tourner entre ses doigts.

— Tu veux dire que l'homme qui m'a agressée chez moi et m'a volé cette boîte était un de ceux qui sont venus à l'appartement ce soir ? Et il avait gardé la boîte !

— As-tu reconnu un de ces deux hommes ? s'enquit Mark, sans répondre à sa question.

190

— Non. Leurs visages étaient dissimulés par les bandanas, murmura-t-elle en soupirant. Je suppose que je ne l'ai pas blessé aussi gravement que je le croyais, avec mes ciseaux !

— Ce n'est pas important. L'essentiel, c'est que tu aies pu le tenir en échec jusqu'à mon arrivée.

Elle approuva d'un hochement de tête.

— Soit ils agissent pour leur compte, soit ils ont été engagés pour nous tuer. Je pense que celui qui t'a attaquée hier était censé remettre son butin à quelqu'un. Mais il ne l'a pas fait. Il n'en a peut-être pas eu le temps. Ou alors… ils voulaient t'obliger à ouvrir la boîte pour eux.

Elle examina l'objet en tous sens, pressant plusieurs panneaux, sans résultat.

— Je n'ai aucune idée de la façon dont elle s'ouvre.

— Mais cela, ils ne le savent pas.

Il désigna le petit objet d'un geste de la main et ajouta :

— Pourquoi ne pas donner simplement un coup de marteau dessus pour voir ce qu'elle contient ?

Les doigts de Molly se crispèrent sur le bois lisse.

— Tu es fou ? C'est une antiquité, un objet qui vaut très cher. Je pourrais le revendre à un très bon prix. Je serai peut-être obligée de le faire un jour, si j'ai besoin d'argent.

— J'ai plein de fric, moi, grommela-t-il d'un ton sourd.

— Je ne veux pas de ton argent !

— Pourquoi ?

— Tu sais pourquoi, dit-elle, exaspérée.

Elle crut qu'il allait continuer de discuter, mais il n'en fit rien. Sans un mot, il redémarra et reprit la route.

— Où allons-nous ?

— Je n'en sais rien. Je pense que ça ne serait pas une mauvaise idée de quitter Perry's Cove. Mais d'autre part, je pense aussi que nous sommes très près de comprendre exactement ce qui s'est passé, et que nous avons intérêt à rester, si nous voulons découvrir le fin mot de l'histoire. Où pourrions-nous nous cacher ?

Elle réfléchit, considérant plusieurs solutions possibles.

— Il y a beaucoup de propriétés vides, dans les environs.

— Oui. Mais nous avons déjà suivi cette voie, et ils n'ont pas mis longtemps à nous retrouver.

— Ils ne peuvent pas fouiller toutes les maisons inoccupées de la région. Doris…

Elle s'interrompit et enchaîna :

— Je crois que Doris est impliquée jusqu'au cou dans cette affaire.

— Oui, si Garrison l'est, elle l'est aussi. Et elle est au courant de tout ce qui se passe par l'agence immobilière.

— Je connais une maison qui est vide en ce moment, mais qui ne fait pas partie des biens à vendre ou à louer. Elle appartient à une certaine Gloria Yeager. Une femme qui fréquente le même salon de coiffure que moi. Elle a dû quitter brusquement la région, car son mari a trouvé un nouveau travail dans un Etat voisin. Elle a l'intention de prêter la maison à sa sœur, donc elle a laissé tous les meubles et les appareils ménagers à l'intérieur. Sa sœur a eu quelques problèmes qui ont retardé son emménagement à Perry's Cove.

— D'accord, ça fera l'affaire. Où est-ce ?

Molly lui donna l'adresse. La maison se trouvait de l'autre côté de la ville, et elle songea qu'il n'aimerait sans doute pas avoir à traverser le centre. Mais il n'y avait pas d'alternative.

Elle comprit à son expression qu'il réfléchissait intensément. Finalement, il s'arrêta sur le bas-côté et sortit le masque du sac de voyage.

— Ils cherchent les deux personnes qui ont quitté l'appartement. Une de ces deux personnes était Mark Ramsey. Pas Mike Randall.

Il lui fit un clin d'œil et tint le masque à hauteur de son visage. Puis il prit un tube de colle dans la mallette et passa un peu de produit sur son visage. En s'aidant du rétroviseur, il plaqua le masque sur sa peau.

Le souffle court, Molly le regarda travailler. Quand la transformation fut terminée, elle le contempla, incapable d'articuler un mot. Un moment auparavant, un certain Mark Ramsey était assis à côté d'elle. Et maintenant, c'était Mike Randall. Mais pas vraiment le Mike Randall d'autrefois...

— Tu ne vois pas de défaut ? s'enquit-il en se tournant vers elle.

Elle se rendit compte en même temps qu'elle parlait que sa voix était trop aiguë.

— Il y a un endroit où il n'est pas bien collé.

— Peux-tu l'arranger ?

Elle aurait voulu refuser, mais aucun mot ne franchit ses lèvres. Levant une main tremblante, elle pressa le caoutchouc sur sa joue droite. Le masque n'avait pas la consistance de la peau. C'était une matière étrange, dont le toucher ne ressemblait à rien de connu. Pourtant, le visage semblait réel.

— Merci, dit-il, la voix aussi tendue que celle de la jeune femme.

— Il... il faut cacher l'implantation des cheveux.

Elle pressa de nouveau les doigts sur le bord du masque et ramena une mèche de cheveux bruns sur le front de Mark.

— Voilà, c'est mieux comme ça, murmura-t-elle.

Mark lui prit la main et la tint un moment dans la sienne.

— Merci. Tu m'aides, mais je sais que dans le fond, ça doit te faire un choc de me voir ainsi.

— En effet.

— C'est un choc pour moi aussi.

Malgré la tension, elle laissa fuser un petit rire.

— Molly...

— Mark, je dois affronter beaucoup de problèmes à la fois en ce moment.

— Oui. Il ne faut pas que quelqu'un te voie avec moi.

Il jeta un coup d'œil au siège arrière.

— Tu ne vois pas d'inconvénient à t'allonger derrière ?

— Aucun, j'y vais.

Elle sortit, ouvrit la portière arrière et épousseta la banquette avant de s'y allonger.

— Désolé, dit Mark. Ils n'entretiennent pas très bien leurs véhicules, dans cette agence de location !

Il démarra et partit en direction de la ville. Allongée sur le côté, Molly regardait le paysage défiler par la fenêtre. En fait, elle ne voyait pas grand-chose. Seulement la cime des arbres et le haut de quelques immeubles.

Lorsque Mark relâcha l'accélérateur, elle se raidit et chuchota :

— Que se passe-t-il ?

— Un des adjoints de Hammer m'a vu passer et j'ai l'impression qu'il m'a pris en chasse. C'est Cory Daniels, celui qui l'accompagnait le jour où ils nous ont trouvé devant mon ancienne maison. Je ne me rappelle pas l'avoir vu à Perry's Cove, avant le meurtre.

— Il est arrivé il y a environ quatre ans.

— Donc, il ne peut pas reconnaître Mike Randall.

Elle aurait pu continuer la conversation, mais toute pensée cohérente lui échappa. Les images défilaient, comme dans un film au ralenti. Que feraient-ils si l'officier de police les arrêtait ? Mark n'avait pas les papiers du véhicule, bien entendu. Quant à son permis de conduire, la photo ne correspondait pas au visage de Mike Randall.

Et... oh, Seigneur ! Elle l'avait vu prendre le revolver du gangster qui les avait attaqués. Et bien sûr, il ne possédait pas de papiers l'autorisant à posséder cette arme.

La gorge nouée, elle l'imagina, encadré par deux policiers, les menottes aux poignets. Il venait de passer plusieurs années en cellule, et elle savait quel cauchemar il avait vécu. Que ferait-il, si on l'arrêtait de nouveau ?

14.

Molly demeura immobile sur le siège arrière. Elle osait à peine respirer. La voiture avançait beaucoup trop lentement à son goût. Si elle avait été au volant, elle aurait certainement accéléré pour tenter d'échapper à leur poursuivant, même si elle savait que c'était une attitude déraisonnable.

Ses ongles s'enfoncèrent dans la banquette en Skaï. Elle se sentait coincée, prise au piège. Cela l'aidait un peu à comprendre ce que Mark avait dû éprouver, depuis son arrivée à Perry's Cove.

Comme elle lui en avait voulu ! Elle s'était sentie trahie, quand il lui avait révélé qui il était. Il ne lui avait pas fait confiance, et sa méfiance l'avait blessée. Mais à présent, elle comprenait ses motivations.

Mike Randall avait été accusé du meurtre de sa femme, puis condamné. Aux yeux de la loi, sa culpabilité n'avait fait aucun doute. On l'avait jeté en prison avec des criminels endurcis, traité comme s'il appartenait au rebut de l'humanité.

Elle n'osait même pas songer aux choses terribles qu'il avait dû vivre là-bas. De telles épreuves devaient certainement changer un homme. Et maintenant il était là, dans cette voiture volée, avec un flic à ses trousses.

Il devait avoir l'impression qu'un piège venait de se refermer sur lui. Pourtant, il parvenait à rouler tranquillement.

Molly ouvrit la bouche pour parler et la referma aussitôt. Elle aurait aimé dire quelque chose de rassurant, mais les mots semblaient dérisoires dans cette situation.

Elle avait l'impression que des siècles s'écoulaient tandis qu'elle demeurait prostrée sur cette banquette. Puis, elle entendit Mark pousser un soupir de soulagement.

— Que se passe-t-il ? demanda-t-elle.

— Il vient de tourner à droite.

— Grâce au ciel !

Elle ne put tenir davantage en place. Elle s'assit, et fixa la nuque de Mark. Elle aurait bien aimé lui avouer ce qu'elle ressentait, mais ce n'était ni le moment ni le lieu.

— Tu crois que Hammer est impliqué là-dedans ? demanda-t-elle. Ou Daniels ?

— Je ne sais rien au sujet de Hammer. J'ignore si c'est lui qui a envoyé Daniels à mes trousses. Mais au point où j'en suis, je ne peux me permettre d'avoir confiance en qui que ce soit dans cette ville.

Molly sentit son estomac se contracter.

— A part toi, ajouta Mark d'une voix rauque.

— Oh…

Elle reprit sa respiration, mais le ton de Mark redevint froid et impersonnel.

— Redonne-moi l'adresse de la maison.

Elle fit ce qu'il demandait, et s'adossa à la banquette. Elle ne savait plus que dire, à présent. Il valait sans doute mieux se taire.

Quelques minutes plus tard, ils s'engagèrent lentement dans la rue de Gloria. Il était presque minuit, et ils ne croisèrent pas âme qui vive en chemin. L'amie de Molly vivait dans un quartier chic, agrémenté de grands jardins bien entretenus. Les maisons étaient à bonne distance les unes des autres.

Molly désigna du doigt celle de Gloria.

— Il y a une grande allée qui fait le tour de la maison. Tu peux te garer à l'arrière.

Mark rangea la voiture de façon à ce que personne ne pût la voir de la rue, et coupa le contact.

— Allons-nous devoir entrer par effraction, ou ton amie a-t-elle laissé une clé dans le jardin ? s'enquit-il avec un sourire moqueur.

— Je te trouve un peu cynique.

— C'est la vie qui est cynique, répondit-il.

Elle comprit, au ton de sa voix, que le stress commençait à le gagner.

— Quand Gloria m'a demandé d'évaluer sa propriété, répondit-elle d'une voix blanche, elle m'a dit que la clé était cachée sous le gros massif d'hortensias, près de la porte de derrière.

Mark souleva le sac de voyage, et ils remontèrent l'allée de gravier. Molly alla droit à la porte, sans l'attendre. Mais il la rattrapa alors qu'elle gravissait les marches, et la retint par le bras.

— Attends !

— Il y a un problème ?

— Je n'en sais rien, mais je ne veux pas prendre de risque. Il y a peut-être quelqu'un à l'intérieur.

Molly en doutait, mais elle n'insista pas. Elle attendit patiemment qu'il ait trouvé la clé, ouvert la porte et fait quelques pas dans la cuisine. Il ressortit deux minutes plus tard, sans le masque.

— Entre, dit-il.

Par chance, la maison était meublée. Mark baissa les rideaux avant d'allumer une lampe. C'était une vaste demeure, avec une cuisine de style rustique, un grand salon confortable où la famille se réunissait sans doute chaque soir, et une salle à manger plus formelle.

— Ton amie a laissé un ordinateur dans le bureau, dit Mark en rejoignant Molly dans le salon.

— Tu veux t'en servir ?

— Oui. J'ai l'intention de faire une recherche sur Doris Masters. Entre autres choses.

Molly ne fut pas étonnée. Doris était très vraisemblablement responsable de la visite qu'ils avaient reçue le matin même à l'appartement.

— Très bien. Sers-toi de tout ce que tu veux.

— Sais-tu quelque chose sur sa vie, avant qu'elle ne soit venue s'installer à Perry's Cove ?

Molly réfléchit à ce que Doris avait pu lui dire quand elles se trouvaient toutes deux à l'agence.

— Je ne l'ai jamais entendue parler de son passé.

Mark hocha la tête et repartit dans le hall. Molly était aussi curieuse que lui, et aurait bien aimé le suivre dans le bureau, mais la tension qui le tenaillait était palpable. Elle pensa qu'il valait mieux lui accorder un moment de solitude.

Désœuvrée, elle prit la boîte chinoise et s'assit sur le canapé. Phil avait eu l'air de dire que l'objet était très important. Mais jusqu'à présent, le mécanisme d'ouverture demeurait une énigme.

Pour faire passer le temps, elle se concentra sur le casse-tête que lui offrait la boîte. Un moment plus tard, Mark revint dans le salon. Son attitude était rigide, son visage fermé.

— As-tu découvert quelque chose d'intéressant au sujet de Doris ?

— Rien de rien, fit-il avec un haussement d'épaules. Ton amie Doris est arrivée à Perry's Cove il y a trois ans. Avant cela, on ne trouve pas trace de son existence.

— Ce n'est pas mon amie, répliqua vivement Molly.

— Peu importe. Le fait est que je n'ai absolument rien trouvé concernant ce qui précède son arrivée en ville. Zéro, le néant. Ce qui signifie que Doris Masters est un nom d'emprunt. Cette femme vit sous une fausse identité.

— Mais pourquoi ?

— Je n'en sais pas plus que toi. C'est peut-être une ancienne détenue qui a décidé de refaire sa vie ici.

Il se passa nerveusement la main dans les cheveux.

— J'ai envoyé un message à la fondation, pour leur demander de m'aider. Mais je n'ai pas encore reçu de réponse.

Il se mit à marcher de long en large dans la pièce. Molly comprenait ce qu'il ressentait. Depuis qu'il était revenu à Perry's Cove, rien ne se passait comme il l'avait prévu. Il s'était fait repousser, attaquer, et on lui avait clairement fait comprendre qu'il avait intérêt à quitter la ville.

Son regard tomba sur la boîte qu'elle tenait devant elle. Il cessa d'arpenter le salon et posa les mains sur ses hanches.

— Tu essayes toujours d'ouvrir cette maudite boîte ?

— Oui.

— Tu penses que Phil te l'a donnée parce qu'elle contient quelque chose d'important ?

— Je ne sais pas.

En proie à un vif agacement, elle regarda la boîte et la secoua. Peut-être, en effet, la meilleure chose à faire serait-elle de la casser à coups de marteau. Mais l'objet était trop précieux, c'eût été sacrilège. En outre, c'était un cadeau de Phil. Un des derniers qu'il lui ait faits.

Levant la tête, elle vit Mark se diriger vers elle à grandes enjambées. Il s'immobilisa à quelques pas du canapé.

— Phil t'a dit qu'il avait acheté cette boîte. Mais dès que j'ai posé les yeux dessus, j'ai reconnu un objet qui avait appartenu à Véronica. Je me rappelais qu'elle était abîmée à l'arrière.

Molly le considéra avec stupeur et se demanda si elle avait bien entendu.

— Cette boîte appartenait à ta femme ?

— Oui.

— Comment est-ce possible ? Je veux dire… comment est-elle arrivée entre les mains de Phil ?

— J'aimerais bien le savoir. Je suppose qu'ils avaient une liaison.

— Qu'ils étaient amants ? Si Phil avait eu une maîtresse, je m'en serais aperçue.

— Tu crois ?

Elle prit un temps de réflexion et murmura :

— Je pensais bien le connaître...

Les mots s'éteignirent sur ses lèvres.

— Il n'y avait peut-être rien de sexuel entre eux, reprit Mark. Mais ils auraient pu faire partie du complot pour éliminer Mike Randall. De toute façon, cette boîte m'appartient autant qu'à toi. Laisse-moi l'examiner, dit-il d'un ton rude.

Elle n'eut qu'à lui jeter un coup d'œil pour deviner qu'il venait d'être traversé par la même idée qu'elle. Mais elle n'avait jamais vraiment eu envie de briser la boîte.

— Non ! s'écria-t-elle en croisant les bras pour l'empêcher de la prendre.

Mark n'eut aucun mal à la lui arracher des mains. Aussitôt, il jeta l'objet de toutes ses forces à travers la pièce. La boîte heurta le mur de la cuisine et se brisa en plusieurs morceaux qui s'éparpillèrent sur le carrelage.

Molly se précipita en hurlant vers l'endroit où la boîte était retombée, s'immobilisa devant le mur et contempla les morceaux de bois sur le sol.

Abasourdie, elle ramassa un coin dont les panneaux ne s'étaient pas disjoints et en caressa la face plane. Dans son dos, elle entendit Mark marmonner un juron.

— Je n'aurais pas dû faire ça, dit-il.

Il traversa le salon, mais elle ne se retourna pas. Du coin de l'œil, elle le vit se baisser pour observer les débris. Quand il lui prit des mains le morceau qu'elle avait ramassé, elle n'opposa aucune résistance.

Pendant un très long moment, ni l'un ni l'autre ne parlèrent. Puis Mark annonça d'une voix étranglée :

— Ce n'est pas une antiquité.

— Quoi ?

— Regarde.

Il retourna le morceau de bois et lui désigna la technique d'assemblage des deux côtés. Un objet ancien aurait été formé de rainures et de languettes encastrées les unes dans les autres. Ce n'était pas le cas. De fines baguettes collées sur les deux parties de la boîte les maintenaient ensemble.

— J'ai au moins la consolation de ne pas avoir brisé un objet inestimable, marmonna-t-il en ramassant les autres morceaux. C'était une belle imitation. *Ils* avaient même enlevé des bouts d'ivoire pour donner l'illusion que la boîte était bien ancienne.

Molly prit plusieurs morceaux de bois entre ses doigts, pour essayer de comprendre le fonctionnement du mécanisme. Mais il n'y avait pas de fermeture secrète.

— Cela ressemblait à un casse-tête, mais ce n'en était pas un, dit-elle. Je n'aurais jamais pu faire coulisser un de ces panneaux, car ils n'étaient pas destinés à cela. Je suppose que la boîte ne contenait rien du tout, en fin de compte.

Elle s'assit sur un tapis et s'adossa au buffet qui se trouvait derrière elle, les larmes aux yeux. Mark vint s'agenouiller à côté d'elle, et posa une main sur son bras.

— Je suis désolé. Je n'avais pas le droit de faire ça, cette boîte t'appartenait.

La jeune femme fit un immense effort pour contenir son émotion. Elle avait été trahie par son mari, elle le savait, maintenant ; et son chagrin ne concernait qu'elle. Pourtant, elle éprouva l'envie de se confier à Mark.

— J'étais tellement sûre… que Phil avait voulu me laisser un message. C'est le cas, en fait. Cela signifie qu'il ne peut plus m'aider, maintenant qu'il est mort…

Elle ne put réprimer plus longtemps les sanglots qui l'étouf-
faient. Mark lui tendit les bras et l'attira contre lui. Elle s'aban-
donna et se blottit contre sa poitrine, incapable de se contenir
davantage.

Il la berça avec douceur, lui caressant les cheveux et les joues.
Elle accepta le réconfort qu'il lui offrait. Peu à peu, son chagrin
s'apaisa, et elle recouvra le contrôle d'elle-même.

Quand l'orage fut passé et qu'elle eut le courage de parler,
elle murmura :

— Finalement, c'est aussi bien comme ça. Le fait de briser
cette boîte m'a débarrassée de mes dernières illusions sur mon
mariage.

Mark repoussa ses cheveux en arrière et dit :

— Mais j'ai eu tort. J'ai agi sous l'emprise de la colère et de
la frustration. Je suis désolé. Tu as dû me prendre pour un fou,
quand j'ai jeté cette boîte contre le mur.

Molly leva les yeux.

— Non. Je te prends pour un homme auquel on a volé sa liberté
et sa dignité. D'abord avec le meurtre de ta femme, ensuite en te
faisant accuser pour t'envoyer en prison. Tu as voulu reprendre
ta vie en main, et tu es revenu à Perry's Cove avec un plan et la
ferme intention d'obtenir ta revanche. Mais alors, tout est allé
de travers…

— Mon plan était nul.

— Pourtant, ton idée n'était pas si mauvaise que ça.

— Pourquoi me défends-tu ?

— Parce que j'ai l'impression que c'est la première fois que
nous parlons sincèrement, tous les deux. Et aussi… parce que
je t'aime bien.

— Je croyais que tu ne voulais plus de moi.

Sa voix se brisa sur les derniers mots. Molly posa les mains sur
ses épaules, sentit ses muscles puissants frémir sous ses doigts,
et elle comprit ce qu'elle pouvait susciter chez lui.

— Moi aussi, murmura-t-elle. Mais j'ai changé d'avis.

— Juste à l'instant ?

— Non. Dans la voiture, je crois. Quand tu as vu Cory Daniels surgir derrière toi, et que tu as continué de rouler comme si de rien n'était.

— J'aurais rudement préféré que tu ne sois pas allongée à l'arrière !

— Pourquoi ?

— Je ne voulais pas t'attirer encore des ennuis. Tu en as suffisamment comme ça.

— Je n'ai pas l'impression d'avoir des ennuis. Plus maintenant.

Elle savait que sa réponse n'était pas rationnelle. Des problèmes, elle en avait ; impossible de le nier. Mais elle voulait surtout chasser tous les doutes de son esprit. Elle approcha sa bouche de celle de Mark. Elle effleura ses lèvres et sentit leur chaleur ; la douceur céda vite la place à la passion.

Quand elle entrouvrit les lèvres, Mark poussa un grognement de plaisir et prit possession de sa bouche avec ferveur.

Quelques heures plus tôt, elle lui en avait voulu ; elle avait été furieuse de son manque de confiance. A présent, tout ce qu'elle voulait, c'était se blottir contre lui. Fermant les yeux, elle le serra plus étroitement entre ses bras. Les mots lui manquaient pour exprimer ce qu'elle ressentait, mais elle savait que ses gestes lui feraient comprendre la profondeur de ses sentiments.

Le baiser se prolongea longtemps, embrasant leurs corps affamés. Puis, Mark s'allongea sur le dos et l'attira au-dessus de lui. Allongée contre lui, les courbes de son corps épousaient les siennes, et elle sentit son sexe durci se dresser davantage au contact de ses cuisses ; elle balança alors les hanches, arrachant à Mark un long soupir rauque.

— Oh, oui, viens, chuchota-t-elle, déjà emportée par la passion.

— J'ai envie de toi, murmura-t-il d'une voix haletante.

Il roula sur le côté, allégeant l'intensité de leur contact et reprenant difficilement sa respiration. Molly le sentit trembler, et lutter pour conserver la maîtrise de son corps.

— Viens, ne te retiens pas, chuchota-t-elle. Donne-moi tout ce que tu peux me donner.

D'une main tremblante, elle déboutonna le col de sa chemise, et caressa son torse musclé du plat de ses mains. Elle perçut les battements désordonnés de son cœur. En cet instant, il paraissait si vulnérable qu'elle éprouva un étrange sentiment de puissance, mêlé d'humilité. Lorsque Mark avait eu besoin d'elle, il n'avait pas eu peur de le lui avouer.

A présent, c'était elle qui avait besoin de lui.

Il sembla le comprendre. Il l'embrassa dans un élan de passion sauvage, avant de relever son T-shirt et son soutien-gorge.

Dès qu'il posa les mains sur ses seins, elle laissa échapper un cri de plaisir. Puis il prit ses tétons durcis entre ses doigt, lui faisant éprouver une jouissance plus intense encore. Il caressa de sa langue les mamelons, tandis qu'elle balbutiait son nom. Eperdue, elle défit la fermeture du jean de Mark, prit son sexe entre ses mains et le caressa fiévreusement, lui arrachant des gémissements. Elle voulait qu'il lui appartienne, pour toujours, et ce sentiment qui lui était jusqu'alors inconnu la choqua elle-même.

— Maintenant… viens, maintenant, chuchota-t-elle en ôtant son pantalon d'un geste souple.

Elle roula sur le dos, attirant Mark dans son mouvement. Un petit sanglot lui échappa quand il la pénétra. Elle plaqua ses doigts sur son dos et enfonça ses ongles dans sa chair quand il se mit à bouger en elle, lentement, puis à un rythme de plus en plus soutenu.

Molly atteignit très vite les lisières du plaisir absolu, poussant un long cri lorsque l'extase déferla. Elle entendit le gémissement rauque de Mark se joindre au sien, et sut qu'ils avaient atteint la jouissance ensemble.

Il la serra dans ses bras, avant de rouler sur le côté. Molly ferma les yeux et se laissa emporter par la vague de sérénité et de bien-être qui l'enveloppa. Quelques minutes s'écoulèrent, sans que Mark ne prononce un mot. Intriguée par son silence, elle leva la tête vers lui.

Son regard était fixe, perdu au loin, comme s'il contemplait une scène invisible pour elle.

— C'est bien, dit-elle à mi-voix.

Les mots semblèrent le ramener à la réalité.

— Qu'est-ce qui est bien ?

— D'avoir fait l'amour. Nous en avions envie tous les deux. Et je ne t'ai pas laissé l'occasion de te dérober.

— Comment as-tu deviné à quoi je pensais ?

Elle repoussa une mèche brune qui retombait sur son front, avant de répondre :

— Ce n'était pas très difficile. Tu pensais au moment où j'ai trouvé le masque. J'étais en colère, j'ai prononcé des paroles blessantes. Mais à présent, je veux être sincère avec toi. Je sais que nous aurions pu avoir une liaison il y a six ans. Nous ressentions une attraction, l'un pour l'autre, et nous le savions ; mais tu étais trop droit, je sais que tu n'aurais jamais commis d'adultère. Tu étais un homme fidèle, fiable, et tu l'es toujours. Tu te sens coupable de m'avoir fait l'amour, je le sens. Il ne faut pas. Nous en avons eu envie tous les deux.

— Ce n'est pas si simple. Pourras-tu me pardonner de t'avoir menti ?

— Je comprends pourquoi tu l'as fait, affirma-t-elle après un silence.

— Tu me pardonnes aussi d'avoir pété les plombs, quand j'ai cassé cette boîte que tu croyais être un objet très précieux ?

— Oui. Et nous savons à présent qu'elle n'était pas si précieuse que ça.

— Ça n'excuse pas mon geste.

Il fit mine de se lever, mais elle le retint entre ses bras.

— Il y a des problèmes plus graves que ça, Mark, murmura-t-elle.

— Oui. Dommage que mes copains de prison ne m'aient pas expliqué comment on fait pour se débarrasser d'un groupe de tueurs, quand on n'est pas soi-même un assassin.

Les premiers rayons du soleil filtrèrent par la fenêtre et réveillèrent Molly. Elle se sentit reposée, après cette nuit de sommeil bien méritée. Sans déranger Mark, allongé à côté d'elle, elle ramassa ses vêtements et se rendit dans la salle de bains.

Le parfum du shampoing et les vapeurs d'eau sous la douche eurent des effets bienfaisants. Pourtant, tandis qu'elle se coiffait, elle rencontra son propre regard dans le miroir. Son visage était enflammé. Jamais, dans toute sa vie, elle n'avait connu autant d'émotions si désordonnées, de tels revirements en un laps de temps si court. Surtout, elle était tombée amoureuse de Mark Ramsey. Elle avait fait l'amour avec lui. Il lui avait fait de la peine, elle lui en avait voulu, et puis elle lui avait pardonné. A présent, elle voulait croire que leur toute nouvelle intimité allait changer les choses entre eux. Mais au fond de son cœur, elle savait qu'elle se faisait des illusions. Elle savait exactement quel genre d'homme était Mark. Il éprouvait encore un sentiment de culpabilité parce qu'il lui avait menti, puis parce qu'il s'était emporté et avait cassé cette stupide boîte. Mais le problème était beaucoup plus profond que ça. Plus enfoui. Mark n'était sorti de prison que depuis quelques mois. Elle savait que cette expérience avait dû laisser en lui des traces qu'elle ne pourrait comprendre que s'il acceptait de se confier. Totalement.

On lui avait imposé des conditions de vie terribles. Des épreuves qui, aujourd'hui, l'empêchaient de réagir normalement.

Bien sûr, elle aurait aimé lui avouer qu'elle était amoureuse de lui. Mais elle savait aussi que cet aveu ne ferait qu'accentuer la pression qu'il sentait déjà peser sur ses épaules.

Des larmes lui montèrent aux yeux, mais elle fit un énorme effort pour les retenir. Ses propres réactions n'étaient pas si normales que ça. Elle était fatiguée, au point de se sentir comme une loque. Et cela ne risquait pas de s'arranger, tant qu'ils n'auraient pas découvert qui avait voulu éliminer Mike Randall, et qui en avait maintenant après Mark Ramsey.

Lorsqu'elle se fut ressaisie, elle retourna auprès de Mark. Il était déjà installé dans le bureau, devant l'ordinateur.

— J'ai reçu un message de la fondation, dit-il en désignant l'écran. Ils travaillent en association avec une agence de détectives privés. L'un d'entre eux, Alex Shane, a été confronté à un cas similaire il y a quelques mois. Il m'a promis de faire des recherches sur Doris Masters.

— Très bien.

— Il ne trouvera peut-être rien.

— Il ne faut pas partir battu.

Au moment où elle prononçait ces mots, un autre message arriva. Il provenait de Bill Bauder.

Molly regarda par-dessus l'épaule de Mark et lut ce message laconique :

« J'ai des renseignements à vous communiquer. Retrouvez-moi ce soir à 20 h 30, dans les bureaux de *La Gazette*. »

— Comment connaît-il ton adresse e-mail ?

— Elle se trouvait sur la carte que j'ai laissée à Ray Myers, au Sea Breeze Café. Je suppose que toute la ville doit l'avoir, à présent.

— Tu vas aller au rendez-vous ?

— Il faut que je réfléchisse.

— C'est peut-être un piège.

— Oui. Mais j'ai vraiment besoin de renseignements et Bauder peut m'en donner, grommela-t-il en se retournant vers l'écran.

Molly demeura immobile quelques instants, puis sortit sans faire de bruit. Si Mark et elle pouvaient quitter Perry's Cove sur-le-champ et ne plus jamais y mettre les pieds, tout irait sans doute pour le mieux. Mais elle savait qu'il n'accepterait jamais d'envisager cette solution.

Il était venu ici dans un but précis. Son projet était devenu le centre de toute sa vie. Il n'abandonnerait pas. Ni pour elle ni pour quelqu'un d'autre. Même si son obstination devait le mettre en danger.

Molly arpenta le salon pendant un long moment, l'esprit en ébullition. Finalement, quand elle se sentit prête à exploser, elle retourna dans le bureau.

— Il ne faut pas que tu rencontres Bauder sur son terrain ! s'écria-t-elle.

Mark pivota dans son fauteuil et la considéra avec stupéfaction.

— Ce n'est pas mon intention.

— Que comptes-tu faire ? demanda-t-elle en posant les mains sur ses hanches.

Ses yeux lançaient des éclairs. Mark soupira.

— Sois tranquille, je ne vais pas me jeter dans la gueule du loup. Je lui ai renvoyé un message pour l'avertir que je ne me rendrais pas dans les locaux du journal, et que je lui communiquerais un autre lieu de rendez-vous plus tard. S'il veut toujours me rencontrer, il faudra qu'il accepte mes conditions.

Molly eut un léger soupir de soulagement.

— Bien. Où penses-tu le retrouver ?

— A l'ancienne fonderie.

La jeune femme se représenta le vieux bâtiment de briques rouges, qui se trouvait à la limite ouest de la ville. Le propriétaire négligeait depuis longtemps d'entretenir la vieille bâtisse.

— Pourquoi là ? s'enquit-elle.

— Avant la mort de Véronica, le propriétaire m'avait demandé de faire une étude de marché afin de transformer l'usine en magasin. Je connais donc cet endroit sur le bout des doigts. Je peux m'y cacher en attendant l'arrivée de Bauder, et tant que je ne suis pas certain qu'il ne me prépare pas une mauvaise surprise. Alors, que dis-tu de mon plan ?

Molly hocha la tête.

— Oui, mais j'ai encore une requête à présenter.

— Ah, oui ? Laquelle ?

— Tu ne peux pas partir et me laisser ici sans moyen de transport. Comment ferai-je, si je suis obligée de m'enfuir ?

Elle vit diverses émotions défiler sur le visage de Mark.

— Je vais réfléchir à ce problème, marmonna-t-il enfin.

Avant la tombée de la nuit, Mark se prépara à partir.

— Attends un quart d'heure, dit-il. Ensuite, envoie le message à Bauder en lui donnant l'heure et le lieu du rendez-vous.

La jeune femme acquiesça d'un bref signe de tête.

Elle aurait préféré qu'il renonce à son rendez-vous avec Bauder, c'était évident. Mais il irait. Rien n'avait marché comme il le voulait, depuis son arrivée à Perry's Cove. Il fallait que cela change.

Abandonnant Molly dans le bureau, il alla dans la cuisine boire un verre d'eau. La nervosité lui asséchait la gorge. Il s'aperçut soudain que la jeune femme l'avait suivi.

— Je suis désolée, dit-elle d'une voix mal assurée.

— A quel propos ?

210

— Parce que je t'ai dit que j'avais besoin de garder une voiture.

Elle désigna par la fenêtre les deux voitures de location qui avaient été fournies par une agence d'une ville voisine.

— Ce n'est rien.

— Mark…

Elle traversa la cuisine et vint se blottir contre lui.

— Je t'en prie, sois prudent.

Il l'entoura de ses bras et elle murmura :

— Tu comptes beaucoup pour moi.

— Toi aussi, dit-il en faisant glisser ses doigts dans la chevelure soyeuse de sa compagne.

Il aurait aimé rester. Lui dire qu'il l'aimait. Mais il n'avait pas le droit de faire ça. Il n'en aurait pas le droit tant qu'il ne se serait pas sorti de cette affaire inextricable. Aussi se contenta-t-il de la tenir serrée contre lui un moment, avant de se dégager doucement.

— Je serai bientôt de retour. Ne t'inquiète pas.

Elle émit un son inarticulé qui pouvait passer pour un acquiescement. Mark s'obligea à lui tourner le dos et à franchir la porte. Il sentit son regard le suivre jusqu'à ce que le battant se soit refermé sur lui. Puis, il devina qu'elle s'était postée derrière la fenêtre.

Mais il ne regarda pas en arrière, par peur de sentir son courage flancher et de revenir sur ses pas.

Il grimpa dans la Ford bleu marine que l'agence de location avait livrée le matin même.

Dans le sac de voyage qu'il tenait à la main se trouvait le revolver qu'il avait dérobé à l'un des bandits. Il espérait ne pas avoir à s'en servir. Mais se rendre à ce rendez-vous avec Bauder sans arme aurait été de l'inconscience.

Il prit garde à ne pas dépasser la vitesse autorisée sur le chemin de la vieille fonderie. Puis il se gara dans un quartier très *classe moyenne*, à quelques centaines de mètres de l'usine. Autrefois, le bâtiment était isolé, mais aujourd'hui, les maisons cernaient l'ancienne propriété. C'était une des raisons pour lesquelles il avait déconseillé au propriétaire de la transformer en magasin. Les clients auraient été obligés de se garer dans les environs, et le quartier aurait vite été saturé par la circulation.

Mais aujourd'hui, le trafic n'était pas très dense, constata-t-il en se dirigeant vers le bâtiment.

Le terrain couvert de mauvaises herbes était clôturé, mais le grillage avait été arraché en de nombreux endroits et les trous béants étaient assez larges pour laisser le passage à une voiture. Dans le message que Molly devait envoyer à Bauder, il lui fixait rendez-vous du côté ouest de l'usine. Il arriva par le nord et contourna la vieille bâtisse. Les huit années qui avaient passé depuis qu'il avait fait son étude n'avaient pas profité à la propriété. Son état s'était considérablement dégradé. Des détritus étaient éparpillés sur le terrain, et les murs étaient couverts de graffitis.

Il jeta un coup d'œil alentour et se demanda s'il avait bien choisi le lieu pour une telle rencontre. Mais il était trop tard pour changer d'avis. Quoique… il pouvait encore téléphoner à Molly et lui demander de ne pas envoyer le message.

Il pouvait aussi quitter Perry's Cove en emmenant la jeune femme avec lui.

La tentation était forte. Terriblement forte. Molly accepterait probablement sa proposition. Mais il ne supporterait pas de vivre en sachant qu'il avait fait cela. La prison lui avait ôté toute estime de lui-même. Quand il en était sorti, il s'était dit que la seule façon de récupérer son sentiment de dignité, c'était de démasquer l'homme qui l'avait fait condamner à tort. Il avait cru pouvoir le faire. Malheureusement, cela se révélait plus difficile que prévu. Il était venu ici en pensant qu'il cherchait un homme. A présent, il savait qu'il y avait eu une conspiration contre lui. Il n'avait pas affaire à un homme seul, mais à une bande organisée.

Cependant, ça ne changeait rien à ses sentiments. S'il abandonnait maintenant, il devrait admettre sa défaite une fois pour toutes. Se considérer comme vaincu. Et cela, il ne le pouvait pas.

Les mâchoires serrées, il reporta son attention sur le bâtiment et se mit à la recherche de l'escalier métallique qui menait au second étage. S'il était en bon état, c'était là qu'il attendrait Bauder.

Molly consulta sa montre. Cela faisait treize minutes que Mark était parti, lui laissant les nerfs à vif. Elle tremblait. Il n'y avait qu'à l'envoyer, ce fichu message, et qu'on n'en parle plus ! Mais Mark avait beaucoup insisté sur le délai. *Quinze* minutes. Elle attendit donc, refrénant son impatience. La grande aiguille finit par effectuer son quinzième tour de cadran et Molly saisit en tremblant le papier sur lequel Mark avait inscrit le message. Elle le transmit par e-mail à Bauder. Impossible de savoir quand le journaliste consulterait sa messagerie. Mais Mark était certain que l'homme attendait, collé devant l'écran de son ordinateur.

Molly ne s'attendait pas à recevoir de réponse. Toutefois, elle demeura un long moment assise devant le bureau, à contempler l'écran vide. Elle finit par se lever, et par retourner dans le salon.

Il y avait déjà longtemps qu'elle avait ramassé les débris de la boîte chinoise. Mais elle ne les avait pas jetés. Ils étaient rassemblés dans un sac en plastique qu'elle avait trouvé dans le cellier.

Comme elle avait besoin de se changer les idées, elle sortit les morceaux de bois du sac et les examina encore une fois. Elle ne pouvait s'ôter de l'esprit que Phil avait attaché une grande importance à cet objet.

Peut-être allait-elle trouver un indice gravé dans le bois ? Elle ne vit rien sur la surface extérieure. Mais alors qu'elle retournait dans sa main un des morceaux, d'une dizaine de centimètres de long, elle fronça les sourcils. Quelque chose était collé à l'intérieur. Quelque chose qu'elle n'avait pas remarqué.

Son corps tout entier se raidit, tandis qu'elle contemplait sa découverte.

15.

Mark se tapit dans l'ombre sous l'escalier, le dos plaqué au mur. Il sortit l'arme accrochée à sa ceinture, et la tint à bout de bras, collée contre sa jambe.

Le jour commençait à décliner, aussi Bauder ne le verrait-il pas immédiatement, caché comme il l'était. En revanche, la lune venait d'apparaître. A moins qu'un groupe de nuages ne dissimule son halo argenté, Mark verrait facilement la silhouette du directeur du journal se profiler sur le terrain vague.

A condition que le gaillard se décide à venir. Il y avait toujours la possibilité que le lieu de rendez-vous ne lui convienne pas, et qu'il décide de rester chez lui. Auquel cas, Mark devrait revoir entièrement son plan d'action.

Les minutes s'égrenèrent, interminables. Mark avait presque renoncé à voir arriver le journaliste, quand il entendit enfin un bruit de pas sur le goudron de l'allée.

Bauder avançait en hésitant. Il contourna le bâtiment et s'arrêta à une douzaine de mètres de Mark.

— Où êtes-vous ? lança-t-il à mi-voix.

Mark laissa s'écouler plusieurs secondes avant de répondre.

— Vous ne pouvez pas me voir. Levez les mains. Je tiens une arme pointée sur vous.

— Qu'est-ce qui me prouve que c'est vrai ?

— Vous n'avez pas le choix, il faut me croire sur parole. Les mains en l'air !

Mark eut la satisfaction de voir le journaliste lever les mains au-dessus de sa tête.

— Pourquoi vouliez-vous me rencontrer ? demanda-t-il.

Bauder passa d'un pied sur l'autre, visiblement mal à l'aise.

— Pour vous mettre en garde. Vous risquez de vous attirer de gros ennuis en fourrant votre nez dans l'affaire Randall.

— C'est très charitable de votre part, de penser à moi.

— Je n'aimerais pas que vous vous fassiez tuer.

— Et pourquoi donc ?

Bauder éluda la question et reprit :

— Vous devriez dire à Randall que vous courez trop de risques en restant à Perry's Cove, et que vous laissez tomber.

— Je ne suis pas le genre de type qui abandonne facilement.

— Les choses sont allées trop loin. Ils ne reculeront plus devant rien.

— « Ils » ? Vous faites partie du groupe, n'est-ce pas ?

— Je parle en mon nom.

— Et qui sont vos associés ? Oliver Garrison, c'est sûr. Doris Masters aussi.

— Que savez-vous sur eux ? demanda Bauder.

— C'est vous qui avez provoqué ce rendez-vous. A vous de me dire quelque chose que je ne sache pas déjà !

— Quoi, par exemple ?

— Hammer fait-il partie du groupe ?

— Non, pas Hammer.

Pouvait-il se fier à la parole de cet homme ? Mark n'eut pas le temps d'interroger davantage Bauder. Avant qu'il ait pu ouvrir la bouche, une fusillade éclata. Il compta les coups de feu : il y en eut cinq.

Bauder s'écroula sur le sol, dans une mare de sang. De vives lumières jaillirent, illuminant le cadavre. Mark demeura à sa place, espérant que l'ombre suffirait à le protéger des regards ennemis.

Un lourd silence retomba sur le terrain vague. Mark venait juste de reculer dans une encoignure, sous les marches, lorsqu'il entendit une nouvelle détonation. Une balle passa près de son visage en sifflant. S'il ne s'était pas baissé à ce moment-là, cherchant un abri sous l'escalier, il aurait été touché.

Un bruit de Klaxon déchira la nuit. Il leva les yeux, et vit un véhicule traverser le terrain goudronné, tous feux éteints, et à vive allure. Il sut qu'il ne pouvait pas s'échapper.

Levant devant lui l'arme qu'il tenait à deux mains, il se prépara à se défendre. Son doigt était posé sur la détente, prêt à appuyer, quand il entendit la voix de Molly :

— Mark, non !

Il comprit dans l'instant que c'était elle, au volant de la voiture.

Le cœur battant, il rabaissa son arme. La voiture s'arrêta à sa hauteur, dans un grand crissement de pneus. Il agrippa la poignée d'une main tremblante, et se projeta sur le siège passager.

Avant même qu'il ait pu claquer la portière derrière lui, Molly redémarrait en faisant un large demi-cercle sur le terrain. Il y eut encore un coup de feu, puis un autre.

— Baisse-toi ! cria Mark, étourdi par le bruit de son propre sang qui lui battait aux tempes.

Molly se pencha au niveau du tableau de bord, mais elle continua de diriger la voiture vers un des trous percés dans la clôture de barbelés. Elle ne voyait pas grand-chose, et un côté de la voiture rasa de très près les fils arrachés.

Dès qu'ils eurent franchi la barrière, elle appuya sur l'accélérateur et partit dans la rue, roulant à tombeau ouvert.

Mark jeta un coup d'œil par-dessus son épaule, et vit une voiture qui gagnait du terrain sur eux.

Molly tourna plusieurs fois dans les rues adjacentes, cherchant à semer leurs poursuivants. Tourné vers l'arrière, Mark surveillait la voiture. La jeune femme s'engouffra dans une étroite ruelle et en ressortit comme l'éclair, tournant rapidement dans un virage en épingle à cheveux.

Le véhicule qui les suivait disparut. Mark relâcha sa respiration.

— Tu l'as semé.

— Il faut en être sûrs, répondit-elle sans ralentir.

A une centaine de mètres de là, il vit une voie de terre battue qui menait dans une zone inhabitée.

— Passe par-là, dit-il en désignant la rue étroite.

Molly suivit ses instructions. Ils débouchèrent sur un large terrain vague, bordé au loin par une autre série d'immeubles.

— Bauder est mort ? s'enquit Molly.

— Il a reçu cinq balles dans le corps. Il gisait dans son sang. Je ne pense pas qu'il ait survécu.

Les mots semblèrent flotter dans l'air un moment. Puis, Molly demanda :

— Crois-tu que nous puissions reprendre l'autoroute ?

— Si seulement je le savais…

Valait-il mieux attendre là que le danger soit passé, ou se risquer sur la route ?

— Si nous essayons tout de suite, il y aura sans doute une voiture en embuscade qui nous prendra en chasse, marmonna-t-il, réfléchissant tout haut. Si nous attendons, cela laisse le temps aux autres de s'organiser.

— Alors, allons-y, répliqua Molly sans hésiter.

— D'accord.

Elle approcha de la bretelle d'autoroute et eut un instant d'hésitation avant d'allumer ses phares et de prendre la direction de la maison.

218

Mark ne cessait de surveiller leurs arrières. Quand il fut certain qu'ils n'avaient pas été suivis et qu'ils eurent presque atteint leur destination, alors seulement, il se tourna vers Molly.

— Que diable es-tu allée faire là-bas ? Tu étais censée demeurer en dehors de tout ça. Bon sang, j'ai failli te tirer dessus !

Molly ne lui lança qu'un bref coup d'œil et garda son attention fixée sur la route.

— Ça s'est bien terminé.

— Ne me fais plus jamais une frousse pareille ! Qu'est-ce qui t'a pris, de venir ?

— Je suis venue, parce que j'ai trouvé un message de Phil collé à l'intérieur de la boîte.

Il s'était attendu à tout, sauf à cela !

— Je n'ai pas eu le courage de jeter les morceaux, reprit-elle. Après ton départ, j'ai éprouvé le besoin de me changer les idées. J'ai donc examiné tous les débris en continuant de chercher un indice éventuel. J'ai découvert un minuscule bout de papier, collé à l'intérieur d'une des parois de la boîte.

— Mais… comment est-ce possible ? Puisque nous n'avons pas réussi à ouvrir la boîte, comment Phil a-t-il pu y introduire quelque chose ?

— J'ai bien réfléchi et il me semble qu'il n'y a qu'une solution. Il a soigneusement démonté l'objet, puis l'a recollé.

Mark réfléchit en silence.

— C'est un travail très délicat, dit-il enfin.

— Phil était très habile de ses doigts.

— Oui, je m'en souviens.

— Je pense que sa position était un peu ambiguë. Il voulait laisser une preuve derrière lui, mais il n'était pas sûr de vouloir que je la trouve.

— Dommage qu'il n'ait pas été plus clair.

— Je crois qu'il ne le pouvait pas. Il savait que si quelqu'un découvrait son témoignage, je risquais de me faire tuer.

Mark tendit la main et serra celle de Molly.

— Maintenant que tu as trouvé ce papier, tu pourrais peut-être me dire ce qu'il a écrit ?

La jeune femme soupira.

— Il explique qu'il y a eu un complot contre toi et qu'ils ont voulu te faire condamner pour meurtre. Je pense que ça, tu l'avais déjà compris. Mais ce n'est pas tout. D'après le témoignage de Phil, Bauder était dans le coup. Quand j'ai lu ça, j'ai su que je ne pouvais pas te laisser seul là-bas.

— Tu as mis ta vie en danger !

— Toi aussi.

— Tu as ce papier sur toi ?

— Oui, mais je ne veux pas allumer de lumière à l'intérieur de la voiture.

Il acquiesça, et s'exhorta à la patience. Quand Molly se fut garée près de la porte de service de la maison, elle ouvrit son sac et en sortit un minuscule morceau de papier replié plusieurs fois sur lui-même.

Mais au lieu de le prendre, Mark passa les bras autour des épaules de sa compagne et la serra contre lui. Ils demeurèrent un long moment ainsi, blottis l'un contre l'autre.

— Ne me fais plus jamais une telle frayeur, grommela-t-il d'une voix sourde.

Elle lui caressa le dos, les épaules, les cheveux, puis chercha son regard.

— Oh, Mark… je ne m'étais pas trompée au sujet de Phil. Il était impliqué jusqu'au cou dans cette affaire.

— Ce n'est pas ta faute, Molly.

Elle secoua la tête et déclara :

— Entrons. Il faut que tu lises toi-même son témoignage.

— D'accord.

Tout en la suivant, il se dit que dans des circonstances ordinaires, il aurait fallu appeler la police. Signaler l'attaque dont ils avaient été victimes… et la mort de Bauder. Mais les circonstances n'avaient rien d'ordinaire.

La jeune femme resta plantée au milieu de la cuisine, l'air neveux et égaré. Mark referma la porte.

Il prit le papier qu'elle lui tendait et alla se camper devant l'évier, juste sous la lampe, pour déchiffrer l'écriture nerveuse et serrée de Phil. Il lui fallut plusieurs secondes pour comprendre. Les mots, les phrases, lui sautèrent au visage sans qu'il pût en tirer un sens.

La lettre était adressée à Molly. Apparemment, Phil avait eu très peur de révéler à *qui que ce soit* le fin mot de cette histoire sordide.

« Chère Molly, écrivait-il.

» Si tu lis cette lettre, cela signifie que l'as trouvée à l'intérieur de la boîte chinoise. Je regrette ce que j'ai fait. Je me suis laissé entraîner dans cette situation en croyant que ça résoudrait nos problèmes financiers, mais celle-ci n'a abouti que sur la condamnation d'un innocent pour un meurtre forgé de toutes pièces… »

Mark relut cette phrase. *Forgé de toutes pièces.* Cela laissait penser que Véronica n'était pas vraiment morte. Mais lui, en tout cas, avait bien été condamné !

Il poursuivit sa lecture.

« Ils disaient que Mike Randall n'accepterait jamais de tremper dans quelque chose d'illégal. Mais je crois qu'en fait, sa femme et Oliver voulaient seulement se débarrasser de lui. »

Mark déglutit, comme pour mieux digérer cette dernière phrase, et continua.

« Je me suis laissé entraîner dans leur plan. A l'époque, je n'ai pas réalisé. Et puis un jour, j'ai remis les pieds sur terre, et j'ai compris ce que nous avions fait. »

221

Mark interrompit sa lecture et réfléchit. Donc, Oliver avait une liaison avec Véronica. Il s'était souvent demandé, en effet, s'il y avait quelque chose entre eux. Mais à présent, Oliver avait une nouvelle maîtresse : Doris Masters.

Il continua de lire, essayant de saisir tout le sens de la lettre. Phil était impliqué dans un complot comprenant plusieurs antiquaires, mais aussi d'autres habitants de la ville. Jerry Tilden, par exemple. Ce dernier avait vu là la possibilité de devenir un promoteur immobilier de premier ordre dans la région.

Le plan des conspirateurs était de racheter le Pavillon des trésors et de transformer l'endroit en une résidence de luxe. C'est pourquoi ils avaient essayé de faire croire qu'il y avait des problèmes dans la construction : cela leur aurait permis de la faire détruire pour bâtir autre chose à sa place.

En outre, ils avaient amassé de l'argent en important de fausses antiquités pour les revendre à la galerie au prix fort. Phil expliquait dans sa confession :

« J'ai suggéré qu'il serait plus simple d'emprunter de l'argent à la banque. Ils avaient déjà essayé. Mais aucun n'avait les reins assez solides pour prétendre à un prêt de cette importance. »

Mark songea aux caisses qu'il avait vues, entassées dans la petite maison de la plage. Elles contenaient sans aucun doute des babioles importées de pays asiatiques, que les antiquaires comptaient faire passer pour des objets anciens.

— Tu as lu le passage concernant Véronica ? demanda Molly, dans un filet de voix.

— Pas encore.

Il poursuivit sa lecture, puis poussa un cri étranglé.

« Véronica voulait que son mari disparaisse définitivement, afin de pouvoir elle-même recommencer une autre vie. »

Une autre vie !

Le visage d'une femme surgit aussitôt dans l'esprit de Mark. Devant son expression hagarde, Molly fit un pas vers lui.

— Tu penses la même chose que moi ? chuchota-t-elle comme si elle craignait de poser la question qui lui brûlait les lèvres.

— Doris Masters, prononça-t-il dans un souffle.

Il aurait dû la reconnaître... mais comment aurait-il pu supposer qu'elle était en vie ? Et puis, elle était de plus forte corpulence que Véronica. Ses cheveux n'étaient pas de la même couleur. Son visage, même, était complètement différent : elle avait les yeux écartés, le menton plus prononcé. La voix avait une intonation qu'il ne connaissait pas. Mais elle avait la même taille. Et puis, ce quelque chose qui lui avait semblé familier... aussi familier que le tableau qui était accroché autrefois dans leur chambre. Il avait été trompé par la situation. Comment imaginer un seul instant que sa propre femme avait voulu passer pour morte et le faire enfermer en prison ?

— Elle aurait donc fait la même chose que moi ? dit-il d'une voix blanche. Après une opération de chirurgie plastique, elle serait revenue à Perry's Cove sous une nouvelle identité ?

— Je pense que c'est cela, murmura Molly. Tu sais, Mark, je n'aurais jamais pensé non plus que Véronica et Doris ne faisaient qu'une seule et même personne. Cette histoire est incroyable.

Mark fit un signe d'approbation. Il venait de mettre le doigt sur la vérité. Mais il ne parvenait pas encore à l'admettre. Véronica était revenue sous les traits de Doris Masters !

— Cela expliquerait ce qui n'est pas dit dans la lettre de Phil.

— Mais il y a encore certains morceaux du puzzle à mettre en place, répliqua Mark. Que viennent faire Dean Hammer et Cory Daniels dans cette histoire ?

— Je les avais complètement oubliés, ces deux-là ! J'ai de bonnes raisons pour détester ces flics. Tu crois que Hammer a été aussi odieux avec moi après la mort de Phil, parce qu'il faisait partie du groupe de malfaiteurs, lui aussi ?

Mark ne répondit pas et ne lui rapporta pas les paroles de Bauder. Il voulait qu'elle parvienne elle-même à sa conclusion.

— Pour être franche, je ne pense pas que Hammer fasse partie du lot. Phil l'aurait cité, dans la lettre. Il aimait connaître tous les détails avant de s'engager dans une affaire. Et si Hammer avait été impliqué, il l'aurait su. On ne pouvait pas berner Phil.

— Bauder m'a révélé que Hammer n'était pas impliqué, avoua Mark.

— Quand t'a-t-il dit cela ?

— Juste avant de se faire descendre. Mais ça ne prouve rien. Hammer aurait très bien pu faire partie des conspirateurs, et garder profil bas.

— Impossible. Bauder l'aurait su. Il savait tout. Mais il a peut-être menti ?

Mark secoua la tête, perplexe.

— J'aimerais bien le savoir. A l'heure qu'il est, Hammer et Daniels sont probablement à la fonderie, en train d'essayer de comprendre ce qui s'est passé.

Molly leva vers lui un regard angoissé.

— Ils risquent de nous soupçonner ?

— Pourquoi nous ?

Mark feignit la désinvolture, mais il sentait un poids sur sa poitrine, qui l'empêchait presque de respirer.

— Si Hammer est honnête, il va essayer de trouver l'explication de ce crime. Il risque de tomber sur des preuves de notre présence sur la scène du meurtre.

Un frémissement glacé parcourut Mark.

— Oui. Mais s'il n'est pas honnête ?

— Il essaiera d'avoir notre peau, comme les deux types qui se sont introduits dans l'appartement. Mais ce n'est pas Hammer, que les conspirateurs ont envoyé après nous. Ils ont engagé des tueurs professionnels.

— Oui...

224

L'esprit de Mark revint au premier scénario. Un honnête shérif poursuivant des criminels. Il se dit que dans le fond, il n'avait rien fait d'illégal, ce soir. Sauf porter sur lui une arme qui ne lui appartenait pas, et avoir quitté le lieu du crime sans avertir la police ! Que se passerait-il si Hammer parvenait à la conclusion qu'il s'était trouvé là ? Et s'il essayait de le faire boucler pour meurtre ? Mark ne voulait plus avoir le shérif Hammer à ses trousses…

Molly dut voir les différentes émotions jouer sur son visage.

— Tu pourrais provoquer une rencontre avec Hammer et je te couvrirai, proposa-t-elle.

— Je ne te laisserai pas…

Elle agita une main devant lui, sans le laisser aller plus loin.

— Il n'est plus question que tu me laisses en dehors de cette histoire. Pas maintenant que nous avons trouvé cette lettre.

— D'accord. Je vais y réfléchir. Mais je ne provoquerai cette entrevue avec Hammer que si nous avons toutes les chances de notre côté.

Mark avait eu besoin de vingt-quatre heures pleines pour tout préparer à son idée. Cette fois, il serait plus habile que ses adversaires, se dit-il, en espérant qu'il ne se trompait pas. La nuit était d'un noir d'encre quand il se posta devant la maison Thompson, où Molly et lui avaient découvert les caisses.

La jeune femme se trouvait derrière lui, dissimulée par les dunes de sable. Elle était en sécurité, du moins autant que la situation le permettait. Mais à la pensée qu'elle courait un risque, aussi infime fût-il, Mark sentit son estomac se tordre d'anxiété.

Ils avaient pris les deux voitures, pour venir. Molly s'était rendue directement à la maison, s'était garée à l'arrière et était partie se cacher sur la plage. Mark s'était arrêté en route pour téléphoner à Hammer depuis une station-service. Il lui avait très brièvement fait part de son désir de le rencontrer.

Le shérif avait bien essayé de le questionner, mais Mark s'était contenté de lui indiquer un lieu de rendez-vous avant de raccrocher.

Se balançant d'un pied sur l'autre, il attendait de voir apparaître la voiture de patrouille. Le vent commençait à se lever, et il regrettait de ne pas avoir écouté le bulletin météo. Il était sûr qu'un orage violent se préparait. Mais quand allait-il éclater ?

Bientôt, il aperçut une lueur de phares sur la route, et cessa de regarder dans la direction où Molly se tenait cachée.

L'attente lui avait semblé interminable. Mais maintenant que le moment approchait, il dut résister à la tentation de prendre ses jambes à son cou.

Hammer coupa le contact, en laissant toutefois ses phares allumés afin d'illuminer le jardin. Puis, la portière s'ouvrit, et la silhouette massive du shérif apparut.

— Ramsey ?

— Oui.

Une violente bourrasque sembla lui arracher le mot des lèvres pour l'emporter au loin. Des nuages de poussière se soulevèrent autour de la voiture. La deuxième portière s'ouvrit et l'adjoint Cory Daniels vint se camper à côté de son chef.

— Vous vouliez me parler ? s'enquit le shérif.

— Seul à seul. Pourquoi avez-vous emmené votre adjoint ?

Mark s'efforça de gommer de sa voix toute trace de peur ou de nervosité. S'il y avait un flic au monde qui ne lui inspirait pas confiance, c'était bien Daniels.

Hammer n'eut pas le temps de répondre.

Daniels hurla :

— Il est armé !

En un éclair, les deux hommes eurent sorti leur arme. Dans le même instant, Mark comprit qu'il venait de commettre la plus grande erreur de sa vie.

226

16.

Mark se jeta à terre.

Deux coups de feu retentirent, suivis des hurlements de terreur de Molly. A ce moment, la seule pensée qui traversa l'esprit de Mark fut qu'il n'avait pas été capable de protéger la jeune femme.

— Molly ! Couche-toi ! cria-t-il.

L'instant d'après, il entendit une voix rude, étouffée par les gémissements du vent.

— C'est bon, Ramsey, lança Hammer. J'ai neutralisé ce salaud.

Le regard de Mark se posa sur le shérif. Ce dernier était agenouillé près du corps sans vie de son adjoint.

— Daniels est mort, annonça Hammer en levant les yeux vers lui.

Mark scruta le visage creusé du shérif. Le choc, la colère, la peine et le regret se lisaient dans son regard.

Toujours plongé dans un état d'abrutissement et de confusion, Mark considéra le shérif avec stupeur. Molly essayait de courir vers lui, mais un homme lui agrippa le bras et la retint.

— C'est bon, cria Hammer d'une voix âpre. Daniels allait vous tirer dessus... Je n'ai pas voulu croire qu'il irait jusque-là, mais... je l'ai pris de vitesse.

Il darda sur Mark un regard pénétrant et demanda :

— Vous n'êtes pas armé ?

— Non.

— Heureusement, je m'en suis douté. Daniels aurait pu tirer, et prétendre ensuite qu'il avait agi en état de légitime défense. Si j'avais alors refusé de le soutenir, j'aurais été le prochain sur sa liste. Il aurait tout révélé : que nous travaillions ensemble sur une affaire très particulière. Et il s'en serait tiré comme ça.

— Comment cela ? Que voulez-vous dire ? demanda Molly, qui tenait encore à la main le browning que Mark lui avait confié.

Hammer, qui avait rengainé son arme, désigna le browning d'un signe de tête et dit sèchement :

— Vous feriez mieux de ranger ça.

Molly battit des paupières et obéit. Hammer remarqua l'homme qui se tenait derrière elle.

— Qui diable êtes-vous ?

— Dan Cassidy.

— Le grand avocat ? Celui dont on parle dans les journaux ? C'est vous qui avez réussi à faire annuler le verdict dans l'affaire Randall. Vous travaillez pour la fondation Light Street, c'est ça ?

— Je n'ai pas la prétention d'être un « grand » avocat. Je suis venu pour servir de témoin à Mark Ramsey et à Molly Dumont ce soir. Et oui, je travaille pour la fondation.

Mark sourit à Dan en signe de remerciement, et, s'adressant au shérif, demanda :

— Vous voulez nous expliquer ce qui s'est passé ?

Il accompagna sa requête d'un geste désignant le cadavre allongé dans la lumière crue des phares de la voiture de patrouille.

— Je soupçonnais depuis longtemps qu'il se passait quelque chose de pas très net en ville. Je pensais bien que Daniels était mêlé à une histoire louche. Mais j'avais du mal à l'admettre. Et puis, je n'avais aucune preuve.

— Vous voulez dire que vous avez pris le risque de voir ce type tuer Mark de sang-froid ? intervint Molly d'une voix stridente, qui dominait les sifflements du vent.

Piqué au vif, Hammer se tourna vers elle.

— Je contrôlais parfaitement la situation !

Mark lança à la jeune femme un regard de mise en garde. La scène qui venait de se dérouler les avait tous bouleversés, et leurs nerfs avaient été mis à rude épreuve. Mais il était sûr d'une chose : le moment était très mal choisi pour mettre en doute les capacités de jugement du shérif.

— Mettons-nous à l'abri du vent, décréta Hammer.

Mark prit la main de Molly et l'entraîna sous l'auvent qui surplombait la façade de la maison. Dan Cassidy les suivit.

Quand ils furent un peu protégés des bourrasques, le shérif poursuivit :

— Vous êtes venu en ville pour comprendre qui avait tendu un piège à Mike Randall et l'avait fait condamner à tort. Je veux savoir ce que vous avez découvert.

Les lèvres de Mark se plissèrent en une moue dure et amère. Il jeta un coup d'œil à son avocat. Cassidy lui fit un léger signe de tête signifiant qu'il lui laissait l'initiative pour le moment.

— Rien, dit-il.

Le shérif le considéra longuement.

— Il va falloir que j'explique ce qui s'est passé ici, vous comprenez. J'aimerais avoir quelque chose de cohérent à dire à la police d'Etat.

Son regard se porta successivement sur les trois personnes présentes. Voyant que Cassidy gardait le silence, il concentra une fois de plus son attention sur Mark.

Celui-ci essaya de se mettre à la place du shérif. Il aurait bien aimé savoir quel effet ça lui faisait, d'être en porte-à-faux avec la loi. Mais il garda ce commentaire pour lui et réfléchit à sa propre situation. Depuis son arrivée à Perry's Cove il n'avait cessé d'avoir le dessous. Pour la première fois, il se trouvait en position de discuter avec le shérif d'égal à égal. Il décida d'en profiter.

— Vous d'abord, déclara-t-il. Dites-moi pourquoi vous suspectiez Daniels.

Le shérif fronça les sourcils et fixa Mark de son regard perçant.

— Perry's Cove est une petite ville et je dispose de peu d'effectifs. Quand j'ai eu vent de ce qui se passait avec cette marchandise de contrebande, j'ai mis Daniels sur l'affaire. Il est sorti plusieurs fois seul faire des rondes du côté des maisons qu'on m'avait signalées. Chaque fois, il est revenu bredouille. Au début, je me suis dit qu'il n'avait pas eu de chance. Et puis…

Il hésita, puis soupira longuement avant de poursuivre :

— Vous savez, ça vous démolit quand vous vous apercevez qu'un type en qui vous aviez toute confiance a mal tourné. Surtout quand ce type est censé faire équipe avec vous, et vous protéger, le cas échéant. Tout d'abord, vous refusez d'admettre l'évidence. Et puis peu à peu, vous êtes bien obligé de reconnaître la vérité…

Mark hocha la tête, et revint au sujet qui l'intéressait :

— D'après vous, qui est impliqué dans ce trafic, en dehors de Daniels ?

— Oliver Garrison. Sa petite amie, Doris Masters. Bill Bauder. Jerry Tilden.

— Cela correspond aux noms que Phil a donnés à Molly dans la lettre qu'il lui a laissée.

Le regard du shérif revint se fixer sur Molly.

— Vous déteniez des informations que vous ne m'avez pas communiquées ? Depuis tout ce temps ?

— Pas du tout ! intervint Cassidy. Son mari avait caché cette lettre dans une boîte chinoise ancienne. Ils ne l'ont découverte qu'hier.

— Avant ou après la rencontre avec Bauder ?

— J'attendais le retour de Mark quand j'ai trouvé cette lettre, s'exclama Molly spontanément.

Il était trop tard, lorsqu'elle comprit qu'elle venait de tomber dans le panneau. Elle se mordit les lèvres et murmura :

— Désolée.

— Alors, vous vous trouviez bien sur les lieux, hier soir ? demanda Hammer à Mark.

— J'y étais, admit Mark à regret.

Il venait de se payer un billet de retour pour la prison, songea-t-il.

— Allez-vous m'accuser du meurtre de Bauder ?

— Je n'ai pas pour habitude d'accuser des innocents.

Curieux, Mark aurait juré le contraire ! Mais il retint la réplique cinglante qui lui brûlait les lèvres. Il enfouit sa colère, et se contenta de donner à Hammer un bref résumé du contenu de la lettre de Phil.

Le shérif écouta, sans manifester la moindre émotion. Mark se demanda même s'il allait le croire. Dans un silence tendu, l'homme jeta un coup d'œil à Cassidy. Enfin, il dit à Mark :

— Cela explique beaucoup de choses. Notamment comment Mike Randall a été expédié en prison.

Mark eut l'impression que la tête lui tournait, comme sous l'effet de l'alcool. Six ans auparavant, Hammer s'était montré certain de sa culpabilité. Et maintenant il admettait s'être trompé ? C'était donc si facile ?

— Alors, vous nous croyez ? s'enquit-il prudemment.

— L'histoire peut paraître folle, mais tout concorde.

— Il y a un autre morceau du puzzle que nous avons remis en place, ajouta Mark. Vous n'avez jamais retrouvé le corps de Véronica, pour la bonne raison qu'elle n'est pas morte. Mme Randall s'est arrangée pour faire croire que son mari l'avait tuée. Plus tard, elle est revenue en ville, munie d'un nouveau visage et d'une nouvelle identité. Si vous voulez en avoir la preuve, arrêtez donc Doris Masters.

— Vous voulez dire que… Doris Masters *est* Véronica Randall ? Mais comment est-ce possible ?

— Une simple opération de chirurgie plastique. Elle a changé de visage, a transformé la forme de ses yeux, mais aussi son nez, son menton… Elle a aussi pris quelques kilos et s'est teint les cheveux.

— C'est un peu dur à avaler… Vous croyez qu'une personne peut changer son apparence au point que ses anciens voisins et associés ne la reconnaissent pas ?

Mark se mit à rire.

— Vous êtes sceptique ! Je vous comprends… mais dans ce cas, je suppose que vous ne voudrez pas croire que vous vous adressez en ce moment même à l'ancien détenu Mike Randall, qui est revenu dans sa ville sous un nouveau visage ?

— Que diable… ?

— Je suis Mike Randall. Mais j'ai une nouvelle apparence.

Tout en parlant, Mark posa les doigts sur sa joue.

Hammer le contempla avec un ahurissement grandissant.

— C'est fou ! Si vous imaginez que je vais avaler ça…

— Réfléchissez, shérif. Je voulais découvrir qui m'avait fait condamner à tort. Mais en secret. Et quel meilleur moyen avais-je de traîner en ville sans être reconnu que celui-ci ?

Tout en parlant, il força sur ses cordes vocales afin d'imiter son ancienne voix.

Hammer le dévisagea, puis fit un pas en avant et l'examina encore, à la lueur des phares. De longues minutes filèrent en silence, puis il marmonna :

— Maintenant que vous me le dites, ça me paraît possible.

— J'ai tout arrangé, comme Véronica. Et je suis revenu ici pour trouver qui l'avait tuée. Et j'ai découvert que personne ne l'avait fait, puisqu'elle n'était pas morte. A l'évidence, elle et ses amis se sont donné beaucoup de mal pour maintenir à flot un projet qui ne tient pas la route. Un projet qui était censé leur rapporter beaucoup d'argent. Ils ont tué Bauder parce qu'il en avait par-dessus la tête de cette histoire, et qu'il voulait reprendre ses billes. Ils ont aussi essayé de m'éliminer, ainsi que Molly.

— Vous avez dû vivre quelques journées trépidantes, fit remarquer Hammer.

— La seule bonne nouvelle dans ce que nous avons appris, c'est que vous ne faites pas partie de cette association de malfaiteurs.

Le visage de Hammer se durcit.

— Je me suis donné un mal de chien pour coincer ces salauds.

— Pourtant, vous aviez l'air d'être plutôt copain avec Bauder, non ?

— C'était ce que je voulais qu'il pense. Je comptais lui soutirer bon nombre d'informations, grommela le shérif en se balançant d'un pied sur l'autre. Maintenant, il faut que j'appelle la police criminelle pour leur signaler ce qui s'est passé ce soir. J'espère que vous voudrez bien vous porter témoins pour confirmer ma déposition ?

— Oui, répondirent-ils d'une seule voix.

Hammer regarda Mark droit dans les yeux et déclara :

— Je suis désolé. J'ai joué un sale rôle dans votre arrestation.

Mark ne dit rien. Difficile d'assurer le shérif qu'il ne lui tenait pas rigueur de son erreur passée !

— J'espère pouvoir me rattraper en arrêtant les salauds qui sont responsables de tout ça. Le problème, c'est que nous n'avons toujours pas de preuves contre eux.

— Nous en aurons, rétorqua Mark en songeant au plan qu'il avait mis au point avec Dan.

Il réfléchit plusieurs secondes à ce qu'il allait dire. Etait-ce bien raisonnable ? Il décida de faire une proposition au shérif.

— D'accord, vous avez une dette envers moi. Alors, voilà ce que je vous suggère : laissez-nous continuer notre enquête nous-mêmes, pendant que vous vaquez à vos occupations. Quand j'aurai un enregistrement des aveux des coupables, je vous ferai signe, et vous reprendrez l'affaire en main.

— Vous voulez agir comme si nous n'avions jamais eu cette conversation ?

— Oui.

Mark retint son souffle en attendant la réponse de Hammer. Le visage du shérif ne laissait filtrer aucun sentiment. Cet homme devait être un satané adversaire au poker : impossible de deviner le cours de ses pensées.

Finalement, Hammer s'éclaircit la gorge.

— Je suppose que je vous dois bien ça, fit-il d'une voix assourdie.

— Merci.

— Vous êtes son avocat, reprit Hammer en se tournant vers Dan. J'imagine que vous saurez le conseiller pour que l'affaire ne se retourne pas contre lui.

— En effet.

Avec un hochement de tête, le shérif tourna les talons, et alla décrocher le téléphone dans la voiture de patrouille.

Assis dans sa voiture, à l'extrémité du parking adjacent à la galerie des antiquaires, Mark se dit qu'il avait rarement vu une telle tempête. Son véhicule était caché en partie par les branches d'un saule qui retombaient sur la carrosserie. Il faisait presque nuit, mais il distinguait encore les nuages de poussière et de détritus que le vent projetait sur l'allée goudronnée.

Il prit une profonde inspiration avant de quitter son véhicule. Il aurait aimé attendre que le temps soit plus clément pour agir. Mais il n'avait pas osé reporter le moment de cette confrontation. Plus il attendait, et plus il courait de risque de voir Garrison et ses complices prendre l'argent qu'ils avaient amassé et disparaître définitivement.

Tout en approchant du bâtiment, Mark caressa le masque collé sur son visage. Certes, il avait l'apparence de Randall. Mais c'était une apparence aussi fragile que superficielle. Oui, il s'était autrefois appelé Mike Randall. Mais il avait tant changé qu'il n'était plus cet homme-là. Mike Randall était confiant, doux, sans doute un peu naïf. Le caractère de Mark Ramsey était à l'opposé. Peut-être était-il aussi trop téméraire ? En tout cas, il ne regrettait pas de s'être forgé un caractère plus résistant. Les révélations au sujet de Véronica l'avaient terrassé, et il faudrait encore bien du temps pour qu'il parvienne à les digérer. Mais au fond, il s'était apprêté depuis longtemps à affronter l'ennemi. *Les ennemis*, le cas échéant, et le passé. Et maintenant qu'il se tenait face à eux, il était prêt à les regarder droit dans les yeux, tous, sans exception. Véronica n'avait pas hésité à lui faire endurer cinq années de prison, uniquement parce qu'elle voulait changer de vie. La révélation de sa trahison mettait un point final à leur mariage, d'une manière encore plus définitive que ne l'aurait fait sa mort.

Il s'arrêta et se dissimula dans l'ombre d'un arbre, le cœur battant à tout rompre.

Il avait établi son plan avec l'aide de Dan, de l'agence de détectives de Light Street qui était parvenue à lui obtenir sans délai les services de Randolph Security, une société privée qui travaillait en étroite collaboration avec l'agence de détectives. Randolph disposait des compétences techniques nécessaires pour mettre à exécution le plan certes compliqué mais fort ingénieux que Mark et Dan avaient imaginé.

Une voiture entra lentement dans le parking. C'était Jerry Tilden, qui arrivait à l'heure convenue.

Le promoteur claqua la portière et se dirigea vers la porte d'entrée, tête baissée, pour se protéger du vent violent. Tilden était l'homme le plus difficile à cerner dans cette affaire, la pièce du puzzle qui n'avait pas encore trouvé sa place exacte. Sept ans auparavant, tout le monde croyait que Véronica et lui étaient à couteaux tirés au sujet des zones constructibles de la région. Mais d'après la lettre de Phil, cet homme s'était finalement associé au groupe d'antiquaires. Et à présent, ces derniers cherchaient à l'éliminer.

Pourquoi ? Que leur avait-il fait ? Avait-il été trop gourmand, réclamé une part trop importante des bénéfices ?

Mark le regarda disparaître à l'intérieur et attendit.

Cinq minutes s'écoulèrent avant l'arrivée d'une deuxième voiture. Cette fois, Mark sentit sa gorge se nouer douloureusement, car Molly se trouvait dans cette voiture-là. L'idée qu'elle allait se trouver sur place — alors que les balles risquaient de fuser en tous sens — le rendait physiquement malade. Mais aucun argument au monde n'avait pu la détourner de son idée. Elle avait voulu venir, absolument.

Sans doute avait-elle quelque chose à prouver… comme lui. Il ignorait de quoi il pouvait s'agir, mais elle ne lui avait guère donné le choix.

Il la regarda traverser le parking. Il se souvint qu'à peine quelques jours plus tôt, lors de leur première étreinte, il avait envisagé de lui demander de l'épouser, dès la conclusion de cette affaire. Maintenant, cette proposition s'avérait irréalisable : sa femme était toujours vivante, et ils étaient donc toujours mariés.

Dan lui avait affirmé qu'il obtiendrait facilement le divorce, mais cela prendrait du temps.

De toute façon, il n'en avait pas encore discuté avec Molly. Pour le moment, il était trop bouleversé, et trop angoissé à l'idée que l'un d'eux risquait de se faire tuer avant la fin de l'enquête. Il n'était pas trop tard pour rejoindre Molly et lui demander de rester en dehors de tout ça. Mais il ne bougea pas, parce qu'il savait l'importance que cela avait pour elle. Elle tenait les antiquaires pour responsables du rôle que Phil avait joué dans leur affreuse combine. Elle voulait qu'ils sachent tous qu'elle avait découvert leur plan.

Elle se dirigea vers la porte de derrière. Le vent soufflait en rafales si violentes qu'il la faisait chanceler à chaque pas. Le jour précédent, Mark avait fait reproduire une clé à son intention, qu'elle utilisa pour ouvrir la porte. Elle disparut à l'intérieur.

A présent, c'était le tour de Mark. Protégeant son visage de son bras replié, il se précipita vers le bâtiment. Cette fois, tout se déroulerait comme prévu, se dit-il pour se rassurer. Garrison n'aurait pas l'occasion de lui tirer dessus.

En pénétrant dans le bâtiment, il entendit des éclats de voix dans la pièce voisine. Il traversa l'entrepôt et se plaça de telle façon qu'il avait une vue excellente sur le bureau de Garrison. Il tira son arme de sa poche, et colla son bras le long de son corps. Molly, dissimulée dans l'embrasure, attendait le moment propice pour faire son entrée. Mark dut lutter contre son impulsion d'aller la chercher, de l'emporter vers la porte, et de l'empêcher de se mêler à tout ça.

— Comment cela, vous n'avez pas envoyé de message ? dit Garrison d'une voix stridente. Vous disiez qu'il fallait que nous arrêtions la série d'accidents sur vos chantiers, et que vous vouliez en parler avec nous !

Tilden répliqua d'une voix dure :

— J'en ai par-dessus la tête de vos histoires ! Ce n'est pas moi qui ai provoqué cette rencontre. J'ai reçu un message, dans lequel vous disiez vouloir parler de Mike Randall et du type qu'il a envoyé ici pour enquêter sur les objets de contrebande et nos projets de construction.

Doris Masters se retourna et se tint face à Tilden. Mark avait encore du mal à admettre que cette femme était Véronica. Son épouse. Une femme qui avait disparu, et fait croire qu'elle était morte afin de l'envoyer en prison. Au fond de lui, il avait toujours su qu'elle était égocentrique, sans doute arriviste, aussi. Dire qu'elle avait recouru à de tels expédients pour se débarrasser de lui…

Elle s'adressa à Tilden d'une voix emplie de fureur.

— Où voulez-vous en venir ? Que vous faut-il de plus ? Lorsque nous avons élaboré notre plan, il y a cinq ans, vous étiez d'accord. Nous étions convenus ensemble de faire d'abord accuser Mike de meurtre, pour l'écarter de la scène. Ensuite, vous étiez assuré d'obtenir le contrat pour construire les nouveaux immeubles, dès que nous aurions l'argent pour acheter le terrain.

— Le problème, c'est que maintenant, vous sabotez mes sites de construction, cria Tilden. Afin de me mettre sur la touche et de vous arranger avec un autre promoteur !

— Ce n'est pas nous, dit Doris.

— Qui, alors ?

— Peut-être ce Ramsey ?

— Les accidents ont commencé bien avant son arrivée en ville.

— En effet. Parce que votre travail était déjà nul. C'est pour ça que…

— Taisez-vous. Bon sang, taisez-vous ! ordonna Garrison, perdant brusquement son sang-froid. Nous avons déjà assez de problèmes. Vous ne voyez pas qu'on nous a tendu un piège ? Quelqu'un a voulu nous réunir ici ce soir pour nous faire parler ! C'est un guet-apens !

— Personne ne peut prouver quoi que ce soit contre nous, répliqua Doris, dans un effort évident pour garder le contrôle de la situation. Ni pour Randall, ni pour Bauder. D'ailleurs, les types qui se sont chargés du héraut de *La Gazette* sont déjà retournés à Mexico, à l'heure qu'il est. Nous n'avons laissé aucune trace derrière nous. Rien qui puisse nous faire repérer, ou accuser !

Comme si elle n'attendait que ces mots pour apparaître, Molly franchit le seuil du bureau. Mark eut soudain l'impression que son cœur s'arrêtait, et que sa respiration était bloquée. Seigneur ! Et si les choses tournaient mal ?

La jeune femme s'immobilisa à côté d'un haut chiffonnier sculpté. Il ne la quitta pas des yeux.

— Pour votre gouverne, sachez que c'est *moi* qui ai provoqué cette rencontre, annonça-t-elle d'un ton froid et détaché. Je viens de retrouver une lettre que Phil avait écrite avant de mourir. Il m'a laissée sans un sou, par votre faute. J'exige que vous me donniez ma part. Celle qui aurait été la sienne si vous ne l'aviez pas poussé à bout, précisa-t-elle.

Sa voix, volontairement haut perchée, domina les sifflements du vent qui s'infiltrait par les fenêtres.

Un silence glacial accueillit ses paroles.

Ce fut Garrison qui recouvra le premier ses esprits.

— Attendez un peu… vous ne pouvez pas débarquer de nulle part, et réclamer quoi que ce soit. Vous n'avez rien à voir avec notre association.

— Il ne tient qu'à vous que j'en fasse partie, maintenant.

— Et puis quoi, encore ? hurla Tilden, hors de lui. Vous êtes la copine de ce type que Mike Randall a envoyé ici pour enquêter !

Garrison se mit à rire, mais de toute évidence, il riait jaune.

— Vous êtes même plus que sa copine, pas vrai ? Votre amant vous a envoyée ici pour nous espionner, c'est cela ?

— Il vous fait savoir qu'il serait d'accord pour dire à Randall qu'il n'a rien trouvé… à condition que vous lui donniez une récompense. Il est prêt à parier sur le cheval gagnant. Et selon lui, le cheval gagnant, c'est vous.

— Et je suis censé vous croire ? rétorqua Garrison.

— Croyez ce que vous voulez, lança Molly, avec un regard glacial. Mon patron, Larry Iverson, m'a envoyée inspecter l'immeuble que vous rénovez sur le bord de mer. J'ai failli être tuée par la chute d'un seau rempli de débris métalliques. Larry fait-il aussi partie de votre association ? Vouliez-vous vous débarrasser de moi ?

Garrison eut un ricanement de mépris.

— Vous vous donnez trop d'importance ! Iverson vous a envoyée inspecter ce bâtiment car il était trop feignant pour y aller lui-même !

— C'était une coïncidence ! s'exclama Tilden. Vous vous être trouvée prise par hasard dans une combine qui visait à me ruiner, *moi* ! Mais nous allons mettre un terme à toutes ces divagations, sur-le-champ !

Sur ces mots, il sortit de sa poche un objet qui ressemblait à un téléphone portable.

— Ceci est un détonateur, grâce auquel je peux faire sauter le bâtiment, annonça-t-il.

Toutes les personnes présentes se figèrent. Les regards convergèrent vers Tilden.

— J'ai pris mes précautions il y a déjà quelque temps, expliqua-t-il. Ce bâtiment est bourré d'explosifs. Si vous ne faites pas cesser tout de suite vos sales combines qui risquent de couler ma société, cette galerie va s'écrouler sur vous. Par chance, avec le temps qu'il fait, on croira que l'orage est responsable des dégâts.

Abasourdi, Mark cligna des paupières. Ce type croyait vraiment qu'on ne retrouverait pas de trace des charges d'explosifs dans les décombres ?

— Je ne vous crois pas, déclara Oliver. Vous tenez trop à la vie pour vous faire sauter avec le bâtiment.

— C'est ce qu'on va voir. Tout ce que j'ai à faire, c'est appuyer sur un bouton. Vous voulez parier ?

Mark vit les épaules de Molly se raidir. Oh, non… qu'allait-il se passer ?

— Mais avant, nous allons mettre les choses au point, reprit Tilden. Qui a eu la brillante idée de me faire passer pour un nul ? Et pourquoi ?

— C'est Bauder, répondit celle qui se faisait appeler Doris. Il prétendait que vous étiez mauvais, et que vous utilisiez des matériaux de mauvaise qualité pour faire plus de profit. Il voulait trouver un promoteur dont les constructions ne tombaient pas en ruine au bout de vingt ans.

— Comme c'est pratique, de rejeter la faute sur celui qui est mort !

Horrifié, Mark observa la scène. Encore une fois, rien ne se déroulait comme prévu. Pourtant, il s'était fait aider par des professionnels. Mais Tilden venait de sortir un joker de sa poche.

Toutefois, Mark avait aussi un petit appareil dans sa poche. Il n'était pas de même nature que celui de Tilden et ne tuerait personne… du moins fallait-il l'espérer ! Mais il pensait bien faire néanmoins son petit effet.

Le sang lui battait aux tempes. Mark pressa sur un bouton de son émetteur, puis sortit de sa cachette pour aller s'interposer entre Molly et les autres. Il fallait absolument détourner l'attention de Tilden et lui faire oublier un instant l'appareil diabolique qu'il tenait à la main.

— En fait, c'est moi qui ai eu l'idée de vous mettre sur la touche, dit-il. Pas la peine de vous en prendre à vos petits camarades.

Il y eut des exclamations de stupeur quand les membres de l'assemblée reconnurent Mike Randall. Tilden ouvrit la bouche, mais fut incapable d'articuler un son. Doris devint pâle comme un linceul. Garrison se précipita vers le tiroir de son bureau et poussa un juron : son arme avait disparu. Mark et ses amis de l'agence n'étaient d'ailleurs pas étrangers à cet incident.

— Par ici !

Quatre voix résonnèrent soudain, et quatre hommes apparurent sur la galerie du premier étage, en réponse à l'appel que Mark leur avait lancé grâce à son émetteur. Ils avaient revêtu des gilets pare-balles, tout comme Mark et Molly. Ils appartenaient tous à la société de sécurité Randolph.

L'arrivée synchronisée de cette armée d'hommes en uniforme suscita l'effroi au sein de l'assemblée. De toute part, les agents de sécurité affluaient. Mark avait naturellement compté sur cet effet de panique, que les folles menaces de Tilden avaient contribué à instaurer.

— Non ! hurla le promoteur en appuyant sur deux boutons de son détonateur.

Sur la façade avant du bâtiment, les fenêtres volèrent en éclats. Mark, qui s'était subrepticement approché de Tilden, se jeta sur lui et le fit rouler au sol. Alors que s'engageait une lutte pour attraper le détonateur, ils entendirent une nouvelle explosion secouer l'entrepôt. Du coin de l'œil, Mark put voir Garrison se précipiter vers une commode, dont il sortit un revolver.

— Molly, couche-toi ! cria Mark.

Doris avait également sorti un petit pistolet de son sac. Garrison et elle se mirent à tirer sur les hommes qui se trouvaient sur la galerie, au-dessus d'eux. Tilden laissa tomber le détonateur, échappa à la poigne de Mark et se glissa sous un bureau pour s'abriter. Des sirènes résonnèrent autour du bâtiment, signalant l'arrivée de Hammer et de ses hommes.

Le shérif avait imposé une seule condition à Mark, et celui-ci n'avait pu l'en faire démordre : il voulait assister à la confrontation finale.

Les hommes perchés sur la galerie ripostèrent au tir de Garrison et de Doris. Ces deux derniers s'écroulèrent sur le sol. Tilden demeura prostré sous le bureau, les bras sur la tête.

En quelques secondes, tout fut terminé.

Mark ramassa le détonateur de Tilden, puis se précipita vers Molly.

— Tu n'as rien, tu n'es pas blessée, ma chérie ?

— Non, et toi ?

— Moi non plus.

Il la tint serrée contre lui pendant plusieurs secondes, avant de s'écarter en disant :

— Il faut que j'aille…

— Oui. Va. Dépêche-toi.

Traversant la vaste salle, Mark alla s'agenouiller à côté de la femme allongée sur le sol. Son visage était livide et elle était grièvement blessée à la poitrine, peut-être en plein cœur. Son regard brouillé sembla s'éclaircir quand elle le vit.

— Véronica…, balbutia-t-il, enfin confronté à la créature qui lui avait causé tant de souffrances et de désespoir.

— Mike…

De grosses larmes roulèrent sur ses joues, et se mêlèrent à son sang. Elle demeura silencieuse un moment, puis chuchota, d'une voix presque inaudible :

— Tu es… revenu.

— Pourquoi as-tu fait ça ? Pourquoi m'as-tu envoyé en prison ? J'aurais accepté de divorcer. Je savais que notre mariage était un échec…

— Je regrette… je t'ai fait du mal… pardonne-moi

Ce furent les derniers mots qu'elle prononça. Son visage bascula sur le côté et toute vie quitta son corps.

Mark demeura encore quelques secondes agenouillé près de son cadavre, réfléchissant à ce qu'elle avait fait. Il aurait pu la haïr. Mais bizarrement cette femme, qui elle aussi avait changé de visage, était devenue une étrangère. Finalement, la Véronica qu'il avait connue avait bel et bien disparu cinq ans auparavant. Et Mark voulait désormais consacrer son énergie à construire une nouvelle vie, et non plus à se débarrasser de l'ancienne.

Il se releva, et vit que Molly le regardait, une main pressée sur les lèvres. Il lui fit un signe, la rejoignit et l'entraîna hors de la pièce, alors que des policiers en uniforme surgissaient dans la galerie. L'entourant d'un bras protecteur, il lui caressa les épaules, en remerciant le ciel qu'elle s'en sorte indemne.

Elle tremblait comme une feuille, et il s'aperçut qu'il était lui-même trempé de sueur. Le vent arrachait des morceaux de verre des fenêtres, et les envoyait tournoyer dans la galerie dévastée.

— Est-ce que le bâtiment risque de s'écrouler sur nous ? demanda Molly d'une voix qu'elle ne parvint pas très bien à maîtriser.

— Non. La structure est solide. Tilden a seulement fait éclater quelques fenêtres, ce qui a fait beaucoup de bruit. Mais il avait pris ses précautions, il n'avait pas envie de mourir. Il voulait juste effrayer ses partenaires.

— Je préfère cela, dit-elle en respirant plus profondément.

— Tu me fais confiance ?

— Oui.

— J'ai raté mon coup, encore une fois.

— Tu ne pouvais pas savoir que Tilden emploierait les grands moyens.

— Tu me cherches des excuses ?

— Ton plan était bon. D'ailleurs, il avait été approuvé par les détectives de la fondation. De toute façon, tout le monde peut se tromper.

— J'ai quand même commis pas mal d'erreurs, depuis que je suis revenu à Perry's Cove.

— Tu es venu pour chercher un assassin. Comment pouvais-tu savoir que tu avais affaire à une association de criminels ?

— Tu me cherches encore des excuses !

Elle leva le visage et le regarda au fond des yeux.

— C'est parce que je t'aime.

Mark eut l'impression que son cœur allait cesser de battre.

— Alors, que comptes-tu faire, maintenant ? lança-t-elle d'un ton de défi. Partir, parce que tu te sens encore coupable de ne m'avoir rien dit dès le début ?

— C'est un fait, je me sens coupable. Mais je serais un imbécile si je partais !

Il lui prit les épaules et l'attira contre lui.

— Molly, il y a très longtemps que je t'aime. J'étais déjà amoureux de toi quand je vivais ici et que mon mariage partait à vau-l'eau. En prison, je n'ai jamais pu t'oublier. Je pensais sans cesse aux conversations que nous avions eues. Je me souvenais de ta maison, que j'avais trouvée si douillette, si accueillante. Je me raccrochais à ce genre de choses pour oublier le cauchemar que je vivais quotidiennement. Tu m'as aidé à ne pas sombrer dans la folie.

— Oh, Mark.

— Ensuite je suis revenu et je t'ai menti. Et je n'ai rien trouvé de mieux à faire que de casser un objet auquel tu tenais beaucoup.

Un sourire flotta sur les lèvres de la jeune femme.

— Oui, dit-elle. Ton geste a été très symbolique. Depuis trois ans, je croyais que cette boîte contenait un espoir pour le futur. Que je pourrais la vendre et gagner un peu d'argent. Tu m'as prouvé que mon futur, ce n'était pas cette boîte, c'était toi. En outre, tu m'as rendu un grand service en faisant disparaître mes doutes au sujet de Phil. A présent, je sais ce qui lui est arrivé. Je comprends son geste, et je peux aller de l'avant. C'est grâce à toi.

Il la contempla, la gorge serrée. Il était trop ému pour prononcer un mot.

— Tu as perdu tellement de temps, reprit-elle. Cinq ans de ta vie. N'en perdons pas davantage à nous disputer au sujet de ce que tu aurais dû faire ou ne pas faire.

— J'ai une chance immense de t'avoir trouvée, Molly.

— Moi aussi. Si tu veux savoir, moi aussi j'ai pensé à toi quand tu n'étais pas là. Ma vie n'était pas merveilleuse non plus. Quand j'étais seule le soir, j'imaginais que tu allais revenir me chercher et que nous partirions ensemble, ailleurs. Tu vois… nous avions les mêmes fantasmes.

— Alors, nous pouvons quitter Perry's Cove ? Partir dans le Sud ? Je créerai une nouvelle société, et toi, tu ouvriras un magasin d'antiquités.

— Ce sera merveilleux !

Ils s'embrassèrent encore.

— Molly… accepterais-tu de devenir ma femme ? Plus rien ne s'y oppose : je veux dire… nous sommes veufs tous les deux. Et je désire plus que tout au monde te porter dans mes bras pour te faire franchir le seuil de notre maison.

— Oh ! Mark, dit-elle en l'embrassant fougueusement. Oui ! Je le veux ! Une maison que tu auras conçue et que je décorerai.

— Ma chérie ! s'écria Mark en la soulevant du sol et en la faisant tournoyer.

Soudain, il entendit Hammer appeler :

— Ramsey ! Dumont ! Où êtes-vous ?

— Je crois que nous allons devoir répondre à quelques questions avant de nous consacrer aux préparatifs de la cérémonie, murmura Mark d'un ton contrit.

— Mais cette fois, tu n'as pas à t'inquiéter, mon chéri. Le shérif sait tout, et il est de ton côté.

— Tu me donnes une idée : c'est moi qui vais de ce pas l'interroger. Dites-moi, Hammer, tonna joyeusement Mark, êtes-vous capable d'assumer la charge de témoin à mon mariage ?

Le Clan des MacGregor

Orgueil et Loyauté, Richesse et Passion

～

**Tournez vite la page,
et découvrez en avant-première,
un extrait du premier épisode
de la nouvelle saga de Nora Roberts :**

La fierté des MacGregor

～

*Dans son style efficace et sensible, Nora Roberts
nous fait cadeau d'une nouvelle saga : celle des
MacGregor, et nous fait pénétrer dans le clan très
fermé de cette famille richissime.*

A paraître le 1er octobre

Extrait de
La fierté des MacGregor
de Nora Roberts

La lune était encore haute dans le ciel et poudrait la mer d'argent. Accoudée au bastingage, Serena se gorgeait d'air pur tout en regardant danser l'écume lumineuse.

Il était 2 heures du matin passées et personne ne s'attardait plus sur les ponts extérieurs. C'était le moment de la nuit qu'elle préférait, lorsque les passagers étaient déjà couchés et que l'équipage dormait encore. Seule avec les éléments, elle retrouvait le plaisir d'être en mer. Le visage offert au vent, elle goûtait la sauvage beauté de la nuit et se recentrait sur elle-même après avoir été immergée dans la foule toute la soirée.

Juste avant le lever du jour, ils atteindraient Nassau pour une première escale. Et le casino resterait fermé tant qu'ils seraient à quai. Ce qui lui laisserait une journée entière de liberté. Et le temps de savourer sans arrière-pensée ce moment de détente avant le coucher.

Très vite, les pensées de Serena dérivèrent vers l'homme qui était venu jouer à sa table quelques heures auparavant. Avec son physique et son allure, il devait attirer bien des femmes. Pourtant, on devinait en lui un solitaire. Elle était prête à parier, d'ailleurs, qu'il s'était embarqué seul pour cette croisière.

La fascination qu'il exerçait sur elle allait de pair avec un indiscutable sentiment de danger. Mais quoi d'étonnant à cela puisqu'elle avait toujours eu le goût du risque ? Les risques pouvaient être calculés, cela dit. Il y avait moyen d'établir des statistiques, d'aligner des probabilités. Mais quelque chose lui disait que cet homme balayerait d'un geste de la main toute considération platement mathématique.

— Savez-vous que la nuit est votre élément, Serena ?

Les doigts de Serena se crispèrent sur le bastingage. Même si elle n'avait jamais entendu le son de sa voix, elle *savait* que c'était lui. Et qu'il se tenait à quelque distance derrière elle. D'autant plus inquiétant que son ombre devait à peine se détacher sur le tissu obscur de la nuit.

Elle dut faire un effort considérable sur elle-même pour ne pas pousser un cri. Le cœur battant, elle se força à se retourner lentement puis à faire face. Laissant à sa voix le temps de se raffermir, elle attendit qu'il soit venu s'accouder à côté d'elle pour s'adresser à lui avec une désinvolture calculée.

— Alors ? Vous avez continué à avoir la main heureuse, ce soir ?

— A l'évidence, oui, dit-il en la regardant fixement. Puisque je vous retrouve.

Elle tenta — sans succès — de deviner d'où il était originaire. Tout accent particulier avait été gommé de sa voix profonde.

— Vous êtes un excellent joueur, dit-elle, sans relever sa dernière remarque. Nous n'avons que très rarement affaire à des professionnels, au casino.

Elle crut voir une étincelle d'humour danser dans ses yeux verts tandis qu'il sortait un de ses fins cigares de la poche de son veston. L'odeur riche, onctueuse de la fumée chatouilla les narines de Serena avant de se dissiper dans l'immensité de la nuit.

Décontenancée par son silence, elle demanda poliment :

— Vous êtes content de votre croisière, jusqu'à présent ?

— Plus que je ne l'avais prévu, oui… Et vous ?

Elle sourit.

— Je travaille sur ce bateau.

Il se retourna pour s'adosser au bastingage et laissa reposer sa main juste à côté de la sienne.

— Ce n'est pas une réponse, Serena.

Qu'il connaisse son prénom n'avait rien de surprenant. Elle le portait bien en évidence sur le revers de sa veste de smoking. Mais de là à ce qu'il s'autorise à en faire usage…

— Oui, j'aime mon travail, *monsieur*... ?

— Blade... Justin Blade, répondit-il en traçant d'un doigt léger le contour de sa mâchoire. Surtout, n'oubliez pas mon nom, voulez-vous ?

N'eût été son orgueil, Serena se serait rejetée en arrière, tant elle réagit violemment à son contact.

— Rassurez-vous. J'ai une excellente mémoire.

Pour la seconde fois, ce soir-là, il la gratifia d'une ébauche de sourire.

— C'est une qualité essentielle pour un croupier. Vous excellez dans votre métier, d'ailleurs. Il y a longtemps que vous êtes dans la profession ?

— Un an.

— Compte tenu de votre maîtrise du jeu et de la façon dont vous manipulez les cartes, j'aurais pensé que vous aviez plus d'expérience que cela.

Justin saisit la main qui reposait sur le bastingage et en examina avec soin le dos comme la paume. Il s'étonna de la trouver si ferme en dépit de sa délicatesse.

— Que faisiez-vous dans la vie avant d'être croupière ?

Même si la raison voulait qu'elle retire sa main, Serena la lui laissa. Par plaisir autant que par défi.

— J'étudiais, répondit-elle.

— Quoi ?

— Tout ce qui m'intéresse... Et vous ? Que faites-vous ?

— Tout ce qui m'intéresse.

Le son rauque, sensuel du rire de Serena courut sur la peau de Justin comme si elle l'avait touché physiquement.

— J'ai l'impression que votre réponse est à prendre au pied de la lettre, monsieur Blade.

— Bien sûr qu'elle est à prendre au pied de la lettre... Mais oubliez le « monsieur », voulez-vous ?

Le regard de Justin glissa sur le pont désert, s'attarda sur les eaux sereines.

— On ne peut que se dispenser de formalités dans un contexte comme celui-ci.

Le bon sens commandait à Serena de battre en retraite ; sa nature passionnée, elle, la poussait à affronter le danger sans reculer.

— Le personnel de ce navire est soumis à un certain nombre de règles concernant ses rapports avec les passagers, monsieur Blade, rétorqua-t-elle froidement. Vous voulez bien me rendre ma main, s'il vous plaît ?

Il sourit alors et la lumière de la lune dansa dans ses yeux verts. Plus que jamais, il lui faisait penser à un grand chat sauvage. Au lieu de lui rendre sa main prisonnière, il la porta à son visage et posa les lèvres au creux de sa paume. Serena sentit ce baiser léger vibrer en elle, comme si la série des ondes de choc devait ne plus jamais cesser.

— Votre main me fascine, Serena. Je crois que je ne suis pas encore tout à fait prêt à vous la restituer. Et dans la vie, j'ai toujours eu la méchante habitude de prendre ce que je convoite, murmura-t-il en lui caressant les doigts un à un.

Dans le grand silence de la nuit tropicale, Serena n'entendit plus, soudain, que le son précipité de sa propre respiration. Les traits de Justin Blade étaient à peine visibles ; il n'était rien de plus qu'une ombre dans la nuit, une voix qui chuchotait à ses oreilles, une paire d'yeux aux qualités dangereusement hypnotiques.

Et quels yeux…

Sentant son corps indocile répondre de son propre mouvement à leur injonction muette, elle tenta de briser le sortilège par un sursaut de colère :

— Désolée pour vous, monsieur Blade. Mais il est tard, je descends me coucher.

Non seulement Justin garda sa main prisonnière, mais il poussa l'audace jusqu'à retirer les épingles dans sa nuque. Lorsque ses cheveux libérés tombèrent sur ses épaules, il sourit avec un air de discret triomphe, et jeta les épingles à la mer.

Poussée par la brise, la chevelure de Serena se déploya au-dessus des eaux noires. Sous la pâle lumière de la lune, sa peau avait la pureté du marbre. Fasciné, Justin se remplit les yeux de sa beauté fragile, presque irréelle. Une chose était certaine : il ne la laisserait pas repartir. Il y mettrait le temps et la patience qu'il faudrait. Mais il trouverait le moyen de la séduire avant la fin de cette croisière. Et le plus tôt serait le mieux.

— Il est tard, oui, mais la nuit est votre élément, Serena. Ça a été ma première certitude vous concernant.

— Ma première certitude *vous* concernant, c'est que vous étiez parfaitement infréquentable. Et j'ai toujours été très intuitive...

Ne manquez pas, le 1er octobre,
La fierté des MacGregor
de Nora Roberts
Premier roman de votre saga
MacGregor

Rendez-vous dès le 1er octobre au rayon poche de vos hypermarchés, supermarchés, magasins populaires, librairies et maisons de presse et retrouvez le roman **La fierté des MacGregor** de Nora Roberts.

Vous pouvez le recevoir directement chez vous en nous appelant au 01.45.82.47.47 ou en nous retournant le bulletin-réponse ci-contre.

Chère lectrice,

Vous nous êtes fidèle depuis longtemps?
Vous venez de faire notre connaissance?

C'est pour votre plaisir que nous avons
imaginé un rendez-vous chaque mois
avec vos auteurs préférés, vos
AUTEURS VEDETTE dans les
collections Azur et Horizon.

Les AUTEURS VEDETTE vous
donneront rendez-vous pour de
nouveaux livres vedette.

Pour les reconnaître, cherchez
l'étoile ... Elle vous guidera!

Éditions Harlequin

HARLEQUIN

LE FORUM DES LECTEURS ET LECTRICES

CHERS(ES) LECTEURS ET LECTRICES,

VOUS NOUS ETES FIDÈLES DEPUIS LONGTEMPS?

VOUS VENEZ DE FAIRE NOTRE CONNAISSANCE?

SI VOUS AVEZ DES COMMENTAIRES, DES CRITIQUES À
FORMULER, DES SUGGESTIONS À OFFRIR, N'HÉSITEZ
PAS… ÉCRIVEZ-NOUS À:
    LES ENTERPRISES HARLEQUIN LTÉE.
    498 RUE ODILE
    FABREVILLE, LAVAL, QUÉBEC.
    H7R 5X1

C'EST AVEC VOS PRÉCIEUX COMMENTAIRES QUE NOUS
ALLONS POUVOIR MIEUX VOUS SERVIR.

DE PLUS, SI VOUS DÉSIREZ RECEVOIR UNE OU
PLUSIEURS DE VOS SÉRIES HARLEQUIN PRÉFÉRÉE(S)
À VOTRE DOMICILE, NE TARDEZ PAS À CONTACTER LE
SERVICE D'ABONNEMENT; EN APPELANT AU
(514) 875-4444 (RÉGION DE MONTRÉAL) OU 1-800-667-4444
(EXTÉRIEUR DE MONTRÉAL) OU TÉLÉCOPIEUR
(514) 523-4444 OU COURRIER ELECTRONIQUE:
AQCOURRIER@ABONNEMENT.QC.CA OU EN ÉCRIVANT À:
    ABONNEMENT QUÉBEC
    525 RUE LOUIS-PASTEUR
    BOUCHERVILLE, QUÉBEC
    J4B 8E7

MERCI, À L'AVANCE, DE VOTRE COOPÉRATION.

BONNE LECTURE.

HARLEQUIN.

VOTRE PASSEPORT POUR LE MONDE DE L'AMOUR.

69 L'ASTROLOGIE EN DIRECT
TOUT AU LONG
DE L'ANNÉE.

(France métropolitaine uniquement)
Par téléphone 08.92.68.41.01
0,34 € la minute (Serveur SCESI).

Composé et édité par les
*éditions*Harlequin
Achevé d'imprimer en septembre 2004

BUSSIÈRE
GROUPE CPI

à Saint-Amand-Montrond (Cher)
Dépôt légal : octobre 2004
N° d'imprimeur : 44214 — N° d'éditeur : 10848

Imprimé en France